相思在马丘比丘

——跨越半个地球的南美之旅

余义林／著

人民东方出版传媒

东方出版社

作者简介

余义林，笔名艺林。资深媒体人、高级编辑、作家。中国报告文学学会会员，中国传记文学学会理事，鼎信汇金文化及艺术总监。著有长篇报告文学《灰色王国的曙光》（中国发展出版社）、《闽之龙》（作家出版社）、《生活健康百题》（上海文化出版社）、《天仙妹妹》（东方出版社）、《汉籍之路》（作家出版社）等多部，创作中短篇报告文学、散文、评论等多篇，见于《人民日报》《光明日报》《北京日报》《北京青年报》《人民文学》等国内多家报刊，总计300余万字。

藏在秘鲁的深山里的马丘比丘，是一个可以摄人魂魄的地方

序

美洲是一辈子至少要去一次的地方

这本书的写作纯属偶然。

最初的文字完全是介绍性的。因为那些文字是应一个朋友的要求，要把我去南美的见闻和感受写给她——她将在我之后也到南美这几个国家旅行，路线居然几乎和我的一样，于是她就想让我这个"先行者"给她提供一些经验。有什么有意思的地方？有什么有意思的故事？哪些地方不能错过？哪些事情必须注意等等，我自然也就留了下心，并当仁不让地写了起来。没想到，她看了我写给她的东西，说很好啊，我觉得你写这些很值得看，要不你出本书吧？反正写了也是写了，我一个人看是不是有些浪费？我知道她半是认真半是玩笑，但觉得这个建议似也有些道理。把自己的所见所闻告诉大家，给后来者作个参考，也没什么不好。再说，码字匠总是比较珍惜自己码出来的字的吧，不管有用没用都不愿意轻易扔掉，敝帚自珍。

回国以后，我得空就把这些文字翻出来看看，写得不够的补充一些，写得有欠缺的纠正一些，把一段段本来是急就章的东西渐渐理得顺了，理得也有了些眉目。我发现自己已经有意无意地，让这些文字向着一本书的样子转变着。和我同行的小伙伴们，知道我写了一些东西，都热情万丈地鼓励我把书作出来。在回国以后的几次聚会中，她们都会提到这个话题，并殷切询问什么时候能够出版。貌似出书这事已列上议程似的。其实那时候我正接了另外一本书的写作，就顺口说现在没时间，或许写完这本，就可以把南美的文字归置一下了。但要命的是我这人比较认真，话一出口，就想完了，必须要兑现了，肯定要有个写作计划了，尽管我其实没有足够的时间；更要命的是，我的小伙伴们比我还认真，不断有人正面地侧面地关心、询问和催促我……于是，某种类似箭在弦上不得不发的局面，就出现在了我和我的南美文字之间。

说来也巧，恰在此时我看到了一本诗集《我的北美，我的南美》。这是我的朋友、诗人黄亚洲先生的新作。他也刚从美洲旅行而归，而几乎就是在我得知他去了美洲的同时，这位以高产著称的大诗人已经把他厚厚的诗集奉献给了大家，洋洋洒洒的160首抒情诗，写尽了诗人在南美的所见所闻所感，也写出了引人入胜的异域风情。他可真是个快手！

写记行诗，这是中国古已有之的文学传统，而黄亚洲的纪行诗真的是别具一格。他不仅将整个美洲诗意地呈现，而且有很多诗人的独特感受，渗透在他那新颖、形象、优美、精彩的句子里。比如这首《巴西宝石》：巴西盛产宝石／其原因可能是／巴西本身就是一块宝石／面积世界第五，人口只有两亿，所以说到／祖母绿或者海蓝宝，你可以／先看看巴西人的瞳仁／／巴西人的视线，都有宝石的光芒／看见陌生人他们老远就举手问好／至于足球，那是一块正圆形的宝石／这么多年，一直佩在一个国家的胸前／／巴西／由白色人、黄色人、黑色人、棕色人构成／这是宝石品种的需要／或许这些石头在生成的那一瞬间，就有预见，自己／要与一个多民族国家匹配／／到巴西的朋友，都有可能被带往／热情过头的宝石商店，但你／尽可以检阅／不须购买／谁离境的时候，胸前不佩挂着一个国家？视线里，不闪烁／奇异的光芒？

我也写了巴西的宝石，却完全不是诗人的眼光。我也写了南美的土地，却好像飘出了另外的味道。两种文体互鉴，两种目光交错，所有的事情好像熟悉又陌生，忽然让我产生了奇特而美好的感受。是啊，亚洲走了一趟美洲，便奉献了一部有趣的记行诗集，而我也在彼处行走千万里，有何理由将一种记叙文章拖延许久呢？如果不把这文章写好，又怎能对得起南美洲那些神奇的国度和广袤的土地啊！当然更对不起关心我的小伙伴们。

不能不说，这部诗集的出现，对我的写作产生了助力。我觉得我必须向黄亚洲先生学习，以他为榜样，改变我的拖延症，把手里的文字作完作好。于是我加快了写作速度，整理出了初稿，把所有照片传到"云"上，找到了我的"御用"设计小丁，与出版社的美女编辑们"勾搭"，让这本书真的进入了出版程序。

现在，这本书终于杀青，不久就会带着南美洲的气息出现在中国了。在此我要感谢我的编辑、我的设计以及热情向我提供照片的同行大咖，当然还有诗歌快手亚洲。我曾经微信他说，我拟在此书的序言里引用他的诗，希望他能同意。他答应得十分爽快，迅即把许多首美丽的诗发在我的邮箱中，任我选用。还用他那带着浙江口音的普通话——通行说法是"浙普"柔和地表示，我在序里介绍他的诗是他的荣幸，反倒感谢起我来，让我又开心又十分地不好意思。但有一点我们是无比一致的，那就是无论如何应该去看看美洲。一辈子至少要去一次，至少要让此生中的自己在某个时间踏上美洲的土地。那么我相信，你将比本书更深刻地感受这遥远的国土的一切，辽远与独特、沧桑与神秘、真挚与闲散、历史与今天……

目 录 CONTENTS

1

我梦见自己变成了印第安人

.

在那天晚上的梦里，我梦见自己变成了印第安人。

梦中的我，好像是穿着漂亮的裙子，头上还戴着美丽的羽毛——那种长长的、色彩斑斓的羽毛——难道我是酋长么？

当然，印第安人的酋长大概没有女性，除非这个部落还是母系氏族社会。但，这不是做梦么？梦中的一切都是完全成立和没有来由的。

梦中的景象非常奇异。

变成了印第安人的我，脚步轻得似乎在飞，风一样轻盈地穿越了田野树林，来到了一片浩瀚无垠的水边。

梦中也是在夜里，水边明月高悬，水面在月色下银光闪闪，景色美如仙境。

我身边站着一位真正的印第安人。高大英俊，一双不大却漆黑如墨的眼睛与高颧骨和厚嘴唇一起，组成了一张生动的面庞。

我问他："我们是要穿过白令海峡么？"

居然这片水是白令海峡？但梦中的我，站在那银色的岸边，心里是很坚定地这么认为。

高大的印第安人似乎肯定地回答了我的问话，又似乎什么都没有说。然后他深深地看了我一眼，就拉起我的手朝大海走去。

难道我们是要"走"过这海峡么？

我心里有点不安，但又出奇地镇定。我貌似很亲密地随着他，朝着那水面走了过去。

白令海峡是一条从亚洲大陆东北端一直通到美洲西北端的海峡，虽然不宽（平均宽度65千米，最窄处只有35千米），但却为印第安人与蒙古人之间架起了血缘上的桥梁。据说在很久很久以前，应该是第四纪的最后一次冰河期吧，世界气候变冷，海面下降了大约一百多米，那时候的白令海峡就成了一座陆桥，连接起了亚洲东北部和美洲西北部。这时，亚洲东北部气候还十分寒冷，而美洲内地却气候温和，食物丰富，猛犸、大象、麝牛、驼鹿、绵羊等很多动物都生活在这里。于是亚洲东北部的猎人们，便尾随动物走过白令海峡来到了美洲，成为美洲远古文明的开山鼻祖。后来冰川消融，海平面上升，亚美两大陆之间的联系被割断，外来的亚洲猎人回不去了，只能向美洲大陆纵深发展，最终遍布美洲全境，所以很多学者都

印第安帅哥。虽然不是我梦中的那位，但十分神似。

认为亚洲北部的蒙古人才是印第安人的祖先。人们还从语言学上找到了一些证据，比如印第安人和蒙古人一样称家庭为"ail"，"ail"是蒙古族几个家庭组成的合作单位。而印第安人称祖先为"Hagaan"，实际上就是蒙古语中"可汗"一词。

当然，这是我醒来后联想的，梦里可没有这么富有逻辑的思维。

现在还是先回到梦里——我的面前横亘着一片浩瀚无垠的大水啊，没有桥，也没有船，难道我们是要飞过去？我下意识地拉紧了男人的手，这时候我才发现，原来他才是一位印第安部落的酋长，他才戴着高耸的羽毛。

酋长一语不发，只是拉着我的手一往无前地迈向大海。

我们的脚步一刻都不曾停留，就踏上了水面。哦？原来我们根本没有踩到水，而是踏上了一座桥。哦不，我们踏上的其实也不是桥，而是密匝匝的翅膀——那是千千万万只海鸥的翅膀。那印第安人似乎是不经意间地一挥手，忽然就有数不清的海鸥从四面八方飞来，而且这飞翔也是梦幻般的没有声音，它们像无数轻盈的丝帕，无声地连接在我们脚下，瞬间搭成了一座长长的黑丝绒般的美妙的桥。

我们一步步向前走，鸥桥也一步步向前延伸。我们脚步如飞快捷轻盈，桥也以比我们更快的速度向前延伸。没有海浪的声音，没有拍打翅膀的声音，仿佛整个画面被按下了静音键，只有神奇的不断铺设的桥面和我们如飞的身影，哦，还有壮阔深邃的大海……

不可思议吧？但在梦里，这一切仿佛都很正常，仿佛所有的跨海大桥都应该是这个样子的。

就这样，我们开始跨越海峡。我和一个高大的印第安帅哥手牵着手，健步如飞地踩着不断铺设的鸥桥，像风一样，像精灵一样，走过白令海峡，踏上了绿葱葱的大地。原来那就是美洲的大地——我已经到了美洲……

醒来后很久，我都躺在床上不愿意起来。我还沉浸在那种脚步如飞、身轻如燕的美好感觉里。

这感觉很奇妙，这个梦也很奇妙。

随后当我能进行理性思考的时候，才意识到这梦可能是因为要去南美的行程给闹的。就是在那几天，我们正忙着办理去南美四国——巴西、秘鲁、智利和阿根廷的签证。填各种表格，准备各种证明，于是也就"日有所思夜有所梦"了。尽管梦中的情景我完全不曾想过，但由于去美洲是我很早就盼望的事情，所以比较兴奋，以至于晚上大脑仍不肯平静，我的脑细胞们彼此打着招呼，活跃地相互连接和作用，或许那些记忆着白令海峡的、存储着海鸥的、想念着帅哥以及惦记着黑丝帕的细胞们，都有了机会来进行表达。正是由于它们兴高采烈的无序组合，才给了它们的主人一个惊喜。其实，对于这趟即将开启的美洲之行，我从没想什么白令海峡，反而比较向往那座著名的安第斯山。

安第斯山，是我很小就知道的山，而且貌似对它有一种没有来由的好感，好像自己生命里有某种东西和它有关似的。其实当然没有。但不知为何想起来就有点儿小激动，总想要是有那么一天，能亲眼看看这山就好了。

人的感觉，有时候真的很奇妙。比如莫名其妙地厌恶或喜欢某个人、某件物品、某件事情等等，其实有时真是说不清楚原

因的。是直觉，还是第六感觉？或者是神秘的基因密码？不知道，但我对于安第斯山就是这种没有根据的喜欢。我先是喜欢安第斯山的名字。记得第一次听到这个名字的时候，我大概还不到十岁。或者是老师？或者是家长聊天？总之，当这座山的名字第一次冲进耳鼓，我就立刻记住了。尤其是它那几个发音的音节：安—第—斯——当我默念这样的音节时，就觉得这几个音特别好听，感觉就像是一位妙龄少女的名字。当然，我后来知道，这座山脉很长很长，甚至可以说长得非常壮阔，非常浩瀚，与少女的感觉完全不搭，但这让我更喜欢它，更加深了我对它的神往。

而现在居然有这么一次机缘巧合，我在一位朋友的介绍下，要跟随一帮"文化人"行走南美，去看那座神秘的大山，而且出发的日子就在眼前了，你说能不兴奋么？

安第斯山的全长有将近 9000 公里，这个长度是喜马拉雅山的三倍半。它不仅是南美洲最长的山脉，同时也是世界上最长的山脉。想象一下吧：从南美洲南端的阿根廷火地岛开始，沿着浩瀚的太平洋东岸，排列着连续不断的山峰，它与太平洋的波涛一起浩荡向前，途经漫长的智利，跨越跌宕的秘鲁，然后在厄瓜多尔转身，走哥伦比亚，进委内瑞拉，最后将雄伟的身姿隐匿于南美洲最北端的加勒比海，这是一种何等宏伟的景象？9000 公里的长度啊，真的能让安第斯山脉无愧于"南美洲脊梁"这个称号。而且，除了无与伦比的长度以外，这座"脊梁"也足够伟岸。整个山脉的平均海拔是 3660 米，海拔超过 6000 米的高峰就有 50多座，地处玻利维亚西部的汉科乌马山，主峰海拔 7010 米，是西半球的最高峰。从南向北，连绵的山脉中有许多山峰顶部都白雪皑皑，终年不化。其中厄瓜多尔的哥多伯西峰（Cotopaxi），则是世界上最高的活火山之一，海拔约 5897 米。它扮演的重要角色是为南美洲的众多河流提供发源地。当然，安第斯不仅拥有一系列平行的山脉，它的中间也有横断山体、高原和谷地。其最宽处有 750 公里，一般的宽度也达到了 300 公里。这种感觉让我想到了一句诗："海是沸腾的群山，而山是凝固的大海。"安第斯这样连绵万里又跌宕起伏，它那奔腾的山峦可不就是太平洋的波涛在瞬间凝固的影像么？

况且，我们这一路上不仅要"遭遇"安第斯山，还有世界上最宽的伊瓜苏大瀑布，以及遗世而独立的库斯科古城，神秘的马丘比丘，无法解释的纳斯卡大地画，无人能懂的复活节岛巨人石像……这样的行程怎能不让人期待？

而此刻——在北京初春的一个凉爽的傍晚，这勾人魂魄的旅行终于起程了。

晚上 8 点，天刚黑透。首都机场 T3 航站楼的国际出发口，笑声笑脸相互传导，已经形成了一个欢乐的气场。也难怪大家情绪这么高涨，因为我们这个团队的二十几位"驴友"，几乎都是第一次去遥远的南美洲。

几个月的准备之后，我们终于要去探访那个以盛产神秘文化著称的古老世界，而且那里几乎是离中国最远的地方。

2

我记住了她们的红帽子、白纱巾

　　因为我们乘坐的是阿联酋航空的飞机，所以要在迪拜转机。

　　一上飞机，我的第一感觉就是阿航的空姐们十分"惊艳"，她们的装束也很有特点：卡其色的西服裙套装，红色无檐圆帽，帽子侧面还挂着一条白色的纱巾。白纱巾的一端固定在帽边，另一端别在领口，形成了一个柔美的弧形，让阿国小姐们显得更加妩媚。

　　"她们真漂亮呀！"我身边的女孩一脸羡慕的表情。

　　"人种不一样啊，人家轮廓好。"我答。

　　其实不仅仅是人美，她们的服务态度也很可人。为客人领位，整理行李，表现得很是殷勤。大大的眼睛和长长的睫毛，使得她们的微笑非常迷人。这多多少少缓解了我们长途飞行的无趣。是的，我们此行要经迪拜转机后，才飞往第一个目的地——巴西的里约

阿联酋航空公司的空姐，给我们留下良好印象。人又美丽，服务又好。

热内卢，预计飞行时间是 22 个小时——就是说，等待我们的将是一次近乎跨越半个地球的漫长的飞行。可能也正是由于这种长时间的飞行，让很多人止步不前：担心自己的身体，担心乘机的不适，担心航空的安全，总之，各种顾虑。所以，遥远的南美洲被不少人视为畏途。而后来在我们的旅途中，也确实感到中国人比较少。不像泰国，到处都是中国人，让人觉得好像和没出国差不多，呵呵。

除了坐飞机，目前人类还没有找到更好、更快捷的办法来缩短路上的时间。某些时候，我也忽然幻想能出现一个虫洞，让我们从四维空间的隧道中倏忽抵达目的地。就像我儿子的游戏中有一个叫作"瞬间挪移"的功能一样，一下子从空间的这个点，无缝对接到那个点。这样，不管是多远的旅程，人们都能够在"一闪"的瞬间，毫无感觉地到达。这区区一万多公里路程的里约，那还算个甚？当然当然，我也就是想想。哈哈。

眼下，我们是这样选择的：乘坐 EK307 航班，阿联酋航空的空客 A380——也是目前世界上最大的巨型飞机，去往目的地。

当然，这飞机的飞行路线和我梦中的"行程"完全相反：我们不是向东，飞越太平洋去南美；而是向西，先到迪拜，然后跨越亚洲和非洲，直抵大西洋西岸的里约热内卢。无论向东或向西，都能够到达我们的目的地，而且里程也差不多。地球是圆的，我们的路程近 20000 公里，刚好是地球周长的一半。所以任凭你向东向西，理论上是一样滴。

但毕竟不一样，因为我们坐的飞机不一样。很多小伙伴都是第一次乘坐 A380 这种空中的巨无霸。以至于看到商务舱在二楼时，不少人都跑到商务舱的楼梯口去拍照留念。因为不允许其他舱位的旅客进入，我们也只有在人家铺着红色地毯以及金色栏杆的旋梯前留个影了。就这点出息。阿联酋航空也由此让我们刮目相看。阿航的历史其实只有短短的 30 年，在世界航空领域算是一个相对年轻的航空公司，但它的成长性却令人瞠目。从 1985 年只有两架租来的飞机和三条航线开始，直到目前拥有了总数达 140 架的空客 A380，它走出了一条彪悍的成长之路。到目前为止，阿航不仅已成为世界上为数不多的拥有清一色大型飞机的航空公司，而且其发展速度也毋庸置疑地跃上了全球第一。用现在比较时髦的话讲，这是一家真正的"土豪"航空公司，而它的总部就在迪拜。所以，它的客人都要被安排在迪拜转机。

北京时间 4 月 3 日上午 8 点，当地时间凌晨 4 点，我们顺利到达迪拜机场，完成了第一阶段的飞行，用了将近 8 个小时。

巨无霸 A380 果然与众不同，机舱大，座位也大，起飞和降落都相当平稳，甚至毫无感觉。这个大家伙就这样不动声色地将我们带到了迪拜。从飞机的舷窗向外望去，迪拜面目不清。显然，这个举世闻名的沙漠中的富国，此刻还在沉睡。

在豪华巨大的迪拜机场转了两个多小时。有多大？没有考证数据，大概至少是北京 T3 的几倍。有多豪华？这么说吧，世界各大名牌几乎都在此设有专柜。尤其是那些令女人们毫无免疫力的箱包、眼镜、化妆品，可谓琳琅满目，金碧辉煌。空港都是免税店，很多高档商品价格比在国内买划算许多。同行的不少小伙伴们都开始兴冲冲地采购，看得出不少人都是有备而来的。可惜我暂时没有购买计划，也就跟着一块儿过过眼瘾。

两个多小时后，在迪拜的金色朝阳中复又登机——这回，我们才是真正飞向安第斯山的怀抱，当然也是此次飞行的第一目的地——巴西口岸城市里约热内卢。

起飞的时候，我留心了一下机翼下的迪拜。没有看到著名的帆船大厦，只是看到了湛蓝的大海，非常平静，也非常蓝。美丽的蓝海中还有一片青翠——那是传说中的棕榈岛么？可惜在飞机的迅速拉升中，这片青翠轻轻一闪就不见了，不容人细看。也好，留个遗憾，也留个念想和茬口，备不住哪天就专程去迪拜补遗了。其实，去迪拜度假也是非常好的选择。关于它的沙漠与黄金，关于它的奢华与奇迹，不能不说令人向往。我的好朋友，作

家毕淑敏就曾经向我描述过她在迪拜的经历。她还说，有一对小姐妹只是在迪拜的黄金市场从这头走到那头，仅仅是买金项链、金镯子就刷卡十几万人民币。见我咂舌，她笑道："妹妹，如果你去那里，一定得有人拦着，要不你可能比她们还要狠。"Oh my god！这是我听到的关于迪拜的最"恐怖"的预言，同时也激起了我的好奇心。我已经把专程去迪拜列入计划，就看什么时候能实现，哪怕是回来就把手"剁"了，哈。

天气很好，能见度相当高。机身下辽阔的太平洋，如头顶上蔚蓝的天空一样，一碧如洗。偶尔飘过的几丝白云，像是给大海点染的白纱巾，缥缈而明媚，反而越发显出了海洋的深邃。海洋上有一些船，应该是大型货轮，可是看上去就像沙盘上的小模型，娇小可爱，似乎一动不动。我知道那是距离在欺骗我，事实上那每一

我们乘坐的飞行"巨无霸"：
A-380。

艘船，此刻都在碧蓝的大海上乘风破浪地航行。

可惜好景不长，在短暂的碧蓝之后，机翼下出现了大片的棕红色。

"看啊，沙漠！"舷窗边的小伙伴们轻声嘀咕起来。

天气是这么好，大沙漠中没有一丁点儿绿茵的残酷事实，完全暴露无遗。在此后几个小时的航程中，满眼所见，除了沙漠，还是沙漠。如此巨大而连绵不断的沙漠，让人心里顿生荒凉。大概那就是撒哈拉吧？从迪拜一直向西，能够穿越的如此巨大的沙漠，估计也就是著名的撒哈拉了。而不管多么著名，不管那沙漠中发生过多少传奇的故事，有多么感人的三毛和荷西，以及那些千疮百孔的大帐篷、铁皮做的小屋、单峰骆驼和成群的山羊以及丰富多彩的爱情生活等等，都不能改变沙漠的残酷——我仍然感到沙漠是美丽地

迪拜的候机大厅也设计得很可圈可点。休息区和商业区之间隔着宽宽的通道，让需要购物或休息的旅客互不影响，休息区也相对独立，比较合理。

球上的一块疮疤。

连绵的沙漠，真看得人困眼乏。还好，有阿联酋空姐在极富特色的红帽子和白纱巾下的笑脸的陪伴，还有很丰富但味道一般的几顿阿餐的能量支持，我们终于在飞行了 14 个小时之后，于里约时间的下午 2 点 45 分降落在南美的大地上。

其实，我特别想问一下阿航空姐服装的含义。一直没有机会，只好自己杜撰一下：估计是卡其色代表沙漠，红色与白色分别代表热情与纯洁。是不是呢？总之，这套既现代又有点民族风情的服装，让我记住了阿航。对阿航的大飞机也是青眼有加。据说他们的航线已覆盖全球，唯一的条件是须经停迪拜，目的是让更多的人在迪拜驻足。但那又有什么？在迪拜机场转转也不错，还能免

迪拜机场拥有硕大的空间和琳琅满目的商品，除了冷鲜几乎应有尽有，完全可以把它当成一家超级市场。

税。以后走国际航线，我会先考虑阿
航——这算是一个额外收获吧。

阿航小姐迷人的笑容和周
到的服务让人难忘。

3

你知道那个闻名世界的"倒勾"么

炫目的阳光和热辣辣的空气，这是我对里约的第一印象。

如果你在迪拜机场没有及时换上薄一点儿的衣服，那么此刻，你的更衣几乎就是必不可少的了——因为走进里约，就立刻走进了盛夏。

哦，巴西！我想很多足球迷听到这个名字一定会热血沸腾，但是且慢，巴西不止有足球，它还是拉丁美洲面积最大的国家。它就在中南美洲与大西洋之间，面积有850多万平方公里，比中国小不了多少。在美洲，巴西绝对是领土面积最大的国家，同时它也是世界第五大国，其面积仅次于俄罗斯、加拿大、中国和美国。因为它的大，所以和巴西接壤的一众"小国"：乌拉圭、阿根廷、巴拉圭、玻利维亚、秘鲁、哥伦比亚、委内瑞拉、圭亚那、苏里南等，在面积上就都显得有些逊色了。还不仅仅是面积，巴西的"形象"也是十分俊美。其地形是南高北低，南部的巴西高原海拔 500 米以上，而另一部分则是海拔 200 米以下的平原，主要分布在北部的亚马孙河流域和西部。布满热带雨林的亚马孙平原，占去了巴西国土的三分之一，它像一匹绿色的绸缎，做了巴西的迷人的上衣。而巴拉圭盆地、巴西高原和圭亚那高原，则像美丽的热裤和惹眼的靴子，把巴西打扮得美丽入时。遗憾的是，我们这次的行程中，并没有去亚马孙的安排，只选择了巴西的高原省份库斯科和里约。这是没有办法的。巴西那么大，无论怎样安排，恐怕也不能一次走遍。况且旅途太长也不现实。

里约是巴西的一个州，也是著名的旅游胜地。其全称为里约热内卢，是葡萄牙语"Rio de Janeiro"的音译，它的意思是"一月的河"，而人们更愿意叫它的简称——里约。

里约在巴西东南部的沿海地区，是巴西的第二大城市。在 1960 年以前，里约也曾是巴西的首都，后来据说因为它面临大西洋，不利于防卫，巴西才迁都到内陆城市巴西利亚。但做过首都的里约热内卢州，仍然有着"曾经为王"的地位和霸气：它不仅是巴西乃至南美洲的重要门户，同时也是巴西乃至南美洲经济最发达的地区之一。同时，绵延 600 多公里的海岸线，热带草原的迷人气候，背山面水的海滨风景，更是让里约成为旅游胜地，成为一个让游人们钟情的地方。

因为时间尚早，我们便在地接导游项女士的安排下，先参观了里约著名的马拉卡纳体育场，也是在世界上非常有名的体育场。据说，这个体育场是为 1950 年世界杯而兴建的，并曾作为

1950年世界杯的决赛举行场地。在2013年联合会杯及2014年世界杯时，它也作为比赛场馆，是有史以来第二个举办两届世界杯决赛的球场。20多万观众的容量，让马拉卡纳被公认为世界上规模最大的足球场。1950年世界杯时，不仅场内坐满观众，场外也被球迷们包围，它的赛事和球迷数量均创造了世界之最。但据说，如此众多的球迷观赛，并不符合国际足联的要求。所以，这个体育场在2009年"被"进行了改建，并按照国际足联的强制性规定，改为最多只容纳8.2万人同时入场的体育场。但这种"压制"，并不妨碍它成为巴西人心目中永远的骄傲。事实上，巴西足球的历史以及马拉卡纳足球场的辉煌，以及它给巴西人民带来的激情与喜悦，已经远远超越了体育的界限。

球场前的小广场上，球王贝利的雕像高高矗立。贝利右手高举着奖杯，仿佛庄严地向足球致意。毕竟，他在马拉卡纳体育场打进了他足球生涯的第1000个进球。而此刻，一位黑人正在他的雕像下秀球技，一枚足球在他的头、背、手足间滚来滚去，悠然娴熟。这种个人"秀"显然具有表演性质，他面前放着一顶帽子，里面有几枚硬币。此时尽管没人驻足观看，他也仍然玩得很专注和开心，黢黑的皮肤和手臂上的汗水都在阳光下闪闪发亮。

走过球场入口处必经的销售纪念品——足球、球

里约热内卢的马拉卡纳体育场前，矗立着球王贝利的青铜塑像。

衣等体育用品的商店，项女士向我们隆重介绍了一座生动的抬脚射门的铜塑：那是巴西著名的"倒勾之父"莱昂尼达斯的射门动作。他也是巴西最伟大的球员之一，似乎和贝利难分伯仲。我们纷纷和"莱昂尼达斯"合影，有人还模仿他抬腿勾脚摆 Pose，当然十分的不像。那种高难动作，岂是一个"菜鸟"能够随便模仿得来的？

继续前行，一座现代化的体育场馆和旅游中心呈现在我们面前。原来巨大的球场被"缩小"后，周围便有了壮丽的回廊和不同主题的小展厅，成了一座名

莱昂尼达斯的塑像。他因创造了足球的"倒勾式射门"而被尊为"倒勾之父"，他也是在贝利之前的巴西第一位球王。

副其实的"足球博物馆"。展厅里永久进行着主题图片展，不同年代的球星们的光辉形象、巴西"五冠王"群英图等，你想看什么都可以。有一个展厅居然还是一个"球衣展厅"，每个展柜里都挂着巴西历史上那些闪光的球员们穿过的球衣。有个孩子正兴致勃勃地和球衣合影，我也灵机一动，扯起一件黄色的10号球衣摆拍，一看居然是内马尔的球衣，顿觉自己神采飞扬。据外媒称，巴西仅在改建马拉卡纳体育场一项上的投资就超过两亿美元，参观完后才知道此言不虚。这样规模和设计的场馆，必须要花到这个额度。

首站来到一个以足球为国争光的国度，而第一个安排就是参观了"足球王国"的最大的体育场，无论如何都很有意义。

不知道我们的队伍中有没有球迷？如果有，那他一定觉得很开心，很过瘾。

在刚到体育场参观时，还发生了一个小插曲：同行的 Y 女士的护照不见了。这一下可把大家吓得不轻。因为如果在国外丢了护照，就只能在当地的中国使馆或领馆办理临时通行证，然后就买机票回国，后面的行程是断然参加不了的。你想，我们这是刚刚抵达巴西，这时候丢了护照意味着什么？我们刚刚从机场过来，因此只能先返回机场找。好在是虚惊一场，最后才知道是她自己急着换衣服，把护照落在入境的边检处了。所以，在国外的第一要事，是认真保管好自己的护照，宁可丢钱也不能丢护照，因为它是你唯一的身份证明。有经验的人还建议把护照首页和签证相关页码拍摄在手机或 Pad 里，当然那也不如保护好护照更重要。

在世界最大的足球场想象
万人鼎沸的场面。

从马拉卡纳体育场出来，我们才入住在巴西的
Windsor Florida 酒店。如果音译成中文的话，我愿
意叫它"温德索尔"酒店，显得很温馨不是么？我曾
预先浏览了该酒店的网站，确实很漂亮很上档次的样
子，四星级。实际上酒店比图片还要漂亮，很有国际
水准。

在赴南美之前，有朋友介绍了两种饮料：瓜拉纳
和马黛茶，前者是一种野生藤蔓植物做的饮料，后者
是巴西特产的茶，据说这是一定要喝的，等明天找来
尝尝。

而在里约的一片灿烂而灼热的阳光中，我忽然想
到这时候的北京正是深夜。

4

拜谒世界上最高的基督

今天是 4 月 4 日。在温德索尔用了早餐，我们就乘车赶往耶稣山，去看耶稣巨像。

去里约不可不看耶稣像，他是里约的象征。

这座雕像太出彩、太有名了，好像有很多好莱坞的大片，都以这座巨型的耶稣像作为开头或结尾。以至于它矗立的那座山——科尔科瓦杜山，也由于雕像的存在，被人们叫作了基督山。这座基督像是由一个叫 Heitor da Silva Costa 的巴西人和一个叫 Paul Landowski 的法国雕刻家分别设计和创造的，据说他们的制作共花费了 4 年时间，让这座耶稣巨像在 1931 年 10 月 12 日，高高地矗立在山顶。现在，它既是世界上最著名的景观之一，也已被联合国评为"世界新七大奇迹"之一。雕像高 38 米，总重 1145 吨，左右手之间的距离是 23 米。再加上山峰的高度，足足有一千米高吧？它拥有了这个高度，是不是应该算是世界上最高的耶稣了？我没有考察，但有一点是确定的，就是在里约，这种高度已足以使人在城市的任何地方都能看到伟岸的它。

项女士安排我们尽早上山，为的是躲开游览人群的高峰，能够近距离地观赏和拍照。她建议上午 10 点以前到山顶，因为耶稣面向东方，上午拍照不会逆光。所以我们七点半就出发前往基督山了。没想到，虽然很早，上山的路却依然堵得很。车多人多，非常拥挤，让我想起北京香山的红叶节。车开到基督山的停车场，我们又换了景区的车，才磨磨蹭蹭地来到了耶稣身旁。

真是莫道君行早，更有早行人。

然而，当在无数电影电视中，以及影像中见过无数次的基督像就在面前时，还是让我有了不一样的感觉：现场就是现场，和看片子就是不一样，多多少少有些小激动是必须滴。

仰头望去，伟大的耶稣身穿雪白的长袍，张开双臂，面向碧波荡漾的大海，俯瞰着整个里约。在他的目光下，瓜纳巴拉湾波光粼粼，白帆点点；湾畔绵延的海滩上小楼成群，美丽动人。远处的尼特罗伊跨海大桥，犹如一道银链挂在大西洋深蓝色的脖颈上，在南美的骄阳中显得恬静而安详……这份景致，确实很美很壮观。

遗憾的是人太多了。当然全是老外——当然他们看我，也是老外。就这样，一群老外，你挨我挤，摩肩接踵，在基督的脚下踱着踱步。照相？根本找不到地方，连一个小小空间都弥足珍贵。原先我还设想，要照一个伸开双臂，和耶稣一样姿势的照片，远远地和雕像呼应，多么拉风！现在看，绝对是痴心妄想。幸亏

临行前，儿子送了我一个自拍神器，可以不必求人来个自拍，给了我大大的方便。姿势谈不上，画面也很有局限，但毕竟可以抓空"抢镜"。于是我把"理想"大幅度降低：只要证明我曾经和基督山在一起，也就 OK 了。

后来才知，之所以有这么多人，是因为我们赶上了人家的重要节日：这天是复活节的前一天。复活节是西方人非常重视的节日，是每年春分月圆之后的第一个星期日。《圣经·新约全书》记载，耶稣被钉死在十字架上，第三天身体复活，复活节因此得名。他的死，是为世人赎罪。而他的复活，则是昭示了信徒们的永生。因此，复活节的重要性超过了圣诞节。历史和宗教学家们，根据《圣经·马太福音》的说法，推算出耶稣基督在十字架上受刑死后三天复活，是在春分日（3 月 21 日）之后月圆后的第一个星期天。由于每年的春分

日都不固定，所以每年的复活节的具体日期也不确定。但节期大致在 3 月 22 日至 4 月 25 日之间。今年的复活节恰恰就在 4 月 5 日。基督徒认为，复活节象征着重生与希望，所以来山上的多为年轻人，情侣们接吻拍照，朋友们嬉笑言欢。只是苦了我们这些万里迢迢而来的异乡人，只能在一片他人节日的欢乐气氛中见缝插针，徒唤奈何。还是手疾眼快地简单拍照吧，要不这大老远来得亏了。

想起中国有句老话，人算不如天算。看来此言极容易被印证，呵呵。

但是人多的问题是解决不了了，和伟大的耶稣单独合影的理想也宣布破灭。

这时候有人发现了一条弥补遗憾的路径：绕到耶稣山的后面去。果然那里人比较少，虽然离山远了一点儿，但可以拍到全景。大家的情绪陡然高涨起来，纷纷三个一群五个一伙儿地合影。我们知道，我们每人的照片上都会有青山蓝天和伸展着手臂的基督。

我们离他太远，可那有什么关系呢？我们的照片上已经分明显现着他雪白的形象，而且在湛蓝天幕的衬托下他清晰可见，银星般闪亮。

天气特别好，南美洲的太阳极其灿烂。

美丽的瓜纳巴拉海湾在耶稣的护佑之下。注意，耶稣上空蓝天中的那一粒黑点，那是一只雄鹰恰好从"上帝"的头顶飞过。它是替上帝来看我们的么？

5

不可错过的正宗巴西烤肉

去了巴西，不吃烤肉是说不过去的。这天中午，据说我们将被安排一餐正宗的巴西烤肉，此举获得了肉食爱好者的一致拥护。尽管我对于烤肉兴趣不高，在北京也吃过 N 次巴西烤肉，甚至可以说北京的巴西烤肉已多如牛毛，但毕竟此番来到了"原产地"，必须应该尝尝正宗的巴西烤肉。

在里约著名的伊帕内玛海滩旁边，有一家名为"Carretão"的烤肉店，这就是我们享用午餐的地方，也是我们唯一一次较正式地吃巴西烤肉。"Carretão"是西班牙文，不知道怎么读。

"Carretão"环境尚好，只是略显拥挤。和国内同等水准的餐馆比，国外的用餐空间总是显得有些逼仄，而国内的稍微上一点儿档次的餐厅，都要比国外的宽敞得多。这是为什么呢？是我们的老板眼光高、

巴西烤肉店是一水儿的帅哥服务生。可能因为切烤肉是个力气活儿吧？看这一大块牛腱子，切下一片很需要些手劲呢！

格局大，还是他们太"小气"了？总之，普遍的小、挤、旧，是我对南美餐厅的整体印象。后来又去过不少当地的餐厅，没有几个能超过中国餐厅的宽敞和豪华。是我们大手大脚？还是人家更会过日子？抑或是中国人忽然暴富，总是想在各种地方显摆？挣钱容易花钱也"豪迈"？可能每个人会有自己的答案吧。

进了"Carretão"，我们25人分了两个长案，除了烤肉，其他的食品都是自助。说实话，烤肉味道还是真不错，可能是心理作用，感觉比国内吃的烤肉更纯正。

各种冷热菜品也相当丰富，这一点比北京的巴西烤肉要好很多。最有意思的是，我们还到后厨去看望了负责烤肉的厨师：一位巨胖的巴西青年。

这青年虽然体重超标，是个不折不扣的大块头——我目测他已经超过200斤了，然而却非常和善，笑起来甚至有些腼腆。也不知是谁发现了他，也可能是他那圆圆的脸、大大的肚子，实在是太突出，太有特点了，于是几个活跃的女生纷纷跑去和他合影，而他也笑容可掬，来者不拒。可能看我们是外国人，还建议我们拿着烤肉棒和切肉刀摆摆姿势，好几个人都尝试着握着烫烫的铁棒照相，我也混了一张。几位巴西大厨还热心地在一边指导，这只手高一点儿，那只手低一点儿，好让我看上去更"专业"一些。一高兴，还和"跑堂的"巴西小帅哥合了几张影，同样也被高度"配合"。回来看照片，居然很不错。热情好客的巴西人！

顺便说一句，在这个烤肉店，我终于喝到了巴西的特色饮品"瓜拉纳"——一罐莓子味儿的加气饮料，口感让我想起了在俄罗斯喝的格瓦斯。至于味道呢？我是比较喜欢的，有一些水果的甜香，还有一点点刺激的感觉。但有的人觉得一般，评判说"不如喝茶"。我这个人，就是"喜点"比较低，特别容易满足，所以我把那一小瓶淡黄色、散发着水果香气的瓜拉纳全部消灭了。

瓜拉纳其实是一种产自亚马孙盆地的蔓生植物，被印第安人认为有长生不老的神秘力量。现在它是巴西的象征之一，是巴西的"国饮"。

这天的饭后，按照日程有两项安排：参观宝石店和去面包山看日落。本来是要去参观伊帕内玛海滩的，但项女士温婉地说，看日落时车子会经过海滩，她在车上介绍，我们在车上浏览就可以了，省下时间去看巴西著名的宝石公司，参观宝石制造过程，如果看着好，还可以购买中意的宝石。估计后一项才是重点。但是没关系，似乎我们团里有一种暗暗涌动的购买力，所以大家对这个调整也都投了赞同票。

6

萨乌尔的宝石

巴西的宝石世界闻名。

这个国家不仅地大物博（这词，相信中国人也不陌生，因为我们是经常用它来形容自己的祖国，用在别的国家身上，似乎心里还要掠过一丝丝疑问的感觉），而且有很多特色产品，比如咖啡、蜂胶，还有就是宝石。很多人都知道，巴西盛产宝石，尤其是彩色宝石。比较有名的像"祖母绿""海蓝宝""碧玺"和"帝王玉"等。特别是帝王玉，据说只有巴西才有。

记得 2007 年，不知什么原因中国市场上有了"水晶年"之说。很多人变得很信奉水晶，都按照自己的星座找护佑石，比如处女座的守护石是黄水晶和海蓝宝，狮子座的守护石是碧玺和石榴石，天蝎座的守护石是碧玺和月光石等，尤其是女孩子们

水晶属于彩色宝石，亦是稀有矿物。巴西的水晶以其色彩艳丽、质地纯净而成为享誉世界的知名彩宝。

都对号入座，到处找自己的守护石、开运石，甚至还有财运助运石、健康助运石之类，不一而足。总之，大家都热情万丈地喜欢起水晶来。其实，水晶就是彩色宝石的一种，自然也是巴西的最好。我有位小女友，在昆仑饭店对面的"佳意"市场中开了一个水晶专柜，据说她的水晶就是从巴西进的。受她的影响，当然也是因为喜欢水晶，我头脑一热，也开了个小店，专门卖水晶——水晶年嘛，还从她那里拿了不少货。现在想起来，那些都是质量上乘的相当好的巴西彩宝。只不过，中国的事情都是一阵风，等水晶年过去之后，大家对水晶的热情也就降温了。我的水晶,从第二年开始就基本卖不动了,我也无法再专门经营水晶,于是便开始夹杂着卖衣服、饰品之类,最后终于由于客流太少而关张大吉。

但这个"惨痛"的经历有一个好处,就是认识了水晶。那时候我是谈水晶言必称巴西,总是和我的客人们介绍,全世界就巴西的水晶成色最好,就巴西的彩宝最让人着迷,我的水晶都保证是从巴西进货。尽管,那时候我对这个国家几乎还没啥概念。而现在我居然来到了巴西,不去看看那些曾经有缘的可爱宝石,必须是说不过去的!

很快,我们一行人就来到了"Amsterdam Sauer"宝石公司。据说这是巴西最著名的宝石公司,遗憾的是不知道怎么翻译,这是葡萄牙或西班牙文。后来请教了一下度娘,原来是叫"阿姆斯特丹·萨奥"宝石店,在圣保罗还有连锁店。阿姆斯特丹·萨奥,有的地方也翻译成"阿姆斯特丹·萨乌尔",是巴西的名店,几乎也是各国游客的必选。而我觉得"萨乌尔"好像读上去更有感觉一些。

宝石车间,安静而神秘。

这家宝石店成立于 1941 年,创始人是法国人儒勒·罗杰·萨奥(Jules Roger Sauer)。萨乌尔位于里约的市中心,大大的淡黄色水泥墙面上,简单印刷着店名,并不奢华,甚至有些低调。一进门,就有一位身着黑色西服套装的亚裔小姐迎接我们,并带领我

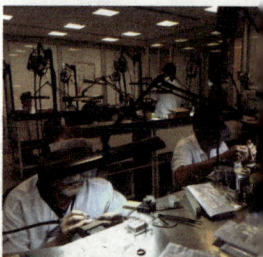

玉颜色为 XO 酒红色。而我们眼前这块是红中带黄绿色，呈现出一种典型的"帝王色"。只见在幽黄的灯光下，这块宝贝沉默、高贵，闪着傲人的冷光，仿佛嘴角还挂着一丝不易察觉的讥笑。是啊，谁会买得起它？而且店家标这么高的价，明摆着也是不想卖。这种玉中极品，可能全世界都没几块，卖一块就少一块，谁不惜售呢。全体如我们，已经被它的气势压倒，于是我们只能压抑着自己的惊叹，默默看看，又默默离开了。

是的，还能怎样？它不属于我们。

等到展览柜台走完，各类成批的海蓝宝和托帕石之类的小吊坠、小耳钉开始亮相的时候，女生们便热闹起来了。我们挤作一团，纷纷观看、询价，甚至砍价，很快有人出手了。没办法，宝石对女人有着天生的诱惑力，或者也可以反过来说，女人对宝石天生没有抵抗力。从古至今，概莫能外。至于有多少人买了多少，恕我不能透露，总之，有买给妈妈的，买给婆婆的，买给姐妹的，买给自己的，场面煞是热烈。几乎人人都有斩获。还有一位姐妹出手更大气：将一块成色甚好、价格也不菲的祖母绿收入囊中，那价格在中小城市都能买套房子了。不过，从店里全部黑衣小姐以及先生们的笑脸看，他们对我们的购买能力基本满意。

在萨乌尔的休息室，我们被当作贵宾接待，服务生端来了香喷喷的咖啡，让我们免费品尝。服务热情周到，让我们获得了良好的消费体验。不过话又说回来，这杯咖啡貌似也不能算是白送的。宝石是一项利润巨大的买卖，仅就我们这二十几位的这一轮销售，况且还有那块数万美元的祖母绿顶冠，区区几壶咖啡算啥？只能说店家聪明，会做买卖。

据说，萨乌尔的宝石曾在 1966 年、1992 年和 2000 年获过国际钻石珠宝大奖。最近，萨乌尔还与上海的老凤祥达成协议，将在上海淮海路开珠宝博物馆，估计也是看中了中国人的钱袋子。

花钱使人愉快，大家的心情都无端地好起来。刚一回到车上，姑娘们就彼此交流心得，互赏宝物，群情雀跃。我入袋一款蓝宝石吊坠，色彩不错，价格比在国内买划算不少。到巴西能买一点儿宝石回去，其实就是个念想。况且这蓝宝石的色泽、切割、纯净度和性价比都比较高。其实最近几年我的恋物观已经起了变化，已经有点"舍本求末"的感觉了。以前，我总是喜欢昂贵的真品，那些真钻、真宝石对我有极大的杀伤力。但现在，我感觉那些时尚的、夸张的工艺首饰更可爱，反而是这些"真货"不那么招人待见了。首先是它们的性价比低得越来越离谱，国内的玉石类更是贵得没边儿没沿儿的，连宝石商都觉得太不靠谱了，有些宝石基本上就是有价无市，失去了收藏意义；其次，它们在设计上也显得太过含蓄，或者也可以说太过老气了。所以，就算以前头脑发热时入手的东西，现在在我这儿不怎么吃香了，更不怎么戴了。相反，漂亮、时尚、做工精美的工艺首饰，占了我的饰品的"半壁江山"。除非场合需要，我一般不戴真的，出门旅游更不戴，万一丢了呢？而且，某些工艺首饰足以乱真，既满足了人们的虚荣心，又照顾了口袋中的银子，何乐而不为？

当然，我这观点对"土豪"无效。哈！

7

面包山上的落日

　　里约的海岸线很长，蓝天白云、椰风海韵是它最为突出的特色。尤其到了夏天，海滨的日光浴场鳞次栉比，蔚为壮观。原来这里的人们推崇的并不完全是游泳，而是在海边上晒太阳，喜欢把皮肤晒成古铜色。据说，在巴西是越黑越被认为漂亮，女孩子也一样。皮肤白的人，会被贴上贫穷和落伍的标签。这与中国完全不同。中国人一般都怕晒黑，我们到哪里都要讲究防晒，去海边要涂防晒霜，阳伞、帽子都得带上。在海边暴晒这种行为，大概深为中国人，尤其是中国女性所"畏惧"。但是，这在外国人看来是特别奇怪的。为什么要怕晒？为啥要怕黑呢？他们完全不理解。我有个朋友，当然是一位中国小伙子，他在国外学习的时候兼做导游。据说他对自己的游客有一个要求，也是唯一一个要求，就是不许在海边打伞和戴帽子。

他说："所有跟我去海边玩儿的女孩，我都告诉她们不许戴帽子和打伞哈！你们去海滩居然还打伞，让人家觉得太奇怪了，也太让我难堪啦！"——这是他的原话，我一个字都没改。

现在，我们行进在里约的海滩，看到巴西的女孩都肆无忌惮地在阳光下展露着身体，似乎都恨不得晒得越黑越好。她们穿着超短裙或者比基尼，非常傲娇地走在太阳底下。身材迷人、皮肤黑里透红的巴西女郎，果然是别有一番美丽！我想，如果此时有皮肤很白的人走在这海滩上，恐怕还真有点不协调呢。虽然已是夏末秋初，但里约的阳光依然很炫，一路望去，来晒太阳的人熙熙攘攘。连同海边的一朵朵阳伞、一顶顶彩色帐篷，成为海滩上一道独特的风景线。

我们的车子开得不快，司机显然是有意识地让我们尽情浏览这明媚的里约海岸。

里约的海滩有70多处，我们路过的这个"科帕卡巴纳"海滩最为著名，因为它沙白水洁，呈新月形，长达4.5公里，所以每年到巴西旅游的200多万游客中，会有近40%的人来到这个海滩。虽已入秋，海滩上的各色人等还是很多，而且还有各种不同的"圈子"，插着各样的旗帜，作为自己小团体的标识。小项悄悄地告诉我们："那些彩色条纹的旗子，来自同性恋阵营。那是他们的标志。"哦？原来那些都是"同志们"？大家都不约而同朝同性恋阵营望去，一看人还真不少。

里约的海滩，就是人们休闲的地方。不仅是游客，当地人也会在阳光灿烂的午后或黄昏，来这里戏水和晒太阳。

不像其他地方的遮遮掩掩，这里的同性恋者，原来并不隐晦自己的性取向，而且还如此鲜明地立起"山头"，飘起色彩鲜明的旗帜，似乎在昭示同好，欢迎加盟。让我有点感佩。仅仅这一点，似乎可以看出巴西人率真的，也是不羁的生活态度。

开放与自由，我以为是这个国度让人印象深刻的精神特质。

下午 4 点左右的时候，我们到了著名的面包山。此山位于瓜纳巴拉湾入口处，是里约热内卢的象征性地标之一。面包山高约 400 米，由两个"面包"组成：一个像横着的面包，一个像竖立起来的面包。据说当年葡萄牙人入侵时，一抬头看到了面包山，说这山怎么这么像我们家乡的糖面包啊？于是面包山由此得名。不过，面包山还真的像面包，深黄的颜色，圆润的轮廓，就差一点儿热气，便是烤箱中直接端出来的了。上下面包山和两座山头之间，都需要乘坐缆车。要先乘缆车抵达横着的那座面包山，然后再换车，到达竖着的那座更高的面包山。为的就是要看日落。这种缆车可不是国内那种四人座的观光车，而是需要站在里面、没有座位的老式大型缆车，一车可以进几十个人。第一站到了以后，要走一段山路，再换车乘坐——不，应该说乘站到竖的面包山顶。

到了里约，据说不能不去面包山，尤其是不能不看面包山的日落。一是从面包山顶，可以俯瞰整个里约城和整个瓜纳巴拉湾，还能远眺基督山、科帕卡巴纳海滩和罗德里格环礁，从而把里约的美景尽收眼底。二是它的日落很有特色，日落方向正朝着基督山的方向，在一片血红的晚霞中，看着伟大的高扬手臂面向众生的主，全身镀满了太阳的光辉，会让人浮想联翩，体会伟大的宗教精神。

照例，我们排队"坐"上缆车，用了三分钟左右的时间，先抵达了横过来的矮一点儿的面包山——阿卡山。在缆车上升中，我们看到了面包山旁的海湾和星罗棋布的船只。到达这座山头的山顶的时候，阳光还十分的好，在山顶的平台上凭眺，里约海水碧蓝，天空悠远，清风徐来，真是十分惬意。我忽然看到树下还有几张木制的躺椅，就想，在这里休息放松一下的感觉一定不错。正好有两张躺椅空着，我便往上面一躺，哎哟，太舒服了，果然感觉不一样，可以非常愉快地浏览风景啦！于是我忽然决定不去坐那第二个上升段的缆车了，就在这里躺一下。如何？这里不是也能欣赏里约的美景和落日么？

在面包山顶上自拍的年轻
人。吻了又吻，旁若无人，
直到画面满意才笑着离开。

旅游的动人之处也在这里：灵动的景色和灵动的思绪，让你不知道下一秒将发生什么。

其他人却不愿停下脚步，都匆匆忙忙地向下一站走去。我居然有点替他们惋惜：为什么要那么匆忙呢？与其说赶赶楞楞地上另一座山，不如就在此地平平静静坐下来。在哪里看落日其实不很重要，重要的是看落日的心情。在这美好之地听清风起舞，看云卷云舒，已是人间赏心乐事，何须赶路。有人说过，让脚步停下来，才能滋养心灵。深以为然。其实，生活的本真就应该是宁静。平时不管多么紧张或忙碌，既然出来了，便要留给自己一些时间，乐享闲适和安静。很多人走过了青山绿水、经历了人情冷暖之后，身上沾满了沧桑的味道，变得瞻前顾后、沉重不堪，多了暮气，少了灵气。人要是活成这样，那可真就辜负了自己度过的这一把子岁月了。人其实是应该越活越单纯，越活越简单，越活越轻松的。体味人生五味也好，认知大风大浪也罢，为的是提升自己，看透人生，修身如镜。修得一个好的心态，才可以容得风风雨雨，活得快意随性。

很快我有了同道：同行的陈姐也在旁边的躺椅上坐下来，和我一样，表示要在这里休息，不再跟着上山了。我们谈着轻松的话题，共同赞赏了一番里约的碧海蓝天，我还请她听了一支我春节时候录制的歌曲，很开心，也很快乐。忽然发现，她也是一个不情愿"随大流"的人。

渐渐地，太阳向西走去了。山上的人也越来越多。大概都是来看日落的吧？一对青年情侣，就站在我的面前，手里高举着自拍杆，以大海为背景，旁若无人地自拍两人接吻的镜头。可能是效果欠佳，小伙子搂着姑娘，不断变换着角度，吻了一遍又一遍，完全不在意对面躺椅上一个外国女人都不知往哪儿看的目光。里约的青年们，又大胆又浪漫，爱情的花儿到处开放。

陈姐居然睡着了，真羡慕她，躺在这样美的海边的山上轻轻入眠。

忽然，人们拥向了西侧的围栏，原来拍日落的时机已经到了。只见各种手机、相机、自拍神器都高高举起，在捕捉阳光和山峰的那一瞬间的亲密接触。我也赶紧从椅子上跃起，找了个缝隙，

从面包山可以远眺基督山，落日中的基督巨像，向着西沉的太阳张开手臂。似乎在表现一种救赎与苍凉。看到这一番景象的基督徒们，一定会心有所动吧？或者这也是当地人喜欢上面包山看落日的原因，真的是感悟情怀的好地方。

正拍反拍地忙活了一阵。回来看照片，居然有一两张还不错，尤其是那张沐浴在落日余晖中的基督，我以为可以放在书里了。

落日比想象的落得快，或者说落日时间其实非常非常短，也就几分钟的样子吧，太阳好像忽然就不见了踪影，留下的光芒也迅速淡去。

去竖面包山的队伍也下来了，于是我们在这个平台上胜利会师。

虽已傍晚，但如果以为今天的活动到此结束了，那就大错特错了：重头戏在晚上。

顺便说一句，还是"加演"的戏份儿。

8

大战 Melissa

Melissa，中文译作梅丽莎。很好听吧？这是一种艳丽、柔软而深得女孩子们喜爱的时尚鞋子，也叫果冻鞋，产地在巴西。猛一眼看上去，它鲜艳的色彩和独特的样子非常吸引人，但事实上它就是一款塑料鞋。但时尚界却认为，梅丽莎果冻鞋是个绝顶聪明的设计品牌，因为它虽然卖的是塑料鞋，却通过设计的力量带来让人惊喜的价值。它的创造者是巴西本土的著名设计师兄弟 Campana brothers。据说梅丽莎之所以能够有那么时尚的造型，是借助了来自各领域的著名设计师力量，跨界合作是它的特色之一。美国、英国的很多设计师都曾经参与设计，就连著名的建筑设计师扎哈·哈迪德 (Zaha Hadid) 也被梅丽莎请来助力。结果，这位在全球建筑界叱咤风云的女建筑师不负众望，让她手下的梅丽莎果冻鞋拥有了"扎哈式"

美丽柔软的 Melissa，全凭时尚的设计理念，赢得了女孩子们的芳心。

流线造型。不少款式还能明显辨析出大师过往建筑设计的影子。大弧度、流线型、镂空等元素，让梅丽莎果冻鞋具有了强烈的建筑感。扎哈·哈迪德说："我在建筑和设计领域摸爬滚打30年了，这女鞋设计，无论从设计角度还是技术层面，都是非常富有挑战性的项目。"而这批梅丽莎果冻鞋在伦敦时装周期间引起轰动，成为富有强烈个性的艺术家时尚精品。

我一个朋友曾从国外带回来一双果冻鞋，是一双淡绿色的娃娃鞋，典型的塑料版本，圆圆润润的全是洞洞，看上去超可爱。而现在，这种鞋在国内也有的卖了，而且据说很抢手。这次同行的女生中，有不少都是时尚信息灵通人士，马上就有人提到了巴西是梅丽莎的产地。

"巴西不是产梅丽莎么？"就是在从面包山回去吃晚饭的路上，Z女士说道。

"是呀，这里有的。"项导接话。

"会不会便宜？什么价位？"这是车上女士们随即提出的问题。

车上的L女士，立刻以亲身经历说起了果冻鞋。当然据她自己后来说，就是突然想起，不是预谋。

L女士是在北京买过梅丽莎的，而且是在双安商场买的，非常舒服，但价格不菲，以至于这次旅行都没有舍得穿来。她这样一说，全场都有些震动。你想啊，一双本来舒服合脚适合旅游的鞋子，居然没有舍得穿来，起码说明了主人对它的重视和爱惜，也说明了它的价值。所以，当导游说本地就有梅丽莎的专卖店，而且肯定要比国内便宜时，全车女生的兴奋点又一次被点燃了。

于是临时加演一个节目：去梅丽莎专卖店。当即就有十几个女士举手，说去。

按照程序，我们今晚只有一个自费项目，就是观看巴西的桑巴舞，而本人则是看桑巴舞的坚定分子。但桑巴舞场的车，据说要6个人以上才能来接，而且只能去一个地方接。如果我们要去买鞋，那看桑巴舞的人最好包含在买鞋的人之中，人家就一起到商场接了。哦，好吧，我也去买梅丽莎。问题是统计了一下，只有5位要看桑巴舞的。关键时刻，从买鞋阵营中杀出一位侠女：就是最初提到梅丽莎的Z女士，她的出现凑齐了看桑巴舞的6位人选。由于Z的及时补缺，我们既可以放心地去买鞋，也可以安之若素地去看桑巴舞了。其实Z并不想看桑巴舞，只是怕我们人不够，桑巴舞剧场那边安排不了车，耽误看演出，才自告奋勇地"牺牲"了自己。我真是很感谢她。而且她在表述自己想法的时候，不仅举重若轻，而且还很有趣，甚至有冷幽默的风格。于是我们公认，她可以作为本团的相声演员，现在居然在一个单位当领导，实在是屈才了。

离我们吃饭的地方不远，就是里约的一个购物中心，Melissa专卖店就在中心的三层。大部分先生们回了酒店，而女士们小姐们太太们则大部分跟着项女士径直去了梅丽莎。女人嘛，你懂的。

这家专卖店不是很大，大概不到百十平方米，装潢很雅致。橱窗里大概有几十双各色鞋子，秉承了梅丽莎的一贯特色，赤橙黄绿鲜艳无比，很是打眼。大家一进门就兴奋起来，奔着自己喜欢的样子和色彩而去，立刻，冷清的店里热闹起来，汉语、英语、西班牙语连续发问，整个店里各种语音连成了片。虽然我们的女士们很有修养，很有控制力，但架不住人多需求多，店里气氛迅速升温。店里有三个服务员，一个胖一点儿、一个瘦一点儿的俩女孩，还有一个小帅哥。而我们是十多个人，十多种要求同时提出，这个要这个型号的这个色，那个要那种颜色的那个码，三个孩子几乎应付不了这么复杂的局面，只见他们又要上楼取货，又要答复提问，而且完全分不清自己答应了谁，拿下来的鞋子又应该给谁。估计中国人的脸他们也记不住，于是就出现各种岔口地对不上号，哪个是我的，哪个是谁的，什么有，什么没有，都要反复折腾才能满意，场面混乱得无法形容。

于是我们只好自嘲地说："看吧，中国大妈来了！"

在美国买房子，在英国跳广场舞，在香港买黄金，现在又包括在巴西买梅丽莎。好吧，中国大妈就是厉害，难怪英国的皇家大词典已经列出了"中国大妈"的词条。她们，不，我们——已经成了一个有特定内涵的、充满活力和含金量的专有名词。"China Dama"怎样？很神奇的一群是么？而且，这好歹也算为国争光吧？姐妹们，我可没任何贬义啊。哈哈！

至今我都不能忘记梅丽莎专卖店里那三位巴西青年的迷茫的眼神。不知道他们是完全不能辨识中国女人的形象呢，还是不理解中国女人为何有如此强大的购买力？总之，我以为这一幕他们会长久地记得。他们会记得自己在这一晚的茫然无措、应接不暇、手忙脚乱和汗流浃背，并在很久之后，他们仍把这一夜当作自己销售生涯中的一种骄傲的谈资。

我也看中了两双鞋，一双红色的，一双绿色的，样子都漂亮得很。结果红色的没有我穿的号码了，那个有着一双深陷的黑色大眼睛的小帅哥，头上冒着热汗，帮我找了两遍，依然摊开两手说 No。遗憾啦！没办法，只好悻悻然买了那双绿色的，简单柔软的平跟，前面嵌一只白色的蝴蝶结，后帮上还钉着一颗小银钉。等回国后，在夏天的某天穿出去，一定很 fashion。据说梅丽莎的最新款是"夜空"，是英国设计师 J. Maskrey 的作品。这位设计师是化妆师出身，把珠宝直接贴在皮肤上做装饰 (skin jewellery) 的化妆技巧，就是她的发明。她为梅丽莎设计的"夜空"，是一款露趾凉鞋，漂亮的如同水晶的鞋面上，镶满了多如繁星的碎钻，令人足下熠熠生辉。我们仿佛看到了那鞋，但没有人出手，600多美元的售价，让人要考虑一下性价比，毕竟只是一双鞋嘛。就算它具有防水、透气、舒适的特性，就算它有热情时尚、都市休闲的气息，就算它能体现精致的异国情调与独特的巴西风情，但是在价格太贵的时候，或者说是性价比不那么合适的时候，我们这群充满了智慧的"China Dama"们还是比较有理性的。

在畅快淋漓地购物之后，我们提着数十袋子鞋中之艺术品以及巴西人民的热情走出了购物中心。都没有空手，最多的一位买了五双，最少如我也买了一双，对于巴西梅丽莎果冻鞋的向往，终于在这个夜晚画上了美丽的句号。

恰好，桑巴舞场的车子也到了楼下，于是其余人回酒店，包括我在内的六位，就上了那辆七座的面包车，直奔剧场。

9

跳吧，桑巴

激情四射的演员和舞蹈很有感染力，里约这家桑巴舞的剧场几乎每晚爆满。

是呀，到了巴西，怎么能不看桑巴舞呢？

桑巴可以说是巴西的"国舞"，也是在每年巴西狂欢节上表演的热舞。巴西狂欢节有"地球上最伟大的表演"之称，是世界上最大的也是最知名的狂欢节，每年2月的中旬或下旬举行三天。其实，人们参加狂欢节，就是来看令人震撼的桑巴舞。可惜我们来的时间狂欢节已经过了，只有去桑巴舞的舞台上，去领略狂欢的冰山一角。

不过人家说，如果你们狂欢节时来，可能连吃的地方住的地方都没有。参加这个节日的人之多之狂热，让整个里约几乎都是人满为患，几乎人无立足之地。不如今晚踏踏实实地去看桑巴。

哦，是么？好吧。

桑巴，源于葡萄牙语 Samba，又一说是从非洲的安哥拉第二大部族基姆本杜语中的"森巴"演变而来。桑巴现在是巴西的一种最有代表性的舞蹈和音乐类型。据说，它最早的根源是非洲土著带有宗教仪式性的舞蹈，通过被贩卖到巴西的黑人奴隶带入了巴西，再与流传至当地的其他文化混合，渐渐演变成今日的桑巴。"桑巴"从舞蹈的形态上看，跟国内目前盛行的肚皮舞很接近，都是以上下抖动腹部、摇动臀部为主要特征，而这是安哥拉最流行的舞蹈语汇。桑巴在南美流行，一个说法是在16世纪30年代到19世纪中叶的300多年中，葡萄牙殖民者从安哥拉和非洲其他地区向巴西贩卖黑奴，总共竟达1200万人。在把黑奴塞进船舱，运往遥远的拉丁美洲的时候，奴隶贩子们担心路途太远，黑奴在船舱中一窝几十天，到岸时腿脚都不灵便了，卖不出好价钱，于是他们就每天把拥挤在船舱中的黑奴赶到甲板上"活动活动"。黑人是善舞的民族，就在甲板上敲打酒桶和铁锅为伴奏，跳桑巴舞来活动筋骨。及到岸上，跳舞仍然。所以，其实是殖民者无意间把这种流行于非洲的舞蹈带到了拉丁美洲。

经过了几百年的演变，桑巴已被公认为巴西和巴西狂欢节的象征，同时又是巴西最大众化的文化表达形式之一。而且其中的圆圈桑巴舞（一种里约热内卢的桑巴），还在2005年被联合国教科文组织列入了《人类非物质文化遗产代表作名录》。

材料革命，助长了桑巴服饰越来越夸张的趋势。女孩头上的造型如此"巨大"，其实却不重。

我们观看桑巴舞的剧场位于里约市中心，中等规模，装修略显陈旧，剧场里是木头条案和粗做的硬木椅，有些原始的味道。我们到的时候，台下已经坐满了各国游客。演出前，场里溜达着几位演员，正在做着一些滑稽表演。有两个打扮入时的黑人男女，到处邀请游客和他们合影，照一张 10 美元，当时就可以把照片给你。这种机会，我可能都不会落下，因为一般都不是我去找人家，而是人家来找我。用同行人的话说，颜值高的人没有办法（不是我说的，是别人说的啊，大家别扁我）。当然，最要紧的是架不住那漂亮的黑人小姐的十分甜美的微笑，那一双弯弯的眼睛和雪白的牙齿让人无法拒绝。于是便和那对漂亮的黑人男女合照一张，留作纪念。你别说，照片的效果确实不错，在他们俩的陪衬下，我不仅显得肤白貌美，还娇小玲珑。同行的小伙伴 Z，以及坐在一起的 H 夫妇都没有照，但他们都一直是非常热情地鼓励我照的"帮凶"，并帮我拿包，并提供姿势指导，并要帮我付费，并热情围观，貌似我是不照都不行了。这事闹的。所以，算我谨遵"天意"吧。大老远地来一趟，其实各种现场照都不会嫌多的。等你离开了才会知道，等你细细回味行程也会知道，不会多此一举，而是留下的影像远远不够。当时的一个犹豫，可能就是永远的遗憾呢。

桑巴虽然主要看女人，但男演员一登场就技压群芳。

黑人小伙子迅速拿来了一张放大成 5 寸的彩色照片，而且已经塑封，效率奇高。看看照片上的我，还真是挺满意的，于是愉快地将这张要价 10 美元的照片收入囊中。我注意到黑人男子从我手里接钱的时候，又是点头，又是鞠躬，笑得特别灿烂。我的虚荣心也得到了小小的满足。毕竟答应和他们照相的人不多。这种生意其实不好做。

随着一阵强劲的乐曲，演出正式开始。

桑巴舞的开场，可以用"劲爆"这个词来形容。女性演员不仅身材火爆，而且各个浓妆艳抹。她们白裙白靴，裙子是极度超短，上衣也极度超短，其实就是一身三点式，不过加了一点点边袖而已。她们头上戴着夸张的高耸的金色羽毛，十分抢眼。男士则是白色长裤，

在剧场中和黑人美女帅哥合影，需要 10 美金，值么？

赤裸上身，披一件白色短坎，很潇洒的样子。总之，开场舞是以营造热烈气氛为主，男女演员们在舞台上边唱边舞，狂放不羁，动作幅度很大，节奏感也很强。他们跳出了各种队形，或成排、或成双、或走圆圈，扭腰摆胯的动作加上极富南美风情的音乐，给人的感觉是热烈奔放、激情似火。

也并非全是激情的热舞。第二个节目是五位男性，或者说就是男子独舞，其余四位不过是陪衬。那位独舞演员也是好生了得，只见他身着银色西装，一顶银色礼帽，在台上舞步灵活，炫腿动胯，摇头摆尾，动作不大却很有难度，表情轻松诙谐，不时与观众巧妙地互动，大受欢迎。

从整场演出看，桑巴舞的技巧其实有了很多改变。尤其是这种专门为外国人设计的演出，注意了舞蹈的专业性和观赏性的结合，所以非常引人入胜。比如他们舞蹈的编排，都是动静结合以及场面的繁简结合，让你总是感觉很新鲜很有趣。在一个相对热闹的舞蹈之后，接下来就是场面安静一点儿的比较"炫技"的舞蹈。而在安静的舞蹈过后，一定是别出心裁的宏大场面，观众绝不会产生视觉上的雷同之感。十几个节目，就这样流水般演过，还没等看过瘾，最后一个压轴大戏就上演了。

其实我感觉，看桑巴舞主要看女演员。女性的扭胯炫腰抖胸，是这个舞蹈的诱人和迷人之处。今天的演出，女演员们各个出色。这还不完全体现在她们的火爆的身材和夸张的妆容，而更主要的是她们对桑巴的理解和展现出来的风情。她们在奔放的音乐中，随着大鼓、铜鼓、手鼓等打击乐器翩翩起舞，无论是穿着拖地长裙，还是只穿三点式；无论是夸张的民间狂舞，还是相对内敛的宫廷风格，她们都表现得舞技精湛，妩媚动人。而且我必须承认，整场演出的水准不错，既保留了桑巴舞原有的味道，也加上了现代舞及交谊舞的某种改良，使得演出更具有国际色彩，看上去也更加丰富多变，剧场效果非常之好。

当然，为了演出的张弛有度，舞台上也不时出现一些面貌怪异的人物，诸如头插鸟羽的非洲武士，身着古装的印第安国王，面目迥异的风神、雨神、雷神、海神，还有谐趣横生的舞蹈小品等等。尽管人物形象各不相同，内容大抵都是对正义、光明和爱情的追求与赞颂，对邪恶的讥讽与鞭笞。这个小小的舞台，也折射了南美人民朴实的价值观。现在，桑巴舞是巴西一年一度狂欢节的主要舞蹈，也是世界公认的"最巴西"的舞蹈，是巴西文化的象征。可以想象，如果我们在狂欢节的时候来，那么整个巴西都可能是桑巴的海洋。那种热烈快乐的场面，不知有多少人都希望现场感受一下呢！

今天这一场小小的舞蹈，已经让我们略见一斑。尤其是最后一个压轴大舞，几乎已经就是视觉的盛宴：

与第一个开场舞的热烈奔放不同，最后一个压轴舞蹈突出的是华美和尊贵的风格。女演员们一律盛装出场，身上是图案绚丽的拖地长裙，头上或戴着华丽的王冠，或插着五彩的鸟羽，羽毛的高度足有七八十厘米。舞台上的美人们，好像忽然被放大了一倍。加上她们艳丽的衣饰上缀满了五光十色闪闪发亮的配

饰，美艳无比。男演员们则足蹬长靴，穿着欧洲古代骑士一样的马甲，或披着非洲大酋长式的长袍，显得庄严而华贵。舞台上灯光闪亮，音乐也舒展辉煌。一刹那间，仿佛面前展开了一个奇幻的世界，让人感到飘飘如梦、魂飞心摇、不知今夕何夕。

一场舞蹈犹如此，如果在狂欢节的日子里会怎样？

忽然，我又庆幸没在狂欢节的时候来。那时候，整个里约欢腾三天三夜，大街小巷张灯结彩，男女老少走上街头，人人打扮得奇形怪状，桑巴舞会跳得不眠不休，荡气回肠。好吧，我想我不能在场，因为我即便不会疯掉，也会累垮的。仅仅是今天看了这样一场非常有局限性的演出，我已经手痒脚痒、神采飞扬了！

哦，桑巴，今夜就让我们跳起来吧！

10

赛拉隆，伟大的修行

里约的"赛拉隆阶梯"，也叫彩色阶梯。一般旅行者都找不到这个地方，但它实在值得一看。

4月5日。又是一个阳光灿烂的日子。

不要说我总是用到"灿烂"这个词，似乎少了些新意。不，到了南美你就会知道，这里的明亮而通透的阳光，只有用这个字眼儿形容才符合实际，才算准确，这里的太阳，好像永远都是"灿烂"的。

按照我们在里约的行程，今天上午本来应该先去看二战烈士纪念碑。这个二战纪念碑是一个小型广场，就坐落在里约的海滨，建于1957年6月，旨在纪念第二次世界大战中在意大利与同盟军一起阵亡的巴西远征军官兵。据说在珍珠港事件以后的1944年，巴西曾经派了2.5万名官兵组成远征军赴欧洲战场，总计牺牲了400多人，这在百年无战事的巴西就是巨大的伤亡了。1945年，巴西政府把烈士们的遗体运回国，并开始修建这座纪念碑，把烈士们的遗骸安葬在地下的陵墓里。

　　但我们团队中的精英们，似乎对看纪念碑没有什么兴趣。是啊，对于二战，我们的经历、体会、理解以及感情，都比南美这片遥远的几乎从未受到过二战波及的土地要来得深刻得多和广阔得多。让我们这样一群从"战争"中走来的人，去看一个仅仅算是打了个"擦边球"式的纪念碑？着实有些分量不够吧？

　　于是，我们的"团长"建议把"纪念碑"这个桥段换了，换成去看里约著名的人文景观——赛拉隆阶梯，这个提议立即得到了全体人员的赞同。我们的导游也认为，赛拉隆比二战烈士纪念碑更有看头，而且去往赛拉隆的路上，我们会路过纪念碑，远远看上一眼也就够了。

　　果然，车子没有开多久，项导就说：

　　"看，那就是二战烈士纪念碑。"

　　在车子行驶的右前方，出现了一个略高于地面的平台。平台比较大，下面貌似还修着上行的台阶，不是很高，大概有二十多级的样子。两根高大的门柱似的石碑出现在眼前。这就是纪念碑的主雕塑。这两根门柱，据说是抽象的高举着的双臂双手，象征着人的两手伸向天空祈祷和平。碑门后，就是无名战士墓和三军战士雕像。原来如此简单！幸亏改了行程。诸位巴西的将士们：恕我们就不一一下车膜拜了。

　　事实上，我们对这个纪念碑不是"远远看了一眼"，这一眼其实看得挺近，因为我们就从它身边近距离地驶过。

　　转过一条街，我们就来到了赛拉隆阶梯。

　　赛拉隆阶梯，又被称作"里约的彩色阶梯"，它是根据建造它的艺术家的名字命名的。乔治·赛拉隆，是一位旅居里约的

智利艺术家，他修建这个阶梯完全是出于偶然。起初，赛拉隆仅仅是将自己房屋门前的一小段阶梯，用蓝色、绿色、黄色这三种代表巴西国旗颜色的瓷砖做了简单的装饰。但他发现这种贴上色彩的瓷砖阶梯很好看，于是他灵感闪现，就用各种色彩的瓷砖继续装饰阶梯。从此，赛拉隆的创作热情一发不可收拾。从 1990 年开始，并在随后的 20 多年间，赛拉隆用超过 20000 多块的彩色瓷砖，将门前长 125 米、有 250 多个台阶的一条小路和周围的部分墙壁，装点成了一条艺术长廊。这个艺术长廊中的瓷砖色彩各异，来自 60 多个国家和地区。因为后来有许多人知道赛拉隆在铺设这样一条阶梯，于是主动从世界各地给他寄来瓷砖。因此，来自世界各地的瓷砖，形态不同，色彩也特别丰富，此刻它们正在巴西的骄阳下，闪着绚丽无比的光芒。

最重要的，赛拉隆将那些漂亮的色彩编排出了浓郁的南美风情。

瞬间，我们全团都进入了紧张的"战斗"。有拍人的，有拍景的，有拍砖的特写的，也有拍当地人的形态的，总之。大家兴趣各异，各显其能。

别说，赛拉隆阶梯拍出来的效果超好，因为它的色彩实在是太艳丽、太漂亮了。各种人、各种 Pose，还有我们在赛拉隆标志墙前面照的合影，几乎张张都非常成功。

后来有人告诉我，说原先没有安排赛拉隆的游览，是因为它所在的地域是里约的"非高尚社区"，意思是它的环境可能不太安全。老实说，位于贫民社区的赛拉隆，被不少为安全考虑的旅行者排在日程之外，而贫民区也是外国人尽量避免去的地方。我们这次出访

的组织者，大概也是为了保护团里的成员，所以才没安排这里的参观。但事实上，我们在游览中没有感到任何不安全的因素，整个阶梯人并不多，来游览的巴西人对我们非常友好，还答应了和我们拍照留影的要求，个个笑容满面。即便街口卖水的小贩，看上去也温和谦逊，完全不是我们想象中在"贫民区"会看到的形象和气质。看来，人们对"贫民区"有着不少误解，那些关于"贫民区"的传言，我以为不可不信，也不可全信。

非常喜欢赛拉隆的那面红色的标志墙。就在阶梯的入口处，整面墙都贴满了正红色和深红色的瓷砖，有两层楼那么高，中间最高处，还用白色的瓷砖嵌有"BRASIL EU TE AMO SELARON"的字样，很醒目。这是西班牙文，赛拉隆的名字拼得很仔细。它的下面还有两个平台，虽然很高，但有可以跨上去的阶梯。

在赛拉隆阶梯的入口处，一面以红色瓷砖为基调的标志墙非常抢眼。高高的阶梯分为三级，可能就是为了让人们与它合影吧。我们于是在此合影，加入我们队伍的还有几位素不相识的欧洲及阿拉伯美女：同是天涯快乐女，相逢何必曾相识。

我们之中不知谁动议，说要和这面标志墙合影，于是大家你拉我拽，都纷纷登上平台。周围正好有几个老外，不知是当地人还是其他游客，总之是几个漂亮的姑娘，被大家的情绪所感染，也加入我们一起爬上了赛拉隆墙，照了一张"世界人民大团结"。后来仔细看照片，才发现爬上来的都是女性，本团男生比较含蓄或者木讷，竟然都没有参与，那就叫"世界美女大团结"吧。幸亏美女们和我们语言不通，要不看她们的热情劲儿，可能要和我们相互加微信也说不定啦！

幸亏我们来了，要不就和这么漂亮的地方以及这么漂亮的姑娘们失之交臂了。

站在彩色阶梯上，我特别钦佩赛拉隆阶梯的作者赛拉隆。一位默默无闻的普通的艺术家，真不知他是怎样凭着一己之力，找到这些瓷砖，又是经过怎样的切割、斧凿、拼接而成就这样一个伟大工程。没有任何帮手，也不考虑名誉和利益，就这么静静地一干二十多年。人的一生有几个二十年呢？他居然就这样坚持下来了。我发现国外有很多这样的人，不急不躁，就是耐心地无所图地专心做一件事，也许一辈子就做这一件事。他不管成功不成功，甚至他也没有想过成功之类、扬名之类、利益之类，他只是喜欢就干了，而且一心一意，完全沉潜其中。赛拉隆只是做成了一件小事，但他留下的不仅是一件让人们羡慕和愉快的艺术品，也包括了一种人的精神。我以为赛拉隆在阶梯上完成的是一种修行，镶嵌的是他关于人生价值的证明。

人生，其实只是一个过程。或者也可以说，人生只是一场修行。

11

在最美的教堂赶上弥撒

　　里约著名的天梯形大教堂，据说是世界上最美的教堂。冠之以"最"字，不是说它外观有多华丽和震撼，相反，它的外观很朴素，或者仅仅可以用"高大"来形容。它的震撼之处是在内部，是在它的80多米的空间高度中，竟然没有一根柱子。

　　天梯教堂也被称作里约热内卢大教堂。我想，人们叫它天梯教堂，可能就是因为它的外观像一座上窄下宽的梯子。而它正是以自己深灰色的高大身姿，成为人们在里约必看的景点。

　　这座著名的天梯大教堂，是1976年才开始修建的，它的建造过程长达12年。说是天梯，其实它是一个圆锥形，整个感觉是非常典雅的。当你一抬头，看到教堂里四面都有从地面延伸到屋顶的四个方向的彩色玻璃窗，看到它金字塔式的壮丽的穹顶，你就知道,对于这样一个宏伟的建筑而言,12年的时间其实并不长。一踏进教堂,从几十米天窗上,各种颜色的光混在一起直接洒落,给了人一种庄严肃穆又美轮美奂的感觉。整座教堂里是没有灯光的,里面所有的光线都是穿越彩绘玻璃而照射的自然光。这些光,通过不同色彩的玻璃而变得色彩斑斓,这是一种非常美妙的视觉感受,同时也给人们带来了强烈的视觉冲击力。

在这座教堂里,我莫名地产生了一种空灵感。这可能不全是因为光,还因为它的高度。空间给人的感觉也是非常奇特的。你看这教堂,有80米的高度,有直径106米的纵深,偌大的中空空间,却没有任何支撑,只有四面梯形的玻璃一直通向顶端。所以一进来,每个人都立刻感觉自己好渺小。我觉得这也是设计者的寓意,他让人们在里面可以忽略自己的存在,当然也就更加感到了上帝的伟大。教堂顶端是用白色玻璃拼成的十字架,与一直拼镶至地面的花色玻璃窗反差很大,形成鲜明的主题,枝条清楚,构图震撼。

据说,这座教堂做礼拜的时候,最多可以容纳两万人。可以想象,如此众多的信徒进入到这恢宏的教堂之中,抬头仰望头顶的巨大的玻璃十字架,而美丽的阳光正透过十字架在教堂内尽洒,是那么庄严而高远,明亮而柔和。那时候每个人心中会怎么想呢?那时候人的心里,怎能不充满了虔诚和感动呢?

非常幸运的是,我们正好赶上了一场弥撒。数十

天梯大教堂的内部。彩色玻璃的光辉,给人带来一种奇幻的感觉。

位修道士，身着白色的长袍，从圣像旁边的小门中鱼贯而出，领头的应该是一位神父。整个厅堂忽然鸦雀无声，神父面目庄严地恭读了《圣经》，全体信徒都静静垂首，聆听着主的教诲。我们全团也放轻动作，生怕打搅了这神圣的宁静。

哦，对了，今天是礼拜天，是天主教做弥撒的日子。

弥撒又称为感恩祭献，是天主教最主要的礼仪行为之一，也是天主教最神圣、最隆重的祈祷方式，主要是为了纪念和重演耶稣所举行的最后晚餐。据说在最后晚餐时，耶稣把自己当作祭品献给天主圣父，为所有的罪人作赎。他拿起饼，说："这是我的身体，将为你们而牺牲。"然后耶稣吩咐他的门徒们，日后要这样做来纪念他。因此，世世代代以来，天主教教会都这样做来纪念耶稣。他们用面饼和葡萄酒表示耶稣的身体和血来进行祭祀活动。而在每一次的弥撒中，所有信徒都会把自己的心愿和需要献给天主圣父，祈求圣父借着耶稣十字架的牺牲而宽恕他们的罪过、赏赐他们所需的一切东西。

出于对宗教礼仪的尊重，我们这些外乡人都没有太敢靠前，静静地站了一会儿，远远看着白衣教士们围绕在耶稣像前做着祈祷，有人拍了照，但大部分人都是看了几眼就安静地退出了。

这座天梯教堂给我留下了深刻印象。它完全不同于同期欧洲的教堂，而是一座现代艺术的杰作。据说它的地下室还有一个小型的宗教艺术博物馆，陈列了佩德罗二世的王座、在巴西废除奴隶制后利奥十三世教皇赠予伊莎贝尔公主的金玫瑰等展品，时间关系不能一一细看了。

离教堂不远，城市里还有一座白色高桥很惹眼，那是里约

天梯教堂也被称作里约热内卢大教堂。它1976年开始修建，建造过程长达十二年。教堂内部完全自然采光，四面有从地面延伸到屋顶的四个方向的彩色玻璃窗，屋顶则是白色玻璃汇成了十字架的形状。

市内保留的古引水渠。这座引水渠全部是白色花岗岩制作，建于18世纪，据说也是里约lapa地区的标志之一。时间虽然已过去了两百多年，但引水渠的宏伟和完美还是十分令人称道。不知道这个引水渠现在用还是不用，偌大的绿色草坪上空荡荡的，没有见到任何维护设施和人员。

时光已至中午，我们纷纷顶着大太阳在引水渠前留影。知道效果肯定不好，但也没有办法，时光已经把我们赶到这了，呵呵。

午餐后还有一点点时间，按计划我们应在3点到

机场，乘机去伊瓜苏。既然还早，我们就趁机去了附近的一个普通的超市，据说还有人想买鞋。大概还有梅丽莎情结吧？

　　不过，巴西的物价真是不贵，至少感觉比国内超市便宜。而且中午的时候人特别少，连服务生也没几个。一问，被告知他们正在休息。呜呼！谁见过超市工作人员居然中午要休息，不卖货？我看着红红的苹果好可爱，想买几个，居然没有人给称。正无奈间，一个高个子姑娘，穿着旱冰鞋行云流水般地从远处滑过来，到电子秤边抓起几个袋子，我赶紧飞奔过去称了我的苹果。她瞄了我一眼，好像有点不情愿似的接过了我的袋子，帮我点上了价格。

　　美丽的巴西姑娘，幸亏您老人家午休提前结束了，要不想啃几个巴西苹果还挺难呢。谢谢！

弥撒是天主教最主要的礼仪之一，也是神圣而隆重的祈祷方式。在每一次弥撒中，信徒们都会献上自己的心愿和需求，并祈求圣父借着十字架的牺牲，宽恕他们的一切罪过，赏赐给他们所需的一切东西。

12

世界上最宽广的瀑布——伊瓜苏

我们从里约的卡塔拉卡斯国际机场乘机飞往伊瓜苏，用时两小时十三分。

下飞机的时候正好是傍晚，一踏出舱门，几乎每个人都惊呼起来——我们被天边壮丽的云彩震撼了。

原来这里是巴西南部的高原，视野辽阔，又恰逢日落之后，天光尚存，翻卷的云海显得特别有层次。于是，浅灰色、深灰色、淡蓝色、深蓝色、白色、粉色和淡黄色的云，好像一大团一大团的彩棉，直接从地面铺上了天空，在环机场的半个天空上构成了一幅壮阔的画面，让人仿佛置身于油画之中。这种美，绝对是在城市里看不到的。几位女生，一边嚷着："太漂亮了！太美了！"一边忙不迭地照相和互相照。

好在伊瓜苏的机场很小，没有机舱口，也不用摆渡车，都是自己走到候机楼去拿行李。下了飞机的人

巴西高原的晚霞十分绚丽，引起阵阵欢呼。遗憾的是手机的表现力非常有限。

们也个个不着急，都拉拉杂杂不紧不慢地走着，这也就给了我们叽叽喳喳照相的时间。

这天的晚餐是在伊瓜苏市里一家中餐馆吃的，一位郑姓的广东人开的馆子，饭菜很实惠。最有意思的是他的混血女儿，五六岁的模样，很可爱，也很漂亮，完全是个鬈发的小小外国女孩儿。虽然有个中国父亲，她却是一句中国话都不会说。我们问他为什么不教女儿说中国话，他说她不学。而他也是十五年没有回国了。他说他知道祖国发展得特别好，早知中国这么好，何必万里迢迢来巴西打拼？

的确，看他现在这个店面的样子，在他的家乡估计也就是个街边小店的水平。如果他不出来，或许比现在要富 N 多倍吧。当年的一念之差，可能便写成了完全不同的人生。看着他忙忙碌碌的身影——店小，我们人多，他前后都亲自上手。我们很是替他感慨了一番。

但是，郑老板说，在伊瓜苏是绝对没有雾霾的。好歹还有这一点明显的人生利好，也算值得庆幸吧。

当然啊，伊瓜苏怎么可能有雾霾呢？这巴西东南部的高原，与巴拉圭和阿根廷交界处的高原，仿佛永远都空气清新，充满阳光。

在巴西、巴拉圭、阿根廷三国的交界处，由于南美的大河巴拉那河与伊瓜苏河在此汇合，形成了巨大的马蹄形瀑布，这就是伊瓜苏瀑布。瀑布所在地也就成了伊瓜苏市——巴西重要的旅游城市。也是因为这条世界上最大最宽的瀑布，伊瓜苏成了几乎每个来巴西的人必去的地方。

其实，伊瓜苏大瀑布有四分之三是在阿根廷境内的，巴西只有四分之一。但是，从巴西这一侧看过去，由于地形的原因，可以看到更为壮观的瀑布盛景，这就是伊瓜苏虽然在巴西境内的徒步行程只有 1 公里，但仍然比阿根廷境内的 3 公里要吸引游客的原因——因为这里可以看见"魔鬼之喉"啊！"魔鬼之喉"是伊瓜苏最大的一组瀑布，水落 90 米，流量 1500 立方米 / 秒，可以想象它的壮观。所以，喜欢看景色的，一般都走巴西境内这一边，而阿根廷那边的瀑布，据说更适合徒步旅行以及露营之类，户外运动者会喜欢。对我们而言，就只能是鱼与熊掌，得一而已。

"伊瓜苏"这个词是印第安的瓜拉尼语，意思是"大水"。而见到了伊瓜苏瀑布，你就明白这里只能用"大水"来形容——朴素，但非常准确。伊瓜苏形成于 1.2 亿年前，由 275 个瀑布景观组成，如此壮观的水势，你说这不是"大水"又是什么呢？

在参观伊瓜苏大瀑布之前，我们先浏览了伊瓜苏国家森林公园。这也是去往大瀑布的必经之路。公园的门口很有气势，修建了硕大的广场，长达数十米的大门边墙上，雕刻着公园的名字，门前还有飘扬的旗帜和五彩的水池供游人拍照。伊瓜苏全市的面积有 630 平方公里，而其中伊瓜苏国家森林公园就占去了 20% 的面积，树木繁多，雨量充沛，年平均温度是 27.7℃。事实上，不仅是森林公园，整个伊瓜苏就是个湿润而温暖的地方。

我们乘坐公园的导游车，沿着森林公园内蜿蜒的小路蛇行。两边都是奇特的树，不知名的鸟鸣从林中传来，越发显出周围一派深幽，像是徜徉在童话世界。

车上有公园为我们派来的一位导游，是一个皮肤白皙、眼神略带忧郁的英俊小伙，他负责给我们介绍各种树木。貌似成百

年以上历史的大树就有 N 多株。可惜，他说得快，树木也多，我都没有记全。小伙儿后来告诉我们，他已经有三十岁了，引来车上美眉的一阵惊异，因为他看上去最多二十出头。环境太好，人的皮肤也好，掩盖了他的年龄。对帅哥毫无免疫力的 C 美眉，立刻冲过去与他合影留念。帅哥却始终表情严肃，他睁着一双深褐色的大眼睛，指引我们看林中那些高大的棕榈、云杉、松树等等。出于保护森林的需要，人是不能下车的，只在车上浏览。

如果说伊瓜苏的森林，与别处的森林有哪些不同，

著名的"魔鬼咽喉"，只远远一瞥，已见气势非凡。

给我最突出的印象，就是那些美丽的"树衣"。这是我自己创造的词，因为那些树上都长满了细丝状的蕨类植物，许多树干仿佛都披上了巨大的绿披肩，或者像穿了一件绿色的时装。大大小小、不同种类的植物纠缠在一起，这可能就是接近热带雨林而出现的自然现象吧？而且各种植物都长得特别茂盛，地上的苔藓也很多，野生藤本植物密密麻麻，不知名的各色花朵与茂密的树林亲密地长在一起，似乎根本分不清你我，构成了一幅非常有特色的生态图。

"这样的森林和小路，一辈子走一趟，足矣！"

不止一个人这样感叹。

"关键是看和谁来走。"

立刻有人这样幽默地补充。

好吧……团里高智商的人实在是太多了。

车子逶迤地驶出森林，自然而然就来到了大瀑布的入口。

我们游览伊瓜苏瀑布，被安排的程序是"由内而外"。"内"，是先坐汽艇奔驰在伊瓜苏河上，感受瀑布冲下来的激流与旋涡；"外"，是上船之后再沿河边栈道接近瀑布源头，观赏大瀑布的壮丽的形态。或者还有一说，"内"，是从里到外先"湿身"；"外"，是换了衣服再去看瀑布。总之，我们已经被叮嘱带好两套以上的衣服，准备与大瀑布亲密接触了。

气势恢宏的伊瓜苏大瀑布不仅是世界上最壮观的瀑布之一，而且它已经被公认为"南美第一奇观"和"世界上最感人的瀑布"。为什么是"最感人的瀑布"？一会儿你便知道。

瀑布的形成，源于大西洋沿海地带的伊瓜苏河。我查了一下，伊瓜苏河全长有1320公里，共有三十条支流、七十条瀑布。它沿途汇集了大溪小流，穿过维多利亚山口，汹涌澎湃地流过巴拉那高原，最后以雷霆万钧之势向巴西和阿根廷交界的平原奔腾。转过巴西的阿古斯丁岛，伊瓜苏河道忽然铺展，水面竟达三千米之宽，形成了一个水深仅一米左右的湖面，当湖水流到高原边缘的绝壁，便飞泻成了一片巨大的瀑布群。滔滔的河水绕过急弯流到这里，宽度大增，又匆忙下泻，大瀑布便在此成形了。伊瓜苏瀑布太壮观了，以至于伊瓜苏瀑布的名声早已超过了伊瓜苏河，或者也可以说，伊瓜苏河因了壮丽的伊瓜苏瀑布，也永不会被人遗忘。

为了不忘伊瓜苏，我们须向河上行。

我们25人被安排在一条汽艇上，方便我们同荣辱共进退，不错。船上只有两三个"异类"：一位单独来旅游的德国人，还有两位貌似是一对日本夫妇。在码头上穿好橘色的救生衣，从颤巍巍的小桥走进船舱，四人一排坐好，长得黑黑的巴西水手就发动了马达。

起初还好，只是感觉江上风很大，我们穿的雨衣，和所有能发出声音的衣襟都被吹得噼啪作响。放眼两岸，间或有若干瀑布泻下，胆大的还能拿出手机拍照。我们还和那个不会说汉语的德国人合了影。相逢即是缘嘛，况且我们此刻已经是同船渡了。但随着河面的开阔和河水的起伏，船就开始颠簸了，而且越来越剧烈。据说，开船人这时候要根据水流，故意做出一些惊险动作，要让乘客觉得刺激。果然，船开始左右摇摆，一会儿跃上浪尖，一会儿冲过波谷，全船的女生都忍不住发出尖叫，瞬间又开怀大笑，在东倒西歪、上下震荡之中，我们真的体会到了一叶扁舟、风波出没的感觉。转过了几个弯后，或者船长收获了船上几番叫喊声，已经比较满意了，汽艇终于减速，来到了一个比较平缓的水面。抬眼一看，一片较大的瀑布正在前方流淌，大家又纷纷掏出相机拍摄。船长索性把船停了下来，让我们举着手机、相机，一个劲地猛拍。

也就是过了不到十分钟的样子，船开始返航。我们都觉得时间好短，有点不太过瘾。"这就完了啊？""还没玩够呢！"大家纷纷议论。

议论归议论，总不能不听船老大的。当然他也听不懂我们的议论，自顾自调头返航。

上岸才发现，原来我们都真的"湿身"了。衣服几乎从里到外都湿透了，裹得再严也没用，因为水是从船外扑到船舱，又从船舱下面灌进来的，从脚下涌上来的水，简直防不胜防，或者根本就没法防。没辙，换吧。好在是带了衣服的，男男女女都分别到更衣间换了衣服——现在你知道伊瓜苏为什么是"最惑人的瀑布"了吧？因为你和 Ta，必将在同一条河中"湿身"。这是多少年才修来的缘分？

沿着瀑布边的栈道，现在我们就可以一步步欣赏这世界上最宽广的美丽的"大水"了。

景色确实很美。即使刚刚看见瀑布的远景，虽然它还只是初现端倪，已经有不少人迫不及待地按下了长枪短炮。我知道，中国爱好摄影的人特别多，搞得哪个团都像是摄影团。拍的片子不管如何，起码那设备举起来都足够分量，那些技术术语交流起来，也都是能吓人一跳的。哦，这话伤众了吧？但愿本团的诸位"摄影家"大咖们不和我计较，哈哈。

我看伊瓜苏瀑布，基本上算是个完美的弧形，能够见到的有三大瀑布群，据说整个瀑布的平均每秒流量都达到了1750多立方米，夏季流量更是高达每秒58000立方米。这种速度，是尼亚加拉瀑布的两倍。三个瀑布群中，又属中部的瀑布群最高、最壮观，就是那个著名的"魔鬼咽喉"了。它有这样的"雅号"，是因为它在泻入深渊时发出的轰鸣声，加上深渊内震耳欲聋的回声，会像魔鬼的嚎叫一样令人惊心动魄。领队悄悄告诉我，其实刚才水上的探险活动，是要安排游艇穿越魔鬼咽喉的，让我们感受水柱从天而泻的畅快淋漓。但最后没有做这个最为惊险的"动作"，说是我们这群人身份"太高"，人家怕出意外，坚决以安全第一。

此刻，我们沿着伊瓜苏瀑布旁的道路前行，沿途有三个观景台，一个比一个高，也一个比一个离瀑布近。在第一台，我们看的是瀑布的远景，第二台已经听不清同行者说话，磅礴的涛声充斥于耳鼓，得大声嚷才能彼此听见。据说在巴西的雨季，即每年的一二月，瀑布的巨响能传出二十多公里之外。第三台，几乎就是和瀑布零距离接触，那是一条通向河中心的栈道。必须穿好雨衣，打伞是没有用的，飞流直下的水砸开了空气，气流形成的风力至少在四五级以上，所以，人就是像在狂风暴雨中行走。雨水，不，是河水伴着江风，唰唰地打在身上、脸上，不知什么时候每人又是湿漉漉的了。当然，那也阻挡不了人们的脚步。大家都特别兴奋，抓拍各种镜头，摆各种Pose，完全沉浸在这一片"大

伊瓜苏大瀑布是世界上最宽的瀑布，伊瓜苏河与巴拉那河在它上游合流，形成了高82米、宽4000米的世界第一宽度。1984年，伊瓜苏瀑布被联合国教科文组织列为世界自然遗产。

水"中。是啊，我们万里迢迢而来，对很多人来说，这一生可能也就来这么一次吧？时空中的每一滴水，每一阵风，每一片羽，甚至每一声喊叫，都是唯一的，都弥足珍贵！

此时正是4月，刚好是伊瓜苏的汛期之尾。此地雨季是每年的11月到翌年的3月，也是水量最大的时候。此时刚刚进入4月初，水并没有明显减少，瀑布依然很大。从栈道走到河心时，看到瀑布已经连成了一道垂挂于峭壁之上的天幕，可谓水天一色。阳光照射到水雾上，不仅白烟翻卷，还时不时会出现一道道五彩缤纷的彩虹，景色确实极其壮观。伊瓜苏瀑布属于热带季风气候，在汛期，河水会以每秒平均一万多立方米的巨大水量覆盖崖壁。这就可以想象，为什么伊瓜苏瀑布会如此的声势浩大，如此的让人震撼！我们同行的那些摄影大咖们，早已顾不得衣服再次被淋湿，他们都一个个手忙脚乱地抓拍美景，既要拍照，又要保护自己的镜头，栈道上真是一片紧张。

我就是用手机拍，还举了个自拍杆。结果手机举高以后就很难控制水气啦，拍了几张，屏幕就进了水雾，变成一片白茫茫的，什么反应都没有了。吓得我赶紧把手机擦干，揣进雨衣，心想要是主板出了问题，手机里拍的照片可能就报销了，那可就糟糕了。一阵担心袭来，栈桥上也不敢久留了。这最后一道栈桥，是直接修到了河心最大瀑布下面的，拍出的画面肯定很震撼。我甚至还在平台上抓拍到了彩虹。但现在是断断不敢恋战，只能折身回去，祈祷手机和手机里的照片安全。没想到走上岸边山坡的时候，掏出手机一看，屏幕又恢复了，镜头没事，照片也没事，一切 OK！手机真强大。

我们在栈道上还看见了一种可爱的动物。同伴说它是果子狸，但我感觉像是南美长尾浣熊。尖尖的嘴，长长的尾巴，尾巴上的毛色还呈环状，一圈深褐一圈浅褐，很可爱。有谁认识它们？如果真是果子狸，那么它曾经在2003年中国"非典"中充当罪魁祸首？况且果子狸是夜行性动物，不会白天这么大摇大摆地招摇过市吧？这些看上去呆头呆脑的小家伙，一点儿都不怕人。只要有人的地方，它们就跟着人走，还不停地东嗅西嗅。有位游客的包包放到了地上，一只浣熊马上把头钻到人家的包包里，据说是在找吃的。后来吃完午饭我才发现，这地方有太多的小浣熊，和人和睦相处，活得优哉游哉。

午饭就是在伊瓜苏河上吃的。

很有浪漫情调，也很值得记忆的一餐。

餐厅紧挨河边。有大厅，也有伸出的露台。露台上只有顶棚。坐在露台上，脚下是滚滚的河水，身边是伊瓜苏的清风，眼前是远去了的瀑布。在这样的露台上，吃着味道极好的巴西小牛肉，喝着我从中国带来的顶级大红袍，心里忽然涌上一句台词："幸福并不遥远。"原来，人的幸福感就是这么简单。我的小伙伴们大多数都在餐厅里吃，只有我们几个少数派在露台上。他们说在外面吃会喝风，怕吃完胃不舒服。其实他们哪里知道，在一颗文艺心的面前，胃不舒服有什么要紧？写到这儿，能允许我笑一会儿么？

午饭后还有一个自费项目，就是乘直升机观看伊瓜苏瀑布。从空中俯瞰，当然更便于观看瀑布的全景，巴西这部分和阿根廷的那部分，都将尽收眼底。直升机的机票是 120 美元，不便宜。但我还是那个原则：既然来了，既然跨越半个地球的机票都买了，这点费用又算啥？义无反顾地掏钱买了机票。

一架直升机只能坐四位。我被安排在最后一个，和另外三位其他团的陌生人一起登机。让我没有想到的是，直升机的驾驶员居然是位胖乎乎的巴西姑娘！她有着黑黝黝的脸庞，很结实的身躯，笑起来很灿烂。她让我坐在她旁边，让另外三人坐在后排，然后手法娴熟地发动了飞机，带着我们几分钟就飞到了伊瓜苏

瀑布上的餐厅。想象一下，与蓝天白云清风河水一起，午餐是什么感觉？

可爱的长尾浣熊，绝对不放过任何一个翻包的机会。

瀑布的上空。

　　从高空俯视，伊瓜苏瀑布犹如镶在巴拉那和伊瓜苏河上的一条银链，在午后的阳光下亮闪闪的，居然很纤细也很安静。中间最粗的部分，应该就是"魔鬼咽喉"了，半弯的马蹄形格外清楚，隐约有升腾的水汽，发着白白的缥缈的微光，在绿色的大地上营造了一种很奇妙的感觉，确实与在地面上看不一样。瀑布没有了声音。当然，在飞机上也是不可能听见任何声音的，我们耳朵里只有直升机引擎的轰鸣。胖姑娘先把飞机绕到瀑布的左边，降低高度转了半圈，又拉升至瀑布的右边，又降至离瀑布较近的高度盘旋。这是让我们从不同的角度拍照。但我知道，非专业人员的我们，其实也拍不出什么高大上的画面，就是开心和好玩而已。整个飞行时间 30 分钟左右，不过，挺过瘾。

　　下飞机的时候，几位机场的小伙子跑过来给我们送合影。原来这也是他们的业务之一，但是要照片是要付费的，还有一套客人在机上的现场 VCD，不是应你要求拍的，你可以选择要或不要。总共付费 26 刀，还算可以吧？

　　但我还是建议去伊瓜苏的朋友，不要放弃坐直升机，那是一种别样的体验。

　　顺便说一句，我们今天入驻的酒店名为 Bourbon Cataratas Resort&Convention Center，好复杂的名字，不知道怎么念。但却是漂亮得一塌糊涂的五星级酒店，大堂典雅又富丽堂皇，房间设施更是非常人性化。可惜我们只住了一晚，看完大瀑布后就直飞秘鲁首都利马市了。

　　行程紧，也是南美之行的最大特色。

13

执着的人和执着的鸟

伊瓜苏市有一座鸟园，而且是一座私人公园。

外观看很一般，门脸也不大，进去才知道别有洞天，这个鸟园也是去伊瓜苏一定要去的地方。

顾名思义，鸟园当然是一个鸟儿的王国。在热带，本来鸟儿就是很多的，而这里几乎是巴西以及南美的鸟国之冠——无论是数量还是种类。鲜艳的成群的火烈鸟，高傲的俊秀的冠鹤，美丽异常的黄莺，堪称鸟中极品的美洲红鹮……还有在《里约大冒险》里给人们留下深刻印象的大嘴鸟和金刚鹦鹉！

大嘴鸟真是太可爱了，它的嘴就像动画设计师的杰作，好玩儿得有点不真实。人们一见到它就欢呼起来，它是鸟园名副其实的头牌明星。在此之前，我还真没有见过真的大嘴鸟。在电影里看到它，觉得它身体很大，很有巨型鸟的造型。但实际上大嘴鸟并不大，

全长也就三四十厘米，但它的那个橙色或绿色的长长的大嘴，却占了身体的三分之二，一双圆圆的黑色眼睛，总是转来转去打量着游客，特别萌。大嘴鸟待在自己的区域，看见人走近也并不紧张，有的仍然在专心致志地攀树，有的在栏杆上自在地"跳舞"，有的歪着脖子静静卧在横木上，貌似摆出"欢迎"的姿态等待与游人合影。所以说大嘴鸟是最受人喜爱的鸟儿，我蹲在一只大嘴鸟身旁，好想去摸一下那张大嘴巴，但怕它以为我不友好，只得近距离拍了照了事。

园中还有巴西的"国鸟"大鹦鹉，它们是在单独的一个园子，之多、之色彩斑斓，令人欢呼雀跃，又叹为观止。绿色的、红色的、蓝色的、黄色的，大小

金刚鹦鹉几乎就是南美的标志。这种大鸟，不仅色彩艳丽，而且寿命很长，能活 60 多年呢！

各异，琳琅满目。尤其是那种大金刚鹦鹉，真是体形硕大，我看从头到尾足有一米长，而那只在《里约大冒险》中出任主角的蓝色大鹦鹉，据说就是世界上最大的鹦鹉，同时也是园子里最珍贵的鹦鹉，而蓝黄金刚鹦鹉、虎皮鹦鹉、红胸鹦鹉等，都在它之下。金刚鹦鹉虽是是园子里的"二牌明星"，但它在巴西却拥有"天堂鸟"的美称。巴西的钱币上就有它的英姿，我还特地留了一张 10 雷亚尔的钱，那上面就印着金刚鹦鹉。鹦鹉是典型的攀禽，喜欢鸣叫，羽毛艳丽，看得人眼花缭乱。看园内的介绍，说这里的金刚鹦鹉有十七种和上百只之多。我们的运气很好，在我们一进鹦鹉园的时候，正好赶上饲养员给鹦鹉们开饭，它们都很高兴，群情欢愉，一窝蜂地展开美丽的翅膀，从硕大的鸟笼的角落飞临降落，不少人都趁机抢了很多珍贵的镜头。

其实，这个鸟园最大的特色，不是"人看鸟"，而是"鸟看人"。鸟儿们都生活在属于自己的巨大的笼子里，像一个大的房屋，它们就在自己的"家"里飞来飞去，一点儿也不怕人。我们要走进人家的笼子，走进那些树木和花草里面，才能被它们"看到"。但是只消一会儿，你可能就忽略了头顶和周围细细的铁丝网，以为真的置身于群鸟之中了。总体来说，鸟们对我们这些来自海外的陌生人还算友好，当然也没准看谁不顺眼，从空中抛一团什么东西，砸在他头上。我们团里有几个"恶毒"的人，特别希望团长能"中彩"，结果他竟安然无恙。团友们个个平安，估计是巴西的鸟儿们喜欢我们。

然而，这样一个原始雨林中的百鸟天堂，这个占地 37 公顷的鸟的乐园，却是一位爱鸟人士创建的，它完全是一个私人花园。我们不知道鸟园园主的名字，只知道他把保护大西洋热带雨林的鸟禽作为自己的追求，不仅买了这块土地，分门别类地搭建了鸟笼，而且在雨林中栽下了多彩的凤梨花、红色的龙虾花、绽放的非洲菊……做出了一派万紫千红、生机勃勃的和谐世界。他不仅在这里收容了从走私贩子手中抢救下来的各种鸟禽，以及官方没收后送到这里的珍稀禽类，还让在野外受伤或失去独立生存能力的鸟类来"避难"。而栖居在此的，据说有一半以上都是濒危鸟类。他——当然也许抑或是他们，用执着的努力，为鸟儿建造了一个温馨的家园。说得"高大上"一点儿，他们是保护了大西洋热带雨林的鸟禽，拯救濒危物种、救助受伤鸟禽、扩繁种群数量，将南美洲多物种的良好生态保持了下去。而如果说得朴素一点儿，他们就是做了一件自己觉得有意义也是有意思的事儿。而且，同我们刚刚认识的赛拉隆一样，也是一做就心无旁骛，十几年，甚至几十年地做下去了。

据说这个鸟园在巴西已经很有名气，以至于人们发现了珍贵的鸟禽都会送到这里，发现了需要救助的鸟禽也会送到这里。在伊瓜苏，甚至一个孩子，一群小学生，都知道若看见受伤的鸟儿该怎么办，他们都知道这里就是鸟儿们的家。

我感慨万端地走在这一片茂密的林中——鸟园就是建在森林中的，走在丛林间开辟出来的小路上，断定这是我见过的最好的动物园。环境深幽，繁花碧树，风鸣鸟语，蜂舞蝶飞。没有一点儿动物园的味道，空气干净清新。对了，还真的有蝶。参观鸟园的最后一站就是一座蝴蝶园，里面有大大小小的各种蝴蝶，一些小小的红蝴蝶在飞的时候还摆成横队或纵队的 Pose，非常有趣。这里游人与植物和谐相容。林在网中，鸟在树上，蝶在花间，花香诱蝶，鸟与植物相依，人与鸟们互爱，处处是人与自然和谐相处的美好画面。

在与鸟园作别的时候，我又看到了火烈鸟。红红的一大片。火烈鸟全身的羽毛都是那种漂亮的朱红色，特别是翅膀上的羽毛，光泽闪亮，远远看去，真的像一团熊熊燃烧的烈火。其实，火烈鸟最奇特的是嘴部，它的嘴特别像一把淡红色的镰刀，从头部前面弯曲向下，前面那一截还是黑色的。它吃东西的时候，把头伸到水里翻转向上，一边吃水中的水藻鱼虾之类，一边就把杂质过滤了，那细长的脖子可真是灵活无比。火烈鸟是喜欢群居的动物，越多越有安全感。鸟园为了照顾火烈鸟的这种习性，特地在鸟群的对面竖立了一大片玻璃幕墙，像一面镜子似的反射着火烈鸟的影子。火烈鸟们抬眼望去，对面还有一大群同类，心情自然会好很多。有一些喜欢交往的，就站在玻璃墙的前面，试图与对面的兄弟姐妹们"沟通"一下，但它们不知道为何好像总有些阻碍。于是它们中的痴情者，就站在那里不时观望着，满怀期待。

墙里墙外，只见一片又长又细的小树林般挺立的红腿……

14

失落的印加文明

　　库斯科是秘鲁南部著名的古城，是古印加帝国的故都。

　　"印加"，这个词是印第安语汇，意为"太阳之子"。在南美的安第斯地区，在 15—16 世纪的早期，这里都是古印加帝国统治的领域。而这个时期的印加政治和文化中心，就在秘鲁南部的库斯科地区，其疆域还包括厄瓜多尔、秘鲁、玻利维亚、智利北部及阿根廷的一部分。在印加人的历史中，印加族原为居住在秘鲁南部高原的一个讲歧楚阿语的小部落，其最早的统治者曼科·卡帕克于 1000 年左右（一说为 1200 年）带领部落来到了库斯科，后来逐渐扩展，直至占领了整个库斯科河谷。15 世纪，印加人在此建立起中央集权的奴隶制帝国，疆界北起南哥伦比亚，南至智利中部，南北长达 4000 公里，面积约 90 万平方公里。

1530年，印加帝国的王子们因王位之争大动干戈，致使国力削弱。1532年，西班牙殖民者侵入印加帝国，翌年诱杀了刚登上王位不久的阿塔瓦尔帕，印加帝国就此终结。

但是，库斯科却保留了众多南美神秘文明的遗迹，这个古印加文明的中心是当今秘鲁最吸引人的地方之一。

尽管我们昨晚到了首都利马，但库斯科仍然算是我们来秘鲁的第一站。我们步履匆匆，在利马只住了一夜，连这个城市的模样还没看清，第二天一早就收拾行李出发了。因为我们的安排是在中午之前到达这座"古印加文化的摇篮"。

库斯科现在是秘鲁的一个省，其省会所在的库斯科古城，位于海拔3000多米的安第斯山脉中的高原盆地。记得飞机在库斯科机场降落的时候，机舱内居然响起了一片掌声，可见飞机在群山中的飞行以及在山坳中的降落，都很有一些难度。不大的高原机场，一出门就看到了高山和南美风格的石头建筑，同时也感受到了来自高原的寒风。

阳光也有，但没有热度。

库斯科人皮肤很黑，大概是高原的风吹日晒，使得他们比一般南美人的棕红色皮肤还要深一些。看人的眼神也是直直的，不知怎么，感觉他们有点像我们的藏区同胞。

我们在新任地接小苏的安排下，步入了这个古印加帝国的核心地带。

第一感觉是到处都是石头！石头的街道、石头的装饰、石头盖成的房屋、石头砌成的城垣，俨然一座石头城。然而这座石头城虽然堪称精美，却并不是欧洲的那种精致的美。这些建筑，从风格上看也受了一些西班牙文化的影响，但它更加质朴、更加粗犷，也更加具有生命的张力。秘鲁人称其为"安第斯山王冠上的明珠"，而只有徜徉在这"明珠"之中，才能真正感受到它独特的光芒。

库斯科城不愧曾经当过首都，古印加文明的痕迹比比皆是。La Catedral 大教堂，高大而威严；Coricancha 太阳神殿，庄严而肃穆。La Catedral，在西班牙语中就是"大教堂"的意思。这座教堂建于 1550 年，是库斯科地区的第一个大教堂。据说，西班牙统治者在修建大教堂的时候，从萨克塞瓦曼搬来很多大石头做建筑材料，这也是今天我们在教堂内外，总是被巨大的花岗岩所震撼的原因。我感觉印加人简直就是建筑大师。他们的建筑材料都是巨石，石头和石头的叠砌，形成了建筑的主体。他们在石块

之间不用任何黏合剂，但却衔接得严丝合缝，甚至连一个刀片都插不进去。在过去的 400 多年间，库斯科曾经发生过四次大地震，但太阳神殿遗址以及后来修建的教堂，居然只出现一些轻微的损坏，一直傲立至今。说到 Coricancha 太阳神殿，那更是印加文明鼎盛时期的产物，建造它，是为了表达对太阳神的崇敬。据说西班牙殖民者在 1533 年来到库斯科时，在见到太阳神殿的那一刻，曾被彻底震撼。因为那时的太阳神殿，所有的外墙都镶嵌着黄金，整座殿堂在阳光下金光闪闪，高大而奢华。当时，统治者为了拿到这些镶在外墙上的黄金，还绑架了当时的印加领袖 Atahualpa，让当地民众将神殿外墙上的黄金拆下来，作为换回领袖的赎金。在一个神权制的王国，首领就是神，臣民们须臾不能失去神的引领……于是，黄金被一块块地从墙上敲下，运到了殖民者的帐中。今天，即便我们现在看不到黄金镶墙，库斯科的太阳神殿也依然雄伟挺拔。作为当地最重要的印加遗址，这座神殿可以说是雄风仍在。2013 年，整个库斯科城被联合国列为"世界文化和自然遗产"。

在库斯科转了一圈，我突然发现自己又产生了一个大大的遗憾，就是没有看到每年在这里举行的太阳神节。每年的 6 月 24 日，库斯科都要举行太阳神节，或也叫太阳节。届时，成千上万的秘鲁人和海外游客，将在这座古城里举行盛大的角色扮演和民众表演，色

在库斯科城中心的武器广场正中，矗立着秘鲁民族英雄、拉丁美洲民族解放运动的先驱图帕克·阿马鲁二世的雕像。在很长时间里，安第斯山高原地区的印第安人起义领袖，常常用图帕克·阿马鲁的名字作为争取解放和独立的象征。

彩斑斓，蔚为壮观。在节日开始的时候，我们所在的这个广场上还要举行庄严的祭祀仪式。有一位神职人员要扮演至高无上的印加王，还有一位祭司专司向诸神献食。祭司要当场宰杀一只白色或黑色的骆马，骆马必须优中选优，要选一匹体形健美、没有一点杂毛的"青年"作为牺牲。它的内脏要交给占卜师预测凶吉，同时还要点燃蜡烛，根据烟的形状做出预言。这时从印加王开始，每人都要吃一种名叫"桑科"的玉米面食品，吃时要蘸上一点儿骆马的血。印加王得知预卜结果后即传旨回宫，节日仪式就此结束。然后就开始了群众性的狂欢，持续数日方歇。可能与巴西的狂欢节相似。

场面是不是很令人向往？

在印加人的文化传统中，太阳高于一切。因为他们自认为自己是太阳神的后裔，因此每年的太阳节都是一个非常重要的节日。在印加帝国时期，太阳节也是全美洲最重要的节日。当他们计算出太阳最接近自己的土地的时候，当然也就意味着此后太阳会越走越远的时候，印加王就会向太阳祈祷，求它回归，祈求太阳用万丈光芒恩泽众生，让土地丰产，让子孙丰衣足食。我想这一天应该相当于我们的夏至。夏至是一年中白天最长的一天，印加人会在王的带领下跪伏于地，双手合十，向太阳礼拜。他们会用一只凹面的金碗，里面放上细细的棉花，阳光的照射很快将棉花引燃，这就是太阳神庙的圣火，他们会用新的圣火来替换前一年在神庙燃烧的圣火，新的圣火依然会保存一年。祭拜仪式完毕之后，才会开始盛大的游行，国王、贵族、身披铠甲的士兵和载歌载舞的印加儿女，都会在太阳的光辉中尽情欢乐，一年一度的

印第安姑娘现场表演怎样用天然的皂角把羊驼毛洗净。

太阳节也因此声名远播。

　　但是，让人不禁叹息的是，如此辉煌的印加文明，最后竟沦落成一个以招揽游客为主的节日聚会，场面越来越炫，商业味道也越来越浓，它真正的光芒却已然不见。

　　在秋风乍起的库斯科默默行走，我不知在哪一条石头铺陈的道路上，也不知在哪一片荒草摇曳的废墟中，能够嗅到印加文明的最后气息。是它悄悄藏匿，还是真的消失了？

　　不，尽管只是一瞬，我却似乎发现了印加文明的踪影。

　　那是第二天在印第安古镇Chinchero Village中，

我在观看印第安女孩清洗羊驼绒的时候，忽然间产生的感受。

印第安女孩为了表明她们的羊驼绒制品是绝对天然的，当着客人的面清洗和漂染羊驼绒。从羊驼身上剪下的毛，有点脏，有点黄，第一道工序就是清洗，当然是印第安式的清洗。为我们表演的女孩，穿着花色上衣和黑色的短裙，脖子上还系着一条深蓝色的小披肩，一顶大红的宽檐毡帽戴在她的头上，越发显得她的脸黑里透红。她的面前放了四个陶瓷盆子，大口锥底很古朴的那种。她从地上拿起一团发黄的羊驼毛，放在第一个盆中用热水浸湿，然后拿起第二个盆中的一根暗褐色的植物，说这是皂角，在羊驼毛上一擦，立刻出现了白色的泡沫。在第三个盆中，她揉搓羊毛，那一团脏脏的毛团立刻变得雪白。第四个盆里又是清水，她用清水把泡沫洗净，一团干净的羊毛就出现在人们面前了。

她身后还有一个灶台，上面热气腾腾的三四个瓦罐都煮着羊毛，原来洗干净的羊毛就这样染色。而染料就是放在灶台边的各种植物，无论是红色还是黄色，都是纯天然无添加的。比如一种黄色的像瓜蒌皮样的植物，染出来就是黄色，而一种深紫色像植物根茎样的东西，竟能染出非常艳丽的蓝色……我看见她在介绍这些过程的时候，虽然话语不多，但她明亮的眼睛和温和的表情，不经意间传达出某种自信—— 一种

来自古老文明的恬淡和自信。她的黑黑的大眼睛里流露出的笑意，被热水浸泡得通红的手指的熟练操作，既让我看到了山村里淳朴的生活方式，也让我感受到了印第安人的聪明才智以及印加文明的底蕴。哦，是的，正是在库斯科高大的城墙边，在安第斯山苍茫的峰峦下，在那女孩的一双明亮又纯净的眼睛里，我仿佛看到了印加文明的魂魄。

人们曾经很疑惑，绵延数百年、疆土巨大的印加帝国，为什么仿佛一夜之间就灭亡了？当时的美洲大陆，至少拥有5000多万人口，而入侵的西班牙人不足百万人，即便在人数上，印第安人也会将白种人压倒在美洲大陆，怎么会束手就擒呢？况且，印第安人并不愚蠢，征服阿兹特克帝国的科尔蒂斯甚至认为，阿兹特克人是他见过的最聪明的人。至少阿兹特克人完全有可能尽快吸收先进文明，使自己的文明发生质的飞跃，而不至于迅速消失的。

那么，原因究竟何在？

几大派别争来争去，最后还是历史学家给出的答案比较让人信服：这就是欧洲人带来的天花。对于根本没有和外界接触过、而且一直处于绿色的生活环境中的印第安人，他们对于天花以及其他传染病的抵御能力，大约等于零。殖民者登上美洲大陆，带来了枪炮，也带来了病毒。有史料记载，印第安有几次瘟疫的流行。纯净的印第安人体内，抵抗系统极其薄弱，更没有足够的药物治疗瘟疫，于是造成了印第安人的大量死亡。有一部分历史学家坚决相信，如果没有天花这个致命武器，西班牙人将很难征服印加帝国，甚至它会和奥斯曼帝国一样，一直存在到20世纪初。

安第斯山脉中的高原盆地。已近黄昏，空气清凉，景色非常壮阔。

那样的话，世界的格局就大不一样，而人类文明的进程也会改写，或者更加丰富多彩。

人类的文明发展其实都是跳跃式的。靠自身的线性发展，一般都会非常缓慢，只有在接触了外来先进文明的条件下，才能有大幅度的震荡，当然也会出现文明的跃进。比如我们中国的满族，在入主中原之后，他们的文明很快吸收了强大的汉文化的精髓，从而迅速进入了先进文化的行列。而这种情况，完全有可能发生在印加人身上——如果历史给他们机会的话。

但是，遗憾的是这里有一个"但是"——真的很遗憾。

印加帝国虽已坍塌，印第安文明似乎也被世界遗忘，但当你来到了库斯科，可能仍然会感到它们的灵

魂还在。在当地人的言谈举止中，在小山村的生活方式里，从那一条条羊驼绒编织的、色彩斑斓的大披肩里，你也许会发现印第安的灵魂就在其中潜行，抑或随着任何一缕风飘荡，而且它们正和你见到的那些皮肤黝黑的人如影随形。

或者，只要山还在，山村还在，生活还在，古老文明的根就还是在的吧？

我也和本团大多数女性一样，买了一条（很多人都买了若干条）印第安风格的羊驼绒披肩。是为这古老文明的遗留所倾倒么？就算是吧。

有一点可以确认，在后来的行程中，这条以蓝色为基调的披肩一直陪伴着我，在马丘比丘的雨中和布宜诺斯艾利斯的凉风中，给我带来了很多温暖。

库斯科古城的建筑充分反映了印加和西班牙两种文化的融合。这种融合在教堂中也十分明显，方正的结构和拱形的回廊，既有印加帝国的痕迹，又有西班牙的风格。教堂中藏有精美的宗教艺术品，包括巴洛克风格代表人物鲁本斯等著名艺术家的作品。

15

秘鲁式的午餐令人惊艳

在库斯科，如果你享用了一顿纯秘鲁式的午餐，你一定会终生难忘。

在参观库斯科的太阳神殿和大教堂之前，我们就被告知要吃一顿"正宗"的秘鲁大餐。在任何地方我都愿意吃当地特色美食，因此这餐也很让我期待。

据说此地的秘鲁人一天只吃一餐——就是午餐。通常他们早晨只喝一点水，进行简单的劳作，在接近中午的时候就准备进餐了。他们的午餐不仅丰盛，而且量很大，一道一道菜吃下来，基本会吃到下午三四点，晚饭可能自然就免了。这里是高原，估计晚上也比较寒冷，等太阳一落，他们就会酒足饭饱地回家休息了。

这种生活节奏真让人羡慕。

但一天一餐的饭菜如何？那真是不吃不知道，一吃吓一跳！

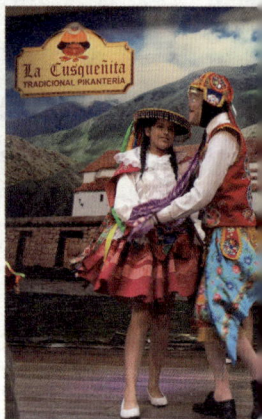

秘鲁式午餐是有歌舞相伴的。舞者身穿传统的民族服装，色彩鲜艳，舞姿奔放，满满的印第安风情！

我们就餐的这家餐馆，名字叫 La Cusqueñita，很高也很大，木质结构，柱子和房顶都是木头的。好像没有取暖设备，但你不用担心夜里冷，因为它根本不接待晚餐。我特地去问了眼睛漆黑如墨的女服务生，她回答说，这里晚上是不开门的。

店内有几十张原木的餐桌，看上去充满了原始的气息。餐厅前面还有一个小舞台，可以容纳八个人在上面跳舞。我们进去的时候，正好是四男四女在台上欢乐地跳着。女生都穿着白色上衣和小花短裙，男生则在脸上戴着喜笑颜开的面具，白上衣外面是艳丽的马甲和花裤子，一看就是浓郁的南美风情，而屋宇内响彻的也是极富南美风情的排箫。印第安人的后裔们正在音乐中快乐地舞蹈，时而排成一排，时而又面对面转圈，舞蹈动作虽然简单，但节奏欢快，情绪高涨。我们一进门，就马上被这种快乐的气氛所感染。

前面靠近舞台的四张桌子是给我们预留的，坐下环顾，发现只有我们这几桌是外国人，其余都是当地人。他们的桌上确实食物巨多，一个个大大的盘子看着挺吓人。一上菜才知道，原来我们的也同样吓人。

先上来的是饭店自酿的一种饮料，深紫色的一大扎，貌似我们在国内喝的蓝莓汁。但显然不是蓝莓，比蓝莓甜，色泽也偏红一点儿。估计也是同一科的果子吧？

当然都要斟上一杯，为了好心情，干杯！

接下来的东西真的把我吓到了。一个类似头盘的东西，下面是薯条和番茄沙司，上面是一张大大的鸡蛋饼，大约一厘米厚，直径却足有 25 厘米！然后是烤羊肉，一盘就是一大块羊肉加各

种配菜，一人份，但我看两三个壮汉都吃不完！然后，炸鸡排，也是一大盘！然后，炒蔬菜，也是一大盘！好吃的鳟鱼烩土豆不仅量大，盘子周围还摆放了一圈油炸的三角形的玉米片！你说说，这倒是叫人吃什么？一人份的米饭，那一坨米饭的直径已经有10厘米了，居然旁边也放了烤土豆、土豆泥以及洋葱圈之类，也是一大盘！总之，每一盘在我看来都是超出一顿饭的量，而我们差不多是一人若干盘，还不算上来的好几道甜点。

Oh my God！这是要撑死的节奏么？

而且我发现，秘鲁人的甜食特别甜。一种类似炸面包圈的甜点，或者就是炸面包圈，面包圈的面里其实已经是放了糖的，结果面包圈上来后，上面还淋了浓浓的蜂蜜，那叫一个甜得透彻啊！甜得深入骨髓！还有他们自己做的蛋糕和秘鲁式的提拉米苏，也都甜得不像话！这里要解释一下，我说"秘鲁式的提拉米

库斯科城中淳朴的秘鲁儿童。知道要给她们拍照，很高兴又有些羞涩，十分可爱！

苏"，没有别的意思，就是指它的个头儿太大。人家其他国家，包括中国餐馆上甜点，提拉米苏都是小小的一块。他们倒好，一个椭圆的长盘子，上面一块提拉米苏从头到尾码了30厘米！难怪秘鲁人中午一餐要吃几个小时呢！难怪他们都吃得眉开眼笑那么满足呢！原来这世界上没有无缘无故的爱和恨，也没有无缘无故的漫长午餐啊。

对了，还必须说一下我感觉最为奇特的一道菜，遗憾的是没记住名字，我心里叫它怪味包子。看上去就是一个圆圆的包子，当然不是包子——其实更像一个掏空了的苹果。苹果掏空了，然后装馅，按成瘪圆，油炸——基本上是这感觉。关键是它的馅儿太独特了，肉和菜以及豆类和胡萝卜等等众多食材，都被剁得极碎做成了馅儿，味道也极为丰富。怎么形容它的味道呢？大概是甜酸香咸腻，总之，吃一口，记一辈子。

如果谁是大胃王，那我建议去库斯科的时候，一定不要错过这家的午餐。它一定能帮助你提升一个吃货的思想境界。

还有一个接一个的舞蹈陪伴，这激情和浪漫分明已经完美兼顾了诗和远方。

这天下午的行程就是闲逛。吃了这么丰富的大餐，不走走是绝对不能消化的。我们参观了库斯科印加祭坛中央广场、圣水殿及印加浴场等。广场不大，建筑却仍然震撼人心。在大教堂前面休息的时候，一只流浪狗在我身边跑来跑去。我一招手，它即刻跑到我身边，见我拿不出什么东西给它，有些失望。但它还是很懂事地和我对望了两眼，才慢慢走开。其实我包里有一点儿巧克力，但没敢给它。据说狗狗是不能吃巧克力的，也不知为什么。

这里的流浪狗很多，都不怕人，任凭你在它身边，它该干什么还干什么，或者就兀自睡觉。只要你不表示要给它食物，它就对你视而不见。

这也是人与自然和谐的一种吧。

我们在各色人种中优哉游哉地逛了一个小时，就上车去往安第斯山脉中的古印加村落聚集地——圣谷（The Sacred Valley）。这一带在印加时期是王家的直辖区，也是库斯科的谷仓地带，所以被称为"圣谷"。发源于秘鲁南部的安第斯山区的乌鲁班巴河，就从这条山谷中流过。圣谷中散布着印加帝国的堡垒、神殿及粮仓等许多遗迹。遗迹多分布在高山之上，山下的河谷中则散布着印加人的村庄。

在山谷中的一块空地上，我们下车步行。

山坡上有一个印第安妇女，穿着鲜艳的民族服装坐在那里。她旁边是一个可爱的小女孩，身后还卧着一只乖巧的羊驼。在绿草地和红色斜阳的映衬下，这幅画面仿佛是一张油画，美极了。我在拍照之后，真

秘鲁的奇异水果"鼻涕果"，名字虽不雅，味道却不赖。

吃秘鲁式午餐剩得太多，真的吃不完啊，罪过！罪过！

印第安妇女和小女孩，还有一只乖巧的羊驼——画面很温馨吧？如果你要忍不住和她们拍照，就会陷入温柔陷阱：那女人会向你要一美元。

想走过去和她们合影，同行者却劝我别去。"完刀勒儿！"他学着当地人的样子对我说。哦，完刀勒儿，就是一美元。现在全世界都进入了商品时代，印第安人的后裔也学会了做生意。于是，拍照、兜售小东西，成为当地人在各个景点的营生。而"完刀勒儿"，就是他们最低的起步价。对于我们这些外国人，他们不收本地钱，只要"刀勒儿"。

沿着山上的道路行进，不多久印加帝国留下的城堡古迹就出现在面前。可以想象，当年印加帝国选择在这里修建古堡和村落，利用地势背山望水，真是易守难攻的好地方。据说山顶上还有更多的城堡遗迹，但不巧的是天忽然阴了，瞬间乌云密布，不一会儿就下起雨来。这雨来得真快，仿佛前一秒钟还晴天，后一秒，大大的雨点就噼里啪啦地打在石头上，天也好像忽然就黑了。淋雨上山的团友们，回来的时候衣服上挂了雨点，鞋子上粘满了泥土。

我没去，于是窃喜了一下。

晚上很晚，我们才抵达入住的酒店。因为是高原，晚上很冷，我们刚到大堂，服务生就已经给我们准备了热热的古柯叶茶。据说这种茶能防治高原反应。我居然没有什么高原反应，虽然这里有 3800 米左右的海拔。但热热的茶水还是很及时很好喝的，有一种淡淡的青草味儿，于是狠狠喝了两杯。

天已经完全黑了，看不清酒店的面貌，但感觉是一座很大的庭院式酒店。没想到，她的美丽展现是在第二天一早。

第二天天还没太亮，我一拉开窗帘：

"天哪！这儿也太美啦！"

确实，这家酒店让我们全体团员都大大惊喜了一番。

16

爱上索内斯达

索内斯达——这是这家酒店的名字，全称写作 Sonesta Posadas del Inca - Yucay，是一家四星级的酒店。我想我必须对这座安第斯山下的酒店详细描述，原因只有一个：索内斯达太有特点、太值得赞美了。

这家酒店的建筑全部是石头房屋。墙壁是石头拼接的，地板也是石头铺成的，房间的门是厚重的原木木板，门轴是木头的，转起来吱呀作响，门锁很古老，钥匙也是那种古老的铸铁钥匙，有20多厘米长，拿在手里沉甸甸的，仿佛它打开的是一扇通往中古世纪的大门。当然，光是古朴的石头建筑还不足以让人惊艳，酒店的布局也非常清新和浪漫。大大的院子里，到处是花坛、花池，繁花盛开的花架和栽满鲜花的香径，满眼的鲜花簇拥着质朴的石头房屋。到处是坚硬与柔软的混搭，给人一种新奇的审美体验。

索内斯达的咖啡厅。你可以舒适地坐在窑洞一样的走廊中。

尤其是在早饭之后。

顺便说一句，自助早餐非常丰盛，主食副食水果蛋奶，应有尽有。南美的地势和气候，可能比较适合农作物的生长，粮食那是绝对好吃。尤其是玉米，又大又香又绵，一穗足有30多厘米，味道纯正，好吃到爆。

一个建议，去南美的小伙伴们千万不要错过印第安人的玉米。

吃过早饭，我来到庭院中间，抬头一看，忽然被眼前的美景震住了：高高的安第斯山脉，在天光中呈现出一种罕见的灰蓝色调。天气多云，而那一朵朵一片片的白云，仿佛就从山腰飘下，慢慢落到了院子里以及通往酒店二层的木质楼梯上，变成了一片似有似无的雾，增加了空气的湿度，越发洁净得让人陶醉。院子的草地上是石头咖啡桌，石头走廊下是宽大的沙发，高大的花架子攀援着杜鹃……随手是美丽寂静，到处是姹紫嫣红，宛若天上人间。

我感觉拿着相机不用动，只需慢慢转身就可以了。因为这里的360度，处处都精彩。

小伙伴们都兴奋起来了。到处拍照，到处留影，景色也好，时间也对，光色绝佳，无数的好片子瞬间产生。

羊驼是一种很通人性的动物，它温驯伶俐，是南美人的好伙伴。你看它在吃我喂它的草的时候，是不是像在微笑？

我们在后院还发现了三只羊驼，正在绿草地上悠闲地吃草。一只大的有一人多高，还有两只小一点儿的。羊驼的样子很可爱，它属于"小脸美人"，眼睛很大，非常清秀。它尾巴短、毛细长，外形真的有点像绵羊，但它的脑袋却很像骆驼。或许，羊驼这个名字，就是因为它的这种形象而来的。羊驼是偶蹄目、骆驼科的动物，一般栖息于海拔 4000 米的高原上。亚马孙河上游，海拔 3000—6500 米的安第斯山脉中部，是羊驼的原产地。但羊驼的适应性很强，这一点羊驼有点像骆驼，比如它也很耐饥寒，可以粗饲，它的胃里也有水囊，可以数日不饮水。所以南美大陆到处都有羊驼，它们甚至是整个美洲最受欢迎的家畜，当地人都叫它"美洲驼"。从热带海岸到高寒山地，从恶劣的风雪到无处藏身的山崖，羊驼都能适应，它的身上几乎兼备了牦牛和骆驼的优点。而且它在温带、亚热带海洋性湿润的环境中也能很好地生长发育，羊驼是吃"粗食儿"的，秸秆啊、树枝啊、小灌木啊等等，它都可以吃，所以南美人民认为养羊驼比养绵羊更能保护草原的生态环境。你说它多厉害！

中国人民是不是也可以借鉴一下？

况且羊驼的毛，一点儿也不比绵羊毛差。羊驼毛有白色和驼色两种，也有两者相混的。它的毛又长又柔软，还很有光泽和弹性，可以织毛织品。这也许就是我们每个人后来都买了羊驼毛织的围巾，还有羊驼毛衣的缘故吧？

这几只羊驼给我们的印象实在太好了。据说，这几只羊驼是酒店特意放在这里，供客人们拍照的。我们当然是没有辜负店家的一番"美意"，都分别和羊驼合影，羊驼们也温驯地配合。

从安第斯山脉飘下的云，就
这样情无声息地飘落在索内
斯达，落地便成了染料，让
这里地草更绿，花儿更艳。
人的心情也更加明媚。

我还和那只高高的羊驼来了一个"亲密照"：我拿着
一棵野草，唠唠叨叨地请它尝尝，它也很乖地过来吃
草，还含情脉脉地注视着我，好像知道我在和它说话
似的，画面相当美好。

人家说羊驼通人性，我信。

于是，我和那只美丽的羊驼，一起定格在了安第
斯山下的索内斯达——尽管我在这里只住了一夜。

亲，如果你有机会去南美，也要去看印加遗迹，
那么建议你千万不要错过索内斯达。相信它也会给你
留下非常精彩的回忆。

17

印第安人和羊驼密不可分

在印第安古镇 Chinchero Village，我们亲眼看到了印第安姑娘怎样用天然颜料给羊驼毛染色，事实上，这个典型的印第安村落还是一个小型的羊驼毛制品基地。

我们去这个古镇，目的就是观看印第安人纺织品原始制作工艺。因为是在山中，这个院落给人的感觉是下陷式的，从小小的门槛进去，就开始下台阶，来到庭院中的一块平地，就看见了一位印第安妇女正在进行手工编织。她完全是用那种比较简易的土法织造，竖的长长的绷子上，已经细细密密地绷好了经线，她要做的就是把各色毛线穿成纬线，羊驼毛的大披肩就制作成功了。这种原汁原味的传统工艺品承载着印第安人的历史，也展示了他们的勤劳和智慧。

在院墙的内侧，有一个长长的展台，上面放着各

有着羊的温驯，有着骆驼的体质；像羊一样有长长的毛，又像骆驼一样耐劳……别说印第安人，就是我，也开始喜欢羊驼了……

种已经编好的披肩，色彩特别漂亮，特别斑斓。我发现天然的颜色染在羊驼毛上，显得特别艳丽。化工染料的颜色绝对没有这么纯正，红的甚红，蓝的甚蓝，配在一起十分抢眼。羊驼毛的披肩是这里的主打产品，此外还有毛衣、帽子、手袋、小饰品等等，琳琅满目。我们一行女生早已按捺不住，在那女孩子做演示的时候，已经有人一眼一眼地往那边瞟，蠢蠢欲动地想下去购买了。也是，这羊驼毛制品貌似只有此地有，还有不少人据说在国内就已受命带回，所以长案子前叽叽喳喳，买卖两旺。

在这院子劳作的都是印第安的妇女。烧水待客是她们，织造是她们，卖货也是她们。（男人们去哪儿了？）她们不会说英语，当然更不会中文，但她们懂得简单的英语，对"刀勒儿"这个词尤其熟悉，再加上计算器的帮忙，我们的砍价也进行得挺顺利。库斯科民风淳朴，其实本来开价也不是很高，但砍价属于消

费心理学，所以我们得"砍"，但是"砍"得像做游戏一样，比较愉快，也比较象征。我的那条天蓝色基调的羊驼毛披肩，就是在这个古老的村落买的。这条披肩说是蓝色，其实是以蓝为主调，夹杂着绿色、红色、黄色、紫色、白色等多种艳丽的颜色，很靓丽。同行的淼淼买了条全大红色，也很漂亮。如果有地方装，我估计也会多买几条，但实在是恐惧怎么把它背回万里之遥的祖国，那一条披肩足够大，也足够占地方，怎么装啊？想想还是作罢。

　　但看得出印第安女人们对我们很满意，走的时候她们频频向我们招手。她们不会说谢谢，只能送给我们朴实的笑容。

　　离这个古镇不远，就是印加遗迹中著名的印加梯田。据说这些梯田原先都是些陨石坑。在 Moray 的广袤的山丘中，有一大片藏在群山腹地的"陨石坑"，这些巨形大坑像环形剧场一样，从山的底部沉降，最低的可达150米之深。印加人就是在这样的陨石坑里，利用坑的自然形态修建了梯田，层层升高，一直到山腰。据说他们在不同的层面上种不同的东西。因为不同层高的温度不同，适用于不同的农作物，这个梯田因此也被叫作"实验梯田"。可见当时印加人的农业水平已经达到相当的高度。当然，我们现在是看不到梯田上生长各式庄稼的迷人景象了，梯田已经随着印加帝国的衰落而被遗弃。在梯田的遗址旁边，我们向下望去，田地上全部覆盖着绿色的草地，层层叠叠地像被陀螺旋转过似的旋涡式沉落，又有点像科幻电影里的太空船降落基地。上大下小，纹路均匀，绿草也把它们装扮得毛茸茸的，很有美感。我们在梯田旁照了很多照片，当时还有人好奇心很强，一定要走下梯田的底部去探寻一下。但是据说只有少数几个重新复建的梯田遗址允许游客进入到底部，更多的"陨石坑"还是藏在大山深处，保留了它们不可逆转的衰落模样。

印加文明衰落了，但还好还有羊驼。

在号称"小马丘比丘的印加古镇"奥阳台坦堡（Ollantaytambo），一座据说历时80年才建成的巨型石垒城塞，在很多人都去爬那气势磅礴的石头杰作的时候，我又发现了羊驼的踪迹：城堡的山下有很多印第安人搭起的大棚，十几米长的大棚有三四座，棚子的两边都是小店，里面全是当地特产。当然主角还是羊驼，那种羊驼毛的大披肩，还有同样羊驼毛编织的帽子等等，比我们在村里看到的要多很多了。当然还有一些银质的手工艺品，瓷盘瓦罐以及各式各样的项链首饰等等，都是土特产，也都很有特点。

转了两圈，终于还是没能挡住诱惑，买了一顶羊驼绒的手编毛线帽，色彩非常艳丽。冬天在北京的大街上一走，估计有百分百的回头率，呵呵。

　　卖给我帽子的是一位印第安少女，看上去也就二十几岁，穿着一件葡萄紫的毛衣，略黑的圆脸上满是淳朴的笑容。她的这种笑容给我好感。她见我在她的摊位前停留，并顺手拿起了一顶帽子，就立刻热情地上来搭讪：

　　"我妈妈做的。"她会说简单的英语。

　　"很漂亮！"我确实觉得帽子的颜色搭配得十分大胆而抢眼。

　　"纯天然的，我妈妈做的。"她继续笑着说。

　　我忽然发现在她的货摊上各种工艺品的中间，躺着一个一岁左右的女孩在睡觉，我们在这里说话，并没有影响小女孩的好梦。

　　"呀！这儿还有一个孩子！"我说的是中文。

　　她可能从表情上看到了我的惊异，便笑着说：

　　"我女儿。"

　　"你这么年轻，居然有了女儿？"这回是同行的伙伴惊异了。

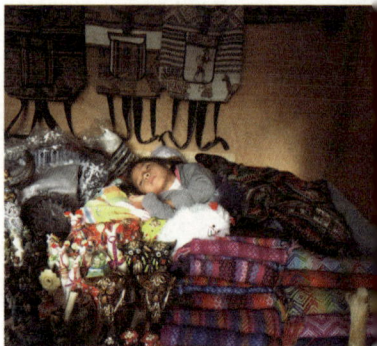

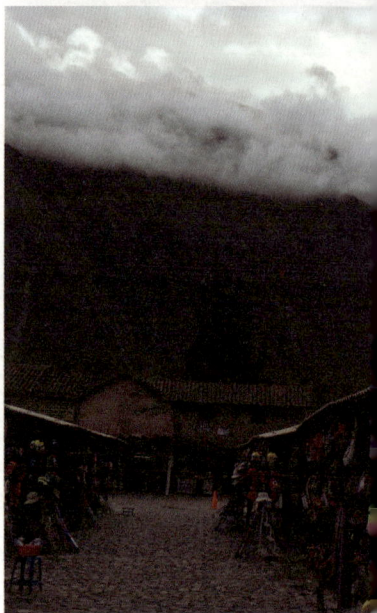

印第安女孩这次选择了沉默，或许她不知道怎么表述关于自己这么年轻就有了女儿的话题。

尽管我们很有兴趣，但由于语言障碍，也就不得不重新回到了对帽子的讨价还价。

说不上为什么，我对印第安人总是有一些莫名其妙的喜欢。或者是因为他们与我们亚洲人种有某种联系？人类学家考证，印第安人在外形上具有和亚洲蒙古利亚人一样的特征：头发硬而直，汗毛较细弱，颧骨突出，面庞宽阔，肤色比较深。遗传学家还根据DNA测定，蒙古种族人体中的线粒体DNA四类变体基因俱全，而美洲印第安人身上的DNA也有四种变体，各代表一种突变形式。这就更加证实了印第安人与亚洲人血缘特征的同一性。亚洲人与印第安人同一血缘，这很能说明问题。

对了，白令海峡。他们的祖先，也是我们的祖先，不就是从那里走来的么？

而且，印第安民族也是世界上比较可爱的民族。哥伦布在他的《航海日记》中记载了对印第安人的评价，说他们正直朴实勇敢，而且感情丰富，温柔谦和，说话算数，忠厚老实……总之，认为印第安人是比较高尚的民族。如果仅凭短短几天的接触，我们当然不会对这个民族产生多少深刻的评判，但过往的信息证明，人们对印第安人的评价并不低，这也能说明问题吧？

我好像忽然明白我为什么喜欢安第斯山了，因为这里繁衍着与我相同的血脉……

总之，我们买了少女的妈妈做的帽子。少女很是开心，见我拿起了一个银色的小羊驼雕塑，又热情地说：

"这是我爸爸做的。"

怎么这么巧？不是她妈妈做的，就是她爸爸做的？一般来说，我在国内要是听见这种说法，便自然要被当作卖东西的噱头了，但现在我倒是非常愿意相信。因为这是满脸真诚的印第安少女说的，是来自于另一人种和另一种语言体系，不能用我们通常的感觉判断，我没有理由怀疑。况且，这个小羊驼朴拙又灵动，肯定是人工打造的。它是一个套组，一共三只，一只比一只小，最小的一个只有一厘米多一点儿，最大的一个也不过五厘米长，是银合金的，看上去造型很可爱。很像在酒店里和我合影的那只，不是么？

银合金据说也是南美的特产之一。有科学家考证，印第安人大约从 1000 年以前，就从安第斯山脉中开采银矿，而且能够很熟练地将银等金属从矿石中分离出来，冶炼技术达到了相当成熟的程度。在对银的加热过程中，他们还学会了添加其他一些金属，即除了纯银之外，加了锌或者镍的银饰品比较多见。它们既保持了银的光泽，也更加牢固和抗氧化。我手上拿的这三只羊驼，正是这种银合金作品。虽然不大，但这三只羊驼做得很精致，形象还各有细微的不同，很像爸爸、妈妈和孩子的一家人。

看我爱不释手的样子，我的同伴，古道热肠的 Z 立即帮我砍价，从 20 美元砍到了 13 美元。

当了妈妈的少女先是摇头，后来还是点了头。

OK，成交！

而回国以后，我才发现这个价格还真是挺便宜的。此刻，这三只羊驼正高高地站在我的书架上，仿佛在遥望它们远在南美的家乡。

我抽空也会痴痴地端详着它们，想象打造它们的那双手，那个少女以及她的小宝贝，现在应该长大一点儿了吧？

当然，这都是后来的事情。而现在是当天的傍晚7点，我们坐上了火车，去往马丘比丘所在的乌鲁班巴镇。

乌鲁班巴 (Urubamba)，是库斯科到马丘比丘的必经之路，也是库斯科省的一个大镇。这一带在印加时期是王家的直辖区，是库斯科的谷仓地带，被称为"圣谷"，著名的乌鲁班巴让这个镇得以有名。乌鲁班巴河发源于秘鲁南部安第斯山区，部分河段可以通航，属于亚马孙水系。

晚上8点多钟，我们下了火车。而我们住的酒店就在车站附近，名为 Casa del Sol Machupicchu。这个必须是西班牙文，不好意思完全不会念。但在酒店大堂用完一碗可口的南美风格面条，回到房间里才发现，原来印加人的母亲河——乌鲁班巴河就从我们的窗下流过！哗哗的喧嚣不止的流水声，使得我产生了某种错觉：难道我真的是住在房间里，而不是睡在森林的树屋或者河流上的船舱里么？

河水奔腾，浪涛滚滚，一夜相伴。

来自南美洲的"羊驼一家人"。我让它们在书架上面向西南，这样，当我熟睡的时候，它们或许可以看到家乡的阳光。

18

重头戏：来自马丘比丘的震撼

此行的重头戏就是去看惦念已久的马丘比丘，此刻我们终于来到了它的身旁。

早起的景色非常迷人。

蓝色的薄雾和银色的晨曦交织在一起，给人一种飘飘欲仙的感觉。乌鲁班巴河还在奔腾，水头自上而下，甚是大气。倚着酒店的窗子，拍了一张乌鲁班巴河水从远处奔来的照片，结果浩浩荡荡的波涛在我的手机中定格之后，气势大减，效果一般。看来拍摄动态的河水，非专业人士以及非专业设备是处理不好的，手机再强大效果也不尽如人意。

于是诌了两句诗，聊补影像之不足：

枕着乌鲁班巴的涛声入眠，

印加的灵魂在梦里翩跹。

或许就是那一声太阳神的呼唤，

发现马丘比丘的美国考古学家海勒姆·宾厄姆。

没想到，雨中的马丘比丘别有一番意境。

让我不远万里

飞越大海奔至你的面前……

抓紧早饭前的一点点时间，把新写的诗发在我们的微信群里，秀一下我此刻的感觉，或许还能博几个赞。结果倒好，群里静悄悄。

后来才知道，大家着急去马丘比丘，根本没有时间看微信了。

因为很糟糕的是，今天居然是个阴天。刚刚吃完早饭准备出发，天空中竟然飘下了大大的雨滴。

下雨了？

这可真是大事不好。

马丘比丘（Machu Picchu），是克丘亚语，意思为"古老的山"，也被称作"失落的印加城市"。克丘亚语是南美洲原住民的语言，有许多"方言"，这

些方言彼此相关但又独立，有点类似汉语的感觉。阿根廷、玻利维亚、巴西、智利、哥伦比亚、厄瓜多尔、秘鲁等地方，都曾经是克丘亚语系（Quechuan languages）非常发达，甚至成为官方语言的地方。只是后来殖民者的到来，使得这些国家都普及了西班牙语。但是在当地的地名中，克丘亚语可以说是"保存完好"，而且它们的发音听上去非常独特。比如"马丘比丘"这个词，这个"古老的山"发音非常独特，让人印象深刻。我敢说，第一次听到它的人就会记住它。

马丘比丘，我们能相见么？

马丘比丘在秘鲁的库斯科古城西北方向，距离约 130 公里，坐落在一座海拔 2400 多米的山巅上。它宏伟的建筑和独特的结构，使其成为高踞于安第斯山脉群峰之间的令人惊叹的"高空城堡"，同时也成为整个南美最为著名的印加遗迹。而这个堪称"伟大"的遗迹，竟然在群山和热带丛林中隐藏了 400 年，一直到 1911 年被耶鲁大学的海勒姆·宾厄姆（Hiram Bingham）发现。

海勒姆·宾厄姆（1875—1956）是美国的考古学家、政治家，生于夏威夷的火奴鲁鲁。宾厄姆的家境显赫，是著名的传教士家族。他少年时在檀香山最高学府、美国教会学校学习，并以优异成绩考入了耶鲁大学。大学毕业后，他也像父辈一样成为了传教士。但对历史与考古的热情，让他不安于稳定的传教士的生活。在他 30 岁的时候，他考上哈佛大学，并于两年后修完了博士学位，回到耶鲁大学成为一名历史学讲师，教授他最熟悉的南美洲历史。与大多数历史学家不同的是，宾厄姆天生具有喜欢冒险的精神，他并不满足于研究已有的历史文献，而是想亲自去发现那些被埋藏的宝藏。1906年，他就曾航海前往南美洲，并将沿途见闻写成了《从委内瑞拉到哥伦比亚之旅》一书。此后，他还追寻着西班牙的古老商业路线，记载了自己从阿根廷的布宜诺斯艾利斯到秘鲁的港口城市利马的行迹，并出版了《横跨南美洲》。在发现了印加帝国都城马丘比丘遗址后，他出版的著作有《印加帝国》（1922）、《马丘比丘》（1930）和《印加城遗址》（1948）。顺便说一句，这位激情四射的历史学家，还曾经在1925年竞选成为康涅狄格州州长，在1925—1933年期间担任了美国参议员。

海勒姆·宾厄姆很早就知道，在秘鲁安第斯山脉的崇山峻岭中有一座神秘的古城。在当地的传说中，只有翱翔的山鹰才能一睹它的雄姿。尽管古印加帝国如昙花一现，但这座古城却出奇的繁华，建制也无比雄伟，它是古印加帝国存在的证据。这个传说就像一块巨大的磁石，吸引着全世界对此感兴趣的人去探寻。在18世纪初叶，很多探险家都在安第斯山上留下了自己的足迹，而海勒姆·宾厄姆无疑是他们中最幸运的一位。

说起1911年，宾厄姆发现马丘比丘古城，简直就是极富戏剧性的一幕。

那年的夏季，宾厄姆率领耶鲁大学考古队，以寻找印加帝国的首都为主要任务，再次南下秘鲁。他骑着骡子，跋涉在安第斯山脉的羊肠小道上，像落魄的旅人，到处寻找那沉默的异邦古城。最初的努力毫无结果，随行者们无不大失所望，只有宾厄姆义无反顾。在他居住的旅店，他无意中听店主人提起，在瓦伊纳皮克丘山顶有片废墟。宾厄姆立刻感到这是个重要线索，决定第二天就去山上寻访。结果，第二天清晨风雨交加，天气恶劣，同

行的科学家们都不愿出行，但执着的宾厄姆，决定哪怕是自己一个人，也还是要按计划上山。他邀请了店主人和一位当地青年陪同，开始攀山搜寻。据说沿途的地形极为陡峭，湍急的乌鲁班巴河两岸，高峰耸立，而山间小道笼罩在云雾之中，不仅荆棘丛生，而且岩石湿滑，险象环生。

然而，这荒山野岭，却是越走越让宾厄姆感到震撼，他在后来出版的笔记中这样写道：

"在我所知晓的世界，没有任何地方能和这儿的景色相比。云雾缭绕的大雪峰，金光闪闪、奔腾咆哮的急流，婀娜多姿的巨大花岗岩峭壁……这儿还有着许多种兰花和蕨类植物，有种难以言表的神秘魅力。"

随后，宾厄姆看见了四周由石块构筑的梯地。他相信，这些在陡坡上用石头砌成的一块块小小的平地，就是印加人修建的梯田。事实证明，宾厄姆的感觉是超凡的。"突然间，我发现面前是印加最好的石建房屋的残垣，"他后来回忆，"由于数百年来生长的树木和青苔的遮挡，很难看见它们。石料都经过精心雕琢，巧妙地砌在一起。"走在植被蔓生的废墟中，宾厄姆简直不敢相信自己的好运气——一座皇家陵墓，一座太阳神庙，还有更多宏伟的神庙，一个大广场，数十所房子——这些发现，让他觉得简直就像置身于"难以置信的梦境"。激动不已的他，急忙赶下山去，把这重要的发现告诉了留在营地的人们。

考古学家的激情终于得到了应有的回报。

开掘马丘比丘的工作也就从此开始。

也就是从那时起，宾厄姆把在马丘比丘遗址中挖掘到的5000多件古文物，分批带回了美国，被耶鲁大学收藏。秘鲁则一直在追讨这批文化遗产，还和耶鲁大学打起了文化官司。这场漫长的官司直到2007年9月18日才有了最终结果：耶鲁大学决定将取自马丘比丘的文物全部归还给秘鲁。但双方将共同持有文物的学术研究权，其中一部分长期学术研究对象将继续由耶鲁大学收藏——秘鲁、耶鲁握手言和。当然这都是宾厄姆死后很多年的事情了。

如今，马丘比丘这座"消逝在云雾中的城市"正越发得到全世界人们的喜爱。其实，马丘比丘并没有如世人所说的——"消逝在云雾中"，它一直都存在。因为居住在这片山区的人们，世世代代都流传着关于帝国的传说，都知道有这么一个遗址的存在。只不过当地的人们已经司空见惯，一些当地农民甚至从古印加人残留的梯地上清除掉灌木和荒草，用以种植玉米、土豆和胡椒等农作物。在那些白色残壁上，也依稀有人为的划痕。但是无论如何，宾厄姆还是将这个遗址公之于世的第一人，是他揭开了马丘比丘神秘的面纱。

现在是早晨8点，我们已经匆匆吃完早饭，坐上了马丘比丘的观光车，向海拔3000多米的马丘比丘古城盘桓而上。

说实话，我们全体成员心里都有些忐忑。对于从遥远的地球的另一面来的人来说，对于行程只有一天参观马丘比丘的人来说，雨的到来的确让人担忧。譬如此刻，我们虽然行进在山路上，但山的形象却丝毫不见，身边只有大团大团的云雾。放眼窗外，到处是白茫茫的，什么都看不见。如果是这样的天气，那就意味着我们在山上就如同在云端，什么马丘比丘都将成为子虚乌有，更别说那些准备好好拍照、收获好片的摄影大咖们了。而我们中的大多数人，其实都是为马丘比丘而来，抑或可以说，马丘比丘才是到秘鲁要唱的"重头戏"。车子很安静，我知道大家的心情都不那么轻松了。

是啊，我们每人都万分期待的马丘比丘之行，如果真要被这场雨水冲掉，那是一桩多么巨大的憾事！

车子停到了马丘比丘古城的入口，我们还要拿出护照和入园票，经过门禁扫描后才能入城。这一通过方式很先进，貌似国内很多著名景区都这样做，没想到在并不发达的南美，也采取了这样的方式，看来"先进文化"是很容易被传播和效仿的。先进的东西就像高处的水，它的属性就是向低处流淌。

进入景区后，还要爬大约一个多小时的山，才能到达古城顶端，俯瞰马丘比丘的全景。这时候雨还是在下，云雾也是肆无

忌惮地在山间滚动。山路以石头为主，蜿蜒向上，不是很难走，但有几处也很陡峭。大家打着伞，穿着雨衣，默默往上走。我知道不少人心里都在打鼓。或者是体力不一样，队伍渐渐变长，拉开了距离。我这一组比较靠前，包含了导游小苏、团长等四五个人。

爬到半山腰时，雨小了。云团也开始变薄，逐渐从团状变为絮状，一座座石头建筑和翠绿的草地以及近处的山峰，竟然都露了出来！这些显露的速度非常之快，或者说是云雾的消散非常之快。仅仅十几分钟吧，虽然还有一缕缕白纱般的云朵飘过，眼前浩大的景色却渐渐呈现，让人内心受到了强烈冲击和震撼。

"看呀！这些石头墙！"小伙伴们纷纷叫喊起来。

"哈！我们看见啦！看见啦！"欢呼声在山谷中此起彼伏。

原先担心与马丘比丘缘铿一面，现在如约见到，而且还是在这样的天气里见到，不能不说我们真的太幸运！不能不说这景色转变真的太神奇！

不是所有人都能够看到雨中的马丘比丘。我们是真的有"眼福"了。

　　马丘比丘整个遗址的宏伟景色，像一幅迷人的彩照，正迭次展开。面前最高的两座山峰，是马丘比丘和维依拉比丘山，我们在各种画报和明信片上见到的一簇簇石质屋宇和绿草如茵的院子，就在这山峰下面依次排列。这里的全部建筑都是印加传统风格的：磨光的不规则形状的墙、墙上石块和石块之间的接缝技巧、巧妙利用山坡的构造，以及它古朴大气的布局，让人简直无法理解五百多年前印加人，究竟是如何修造了这样一座伟大的石头城（普遍认为马丘比丘是 1440 年左右修建的）。

　　马丘比丘真是一座名副其实的"石头城"，它由约 140 个建筑物组成，包括庙宇、避难所、公园和居住区，规模宏大。城内有王官、堡垒、民宅、街道、广场等，功能齐全，由纵横其间的台阶连接，有的石阶多达百级以上。整座马丘比丘古城，完全是建在乌鲁班巴河边 2500 米高的山脊上。以花岗岩巨石圈出的一级级梯田，表明这里是农业区。农业区在城市的东南，占到了总面积的一多半，有一条沟壑将它与城市区隔开。农业区约有一百块梯田，田边有排水渠和农耕设施，可见当时这城里的人可以自给自足。在城区部分，分为了上城区和下城区。贵族住宅与神庙都在上城区，而普通民居与仓库则在下城区。城中密布着层层石头垒成的花园平台，其间有蜿蜒陡峭的小道穿过，通向传统的门楼。商业区的道路则比较平坦，没有那么陡峭。从遗址看，整个城市格局功能分明，布局合理。并且，这些建筑全部用大块的花岗石砌成，石块之间结合紧密，全由石匠们使用简单工具拼接垒筑，严丝合缝。这些石头中，有的重量不下 200 吨，据说其中一块石头有 33 个角，每个角都跟毗邻的石头的角紧密结合。

如此精密的建筑、细致的规划、惊人的重量，在那个粗粝的时代是怎样完成的？印加人建筑用的数量庞大的石块，究竟是如何搬运上山的？至今仍然是个谜。

几个世纪以来，马丘比丘发生过多次地震和山洪，而雄伟的古城却安然无恙，更加印证了古印加人高超的建筑技术。有科学家分析，印加人是利用了斜坡，他们动用了成千上万的人推着石块爬上斜坡。但这只是推测，因为迄今为止人们没有发现任何关于印加人修建马丘比丘的文字。

但这并不妨碍他们把自己的家园建得如此恢宏完美。

我们沿着山路上行，首先看到的是梯田。这时雨已经基本停了，只有可以忽略不计的小小雨滴从天上飘落。被雨水冲刷过的田地，显得格外清新，雨后的马丘比丘真是别有一番意境。就连我们的导游小苏都说，她带过数不清的游客来看马丘比丘，这样的景色还是第一次见。她认为，雨中的马丘比丘有一种朦胧美，比阳光灿烂的时候更加动人。站在马丘比丘山的对面俯瞰梯田，想象着这层层岩石和青草，如果一览无余地展现在阳光下，或许还真不似现在，有凛冽的泉水汩汩流下，有清清的薄雾时隐时现，有凉爽的山风环绕其间来得更妩媚、更富有诗意。原先担心下雨是一件坏事，现在看来，却是上天对我们的恩赐呢！

你们当中一定有贵人。小苏说。

那必须！我们当然都愿意接受这个机灵的来自中

马丘比丘是一座石头城，其实它更是石头的艺术，高超的手法随处可见！

国江南的美女的说法。

　　马丘比丘有好几处神庙，主神庙、三窗庙和圣器收藏室都是最主要的神庙。我们来到太阳神庙的祭坛，这里不仅是印加人祈祭太阳的场所，还是一座天文观测站。主神庙是一座三面围墙一面开放的建筑，其东西两侧石墙皆以巨石为底，并以打磨精细的石块垒砌而成，庙中还有一座巨石砌成的祭坛。三窗庙位于主神庙旁，因有三扇巨石叠成的大窗而得名。奇妙的是，每年夏至时分，太阳光就会正好由神庙的东窗射入，十分准确地投影在庙中用来测量太阳升起点的"拴日石"上，和中国古代日晷的作用相仿。这块呈"凸"字形的石头，看起来并不起眼，但却是印加人的灵魂。每当太阳西下时，印加人总是害怕太阳降下去以后就跌落深渊，再也爬不上来了。于是便设立了这块"拴日石"。传说每年冬至太阳节时，印加人就会象征性地把太阳拴在这块巨石上，以祈祷太阳早日回来。把太阳"拴住"的想法，真是天真又动人，但印加人的梦想又不完全是空想。和玛雅人一样，马丘比丘的居民擅长天文，通过"拴日石"的影子，他们可以判断日期和时间，安排播种和收获，其底座石的角还起着指南针的作用。所以，这块巨石的重要性就不言而喻了。在他们看来，它就是世界的中心。

　　印加人崇拜太阳。在所有关于印加的宗教中，他们一直把自己看成是太阳的子孙。后人这样解释，为什么印加人的城堡都建在高山之巅，那就是为了离太阳更近些。而他们的黑皮肤、黑眼睛、黑头发，也都是拜阳光所赐。而且我相信，那些淳朴的人们还有一颗崇尚太阳的明亮的心。

我们纷纷在太阳神庙前留影。

美丽的神话，历史的声音，遥远的征程——都留在此刻的定格中。

传说最早的印加人是四兄弟四姐妹，他们都是太阳的孩子。四兄弟中，曼科·卡帕克是首领，他带领众兄弟四处征战，征服了邻近的部落，最终占领了整个安第斯山地区。1243年，曼科·卡帕克建立印加帝国，宣称自己为太阳后裔至高无上的君主——"印加"。卡帕克及其后继者并不满足于现状，仍不断四处征战、扩大领土。在印加帝国最强盛的时期，其疆域南北长达3000英里，人口达到了5000万之多，可谓泱泱大国。今天的哥伦比亚境内往南直到智利中部，东西则由太平洋沿岸延伸到亚马孙丛林，都曾经是印加帝国的领土。直到1533年被西班牙侵略者摧毁，印加帝国经历了300多年的发展历程。而马丘比丘，在1533年以后还有人居住。据说这里并不是普通的印第安人的住所，而是贵族的庄园，是印加贵族的乡间休养场所。从围绕着庭院建设的庞大的宫殿、供奉印加神祇的庙宇，以及为数不多居住性房屋来看，此说是成立的。据估算，在马丘比丘居住的人并不是很多，在没有贵族来访的雨季就更少。当时，这里的居民满打满算还不到1000人。即便西班牙的铁骑横扫南美，此处的印加"太阳的处女们"躲在深山，找到了最后的藏身之地。

应该感谢崇山峻岭保护了马丘比丘。现在，这里不仅是南美洲最重要的考古发掘中心，也是印加帝国最具代表性的标志性建筑，还是秘鲁最受欢迎的景点。独特的地理位置和地质特点，让外人较难进入，加之发现时间较晚，让马丘比丘基本保持了原先的模样，在若干年后为坍塌的帝国找回了最后一点儿尊严，供全世界的人们瞻仰。

在接近山顶的时候，小苏指引我们看远处的山峰说："你们看，这像不像一张人脸？"

我们纷纷望去，只见黛色的山脊，像是浓墨堆出的水彩画，印在蓝天上的舒缓的线条，在刚刚雨过天晴的时刻格外清晰。仔细看过去，马丘比丘后面的山的轮廓，果然像是一张人脸。这张"脸"表情严肃，像是沉思，又像有一些忧伤。据说这是印加人仰望天空的脸，而山的最高峰"瓦纳比丘"，则是他的鼻子。他的鼻子是如此之高大坚挺，轮廓优美，有人说就像印加人的国王曼科·卡帕克的形象。

我们大声地朝着高山呼喊。结果随着我们的喊声，一大团云朵升起，与卡帕克的形象点染出一样的轮廓，像是为他的形象勾勒了一条银白的花边，也有人觉得这是为国王戴上的披巾，是古老的印加王在欢迎我们呢！总之，山与云都在刹那间灵动起来，云在不断上升，山也仿佛在升起，景象十分壮美，也十分震撼！

实话说，马丘比丘的路高高低低的，有些地方还比较狭窄，经常要小心脚下。但是，景色的壮美会让你忘了这一切，甚至让你觉得周围的一切都美得有点不真实。我忽然会想，自己如何就置身于这样轻盈缭绕的雾气间？雾气的聚散完全是没有来由的，好像它就躲在山中的任何一块石头或树木的后面，不经意地升腾而起，然后妖娆地飘散开来，在古城的各个角落游荡徘徊，我更愿意把它们想象成仙女们的裙裾。迈脚踏上各种形状的石阶，我感觉自己仿佛产生了一些错觉：难道我真的已经走进了印加遥远的历史？在某个拐角，我会不会遇见在此守望的精灵？

这种飘飘欲仙的感觉，或者就是马丘比丘的这场雨带来的吧？

其实，即使不下雨，马丘比丘的空气也是潮湿温润的。这座古城与亚马孙河仅一山之隔，马丘比丘的气候和植被，也带有明显的热带雨林的特征。这里的天气晴雨不定。比如今天，我们抵达马丘比丘时落雨纷纷，到山顶时雨就停了，下山的时候阳光居然明媚了一下，但没多久就又阴了天，我们这些远道而来的拜访者就在雨中、云中、雾中、阳光中领略了马丘比丘的奇境。

在马丘比丘一片润泽的水汽之中，我们又来到了位于神庙下面的神鹰庙。这是马丘比丘唯一的位于下城区的庙宇。说是庙，但其实并没有屋宇，只是山崖中的一个凹陷，地上两块石头，其中一块是大的三角形平石，像是一只飞翔的山鹰，其头部的圆形和尖利的喙，非常逼真。也不知道是天然形成，还是人工雕凿。如果是人工的，那么在这么硬的花岗岩上雕出这种形状，也堪称不易了。很多人都用手去摸这神鹰的"头"，于是这"鹰头"也就亮闪闪的，越发吸引着这里的人们去抚摸。尤其是鹰头后面的巨石，看上去就像神鹰展开的两翼。或者就因了这，才叫作神鹰庙的吧？这造型真的有如天作。

据说，在神鹰庙背后的"羽翼"里，还有造型独特的石龛，石龛中安置着木乃伊。但终因时间所限，我们没有能够一探究竟。

哦，留下了太多的遗憾了，我们还会再来么？

奇特的马丘比丘，藏在深山的马丘比丘，石头城堡马丘比丘，不仅它的景色让人震撼，而且它的一草一木中都饱含着巨大的历史和文化信息，让人类任何感叹赞美的语言都显得有些苍白平淡。

在这巍峨的印加帝国的废墟面前，那个在库斯科就让我疑惑的问题又浮上脑际：这样一个宏伟的所在及其人民和财富，为什么忽然会消失得无影无踪？当然，前面说过的天花说，是考古学家和历史学家们给出的说法，但也有人认为印加人逃遁了。他们自知抵抗不过刀剑锐利的西班牙人，于是用竹筏载满国王的木乃伊和国内所有的金银财宝，逃向不为人知的深山，并将宝物沉到了 250 米深的的的喀喀湖。印加人没有文字历史，一切都是口口相传。那么，此说除了增加古印加的神秘感之外，其真实性几乎无从考证。

但是，马丘比丘的秘密又仿佛无处不在。在古老的石墙上、绿色的草阶上、狭窄的古道间、宏伟的神殿里、印第安人率真的眼神和神秘的微笑中，我相信都保留着马丘比丘的密码。你会从石墙的每一个缝隙中发现它，从树枝的每一次摇摆中思索它，直到把这里值得记忆的一切镌刻在心中。

宾厄姆可能并没有料到，当他发现被世人遗忘的印加古城的时候，这座昔日帝国会引起全世界人们的兴趣，而且每一个来到马丘比丘的人，都对这个地方发出越来越多的惊叹与赞美。在马丘比丘"问世"的第三年——1913 年，美国《国家地理》杂志就用了整个一个月刊的篇幅，对宾厄姆和马丘比丘进行了介绍，让这处遗址"高调"亮相，受到广泛关注。1983 年，马丘比丘被联合国教科文组织列入《世界遗产名录》，成为世界上为数不多的文化与自然双重遗产之一。2007 年 7 月 8 日，马丘比丘被评选为"新世界七大奇迹"，引起了全秘鲁以及全世界考古迷们的欢呼庆贺。"新世界七大奇迹"还包括中国的长城。南美文化

的复苏，让印加古国的脉搏开始在秘鲁人的身上强劲地跳动。在遗址被发现后的不到半个世纪里，每天有上千的游客登上马丘比丘，旅游巴士已经开到了马丘比丘的山脚下，甚至还有人正准备在马丘比丘修建观光索道，但这个建议一直没有获得有关当局的批准。也是，人来得太多，一定会对古迹造成破坏，而古迹的损坏是最令人担心的事情。秘鲁人一边要挣"刀勒儿"，一边又要维护古迹的原貌，任务确实比较艰巨。我心里暗暗祈祷，最好不要在马丘比丘建索道。想象一下，如果在曼科·卡帕克的"鼻子"上，有一条索道飞过，这岂不真是大煞风景。

神鹰庙在马丘比丘的下城区，一块巨大的三角形平石像是一只飞翔的山鹰。人们会用手去摸鹰头，据说能带来好运。

但在马丘比丘山脚下摆摊卖秘鲁手工艺品的小贩，以及当地的导游都大大地沾了光。中午我们下山吃饭的时候，看到乌鲁班巴镇上的商业大棚，已经是连接成片，规模宏大。衣帽鞋袜和首饰等工艺品，让人看得眼花缭乱。络绎不绝的游客给贫困的当地人带来了好处，他们认为即使有再多的游客也不怕。

"不会有太多人来的，"一个卖帽子的大婶这样说，"我们这里很远，很多人不能来，不是么？"

嗯，也有一点儿道理。遗址的偏僻和路途的遥远，是一种天然的障碍。

马丘比丘的英文是"Machu Picchu"，据说当地人已经改写成西班牙语"Mucho Dinero"，意思就是更多的美元。秘鲁的经济并不发达，难道我们可以责怪他们对美元情有独钟么？

午饭是秘鲁式自助。所谓秘鲁式，并不是因为饭菜多么独特，当然玉米和土豆还是做得非常好吃，那是我们的必选佳肴。而秘鲁式自助餐的主要特色是饭店中的歌声。三位头戴礼帽，身穿民族服装的男歌手，一个抱着吉他，一个吹着排箫，一个则抱着一把比较大的低音吉他。后两位主要是演奏，偶尔唱个和声，而第一位是站在中间边弹边唱。很显然他是这个小乐队的主唱。他表现很活跃，歌也唱得很好，略带沙哑的男声，忧郁中透出热情，还夹杂着几分狂野，非常适合表现南美民间歌曲的风情。

秘鲁到处都是歌声，这真是一个充满歌声的国度。

雨后的乌鲁班巴略有些冷，饭店中的炉火恰好给人一种温暖的感觉，而那缓缓流淌的歌声，又给人一种放松的感觉。在这样一个午后，这样的异国他乡，这样引人遐思的歌声里，简直让人禁不住要写诗了，呵呵。

当然没有时间写诗。我们利用短暂的午间，喝着古柯茶，梳理着关于马丘比丘的纷乱的思绪。我想，我永远也不会忘记这个迷人的地方。

古柯茶叶也是秘鲁高原地区特有的，它就是古柯树的叶子。古柯树是一种灌木，生长在南美洲安第斯山脉地区，全树高可达3米。印第安人常用这种古柯叶泡茶，称为古柯茶，据说茶叶中含有少量的可卡因，可以起到兴奋和御寒的作用。我们喝这种茶，主要是为了防止高原反应。叶子看上去就像普通的烘干的树叶，暗绿色，薄薄的一小片一小片。茶水也没有什么特别的味道，不如中国的茶叶香，带着淡淡的青草味。

我问同伴："这古柯茶怎么没啥味道呢？"

人家告诉我，没有味道就对了。因为这种叶子如果被大量提纯，其中的生物碱就可以用来制作毒品。在秘鲁、玻利维亚和哥伦比亚三国毗邻的地区，用古柯来制造毒品已经不是新闻了。据估计，全世界贩卖和消费的可卡因，很多都是从这个著名的"银三角"地带出去的。为此，古柯叶还被联合国列入过麻醉品管制清单。直到现在，在一些国家旅行，携带古柯叶都是非法的。我们能在这里喝到古柯茶，完全因为这里是产地，而且是天然的古柯叶，生物碱含量极低，不会产生什么副作用。

据说古柯茶还是制作可口可乐的原料之一。可能就是因为它有兴奋剂一类的物质，而且还能使人轻微地上瘾。但古柯一类的物质在可乐中占有多少，恐怕就没几个人知道了，因为可口可乐的配方是世界上保护得最好的秘密之一。我们自然是无从知晓。

在返程的火车上，还有一个有意思的节目。三位列车员，先是做了模特，穿上羊驼毛的毛衣做服装表演，后来又分别戴上面具，披着火红的头发，似乎是秘鲁神话中的人物，做着夸张的动作，车厢里激荡起阵阵笑声。他们这么做，绝不单单是为了取悦旅客，而是包裹在娱乐外衣下的一种商业行为，其主要目的是销售羊驼制品。当然我们的女生也出手大方，价格不菲的毛衫、披肩又都落入几位姐妹的囊中。我们中的活跃分子还参与了表演，几位女杰又是走猫步，又是摆 Pose，又是跳舞蹈，个个风姿绰约，赛过女神，引发了全车人的掌声和笑声，真是开心！

这个车厢中，都是从马丘比丘回库斯科的人。大约有一半欧洲人，还有一半就是我们这个团队里的中国人。

但是，出手买东西的，似乎只有中国女生。

站起来参与表演的，也只有中国女生。

她们一个个大方、美丽、爽朗、可爱，真是给中国人挣足了面子。

给力！

在世界各地，包括并不发达的南美洲，中国人都是最受欢迎的人。这一点毋庸置疑。

19

南美人，你为什么不着急？

4月10日，清晨即起，乘飞机返回利马。

按照日程，我们应该在上午10点左右到达利马，先去游览利马新城，下午再游览利马老城。结果飞机延误，中午才到达利马。我们只得取消了新城的参观，只是赶到老城去怀旧了。

利马中午的街道上人很少。而且在这里绝对看不到急急忙忙赶路的人，即便是去工作的人，你也会觉得他不慌不忙，步履轻松。看到我们急匆匆地走过，他们会漫不经心地瞟你一眼，那意思似乎在说：急什么？

是呀，秘鲁人真的不着急，好像整个

在餐厅中唱歌的南美小伙子。

南美的人都不着急。

　　我们上次来利马只住了一夜，作为去库斯科古城的跳板，而且还是天黑才来，第二天一早又走了，没有细细品味利马。这回则要认真看看人家秘鲁共和国的首都了。利马其实是一座沙漠城市，它东接安第斯山麓，西连太平洋沿岸的外港卡亚俄，是世界上仅次于开罗的建在沙漠地区的第二大城市。面积有70多万平方公里，人口600多万。据称，"利马"这个词源于印第安盖丘亚语，意为"会说话的神像"。1535年，西班牙探险家弗朗西斯科·皮萨罗在这块印第安人的土地上建立了殖民据点。这就是利马城的雏形。到了1550年，利马城已初具规模，城区出现了街道和房屋，城中心也建起了一些专门从事商品交换的商店。17世纪的利马曾一度相当繁荣，商业活动十分兴盛，是西班牙殖民主义建造的繁华之地。1746年，一次强烈的地震给利马带来毁灭性的破坏，城内3000多所建筑所剩无几。但是，利马的新城就在废墟上重建，并且保持了原有的风貌。

　　老城区位于利马城的北部，临近马克河，街道自西北向东南伸展，与马克河平行。老城的格局不大，建筑却带有明显的西班牙风格。虽然没有什么高楼大厦，街道也比较窄，但平缓和拥挤并不妨碍利马生活的情调。比如，这里的居民多半把外墙刷成粉红色，小露台上是古老的木栅栏，窗台上摆着小盆的鲜花，加之一片片如茵的芳草点缀其间，充分感觉出此地人生活的闲适。

　　这次来南美，一个突出的感觉就是这种闲适。这些皮肤黑黑、穿着比较随便的南美人，活得非常放松。尽管南美这几个国家都不是发达国家，人们的生活也不富裕，但并不影响他们快乐的笑容和悠闲的生活态度。这里的人们仿佛不忙着挣钱。钱很重要么？在他们看来，钱的重要性比起快乐来或许真是微不足道。南美在哪里都可以赊账，哪怕到超市买一袋盐，也可以只先刷卡预付，然后再还。所以他们习惯透支，总是要等钱用完了，或者没钱了再去挣，而绝不像中国人那样攒了一大堆钱存在银行里还舍不得花。我以为比起天天忙得团团转的中国人，人家的这种闲适很值得思考。比如那个在街边小桌上呷着咖啡的秘鲁男人，我感觉他那略弯的后背，就像一个大大的顿号，忽然点在了我们的生活中间。

我们的生活中可否需要这个顿号呢？

其实，中国人原来是不缺闲适的。比如在中国北方的农村，庄稼收完之后，都有长长的冬闲。这个季节，农妇们或纳鞋底做手工，或整理破损的农具，在田野里干活儿的主力们，则到了闲散的休整期，他们会三五成群地坐在墙根下，晒着太阳闲聊。轻轻的炊烟从家家的院落中飘起，空气中还隐隐散发着饭香与稻草的混合味道。这种小农经济的闲适，在今天看来显得相当美好，甚至成了不少人逃离都市的理由。

而在古人的诗句中，中国人的闲适更是被描绘得十分动人："采菊东篱下，悠然见南山"，这是我们都熟悉的陶渊明式的闲适；"独卧空床好天气，平明闲事到心中"，这是白居易的诗句。最可爱的是苏东坡，他在《点绛唇·闲倚胡床》中写道："闲倚胡床，庾公楼外峰千朵。与谁同坐？明月、清风、我。"呀！这句子读一遍都很动人啊。这种闲情逸致，其实在中国古代的文人中一点儿都不少见。抑或可以说，在中国的文化传统中，闲适是一个重要选项，同时它也是一种情趣，一种境界，一门艺术。那是春江花月下的款款丝竹，那是清水河边看闲云白鹤，是山间寺中的闭目静思，当然也是朋友小聚，饮茶侃山，散步玄想，诗歌唱和……

但不知从什么时候起，中国人好像在一夜间就没有了悠然看世界的心境。人人都非常忙，忙工作、忙挣钱、忙升迁、忙孩子、忙老人，公务家务，公事私事，把我们的生活空间塞得越来越满，闲适越来越成为一种稀缺状态。手边的事情好像永远做不完，脚步更是不能慢，一慢就被别人超过了。所以我们害怕，要做得更好更快更强。更好更快更强可能没有什么错，尤其对于一个国家和民族而言，它意味着高速度和大发展，但具体到一个人来说，更好更快更强就一定好么？这种想法其实不甚明智。因为，实际上不用等到你更强，你的双鬓就毫不留情地白了。

所以，现在有一些恍然大悟的人，开始提倡"慢生活"。让我们的人生慢下来，人生最好有闲情。哪篇文章中都免不了加一串删节号，一出大戏中也允许偶尔走走神儿，平淡的日子更是要靠闲情来装点——闲情，不仅有韵味，而且很重要。等我们老了，翻阅人生的画册，会发现很多忙碌的画面都淡去了，很多做过的工作也会忘记，而留在记忆中那色彩斑斓的一页，一定是让我们快乐和舒适的闲情。

从前的时光很慢，慢得一生只够爱一个人……

这是木心《从前慢》的诗意，后人有人把它写成了歌。

20

最适合怀旧的利马老城

利马老城中有着别具风采和情韵的中心广场。

我发现在南美洲国家，几乎每个城市都有一个中心广场，而城市里最重要的教堂和一些具有历史意义的建筑，都会在广场的四周聚集。或者这也算殖民文化的遗留吧。人们喜欢在广场中心的长凳上休息，跟陌生人聊天，喂鸟，看书，发呆，成为一种放松交流的公共活动空间。利马的老城区也有众多的广场，但是以我们到达的"武器广场"最为著名。（貌似库斯科的广场也叫武器广场，南美有好几个广场都叫武器广场，这是过去打仗留下来的叫法么？）以这个广场为中心，条条街道呈辐射状向四周延伸，通向城区的各个角落。广场的地面铺着大块的大理石，很古朴也很大气。广场中央有喷水池，水花飞溅，彩色的雾气在阳光下晶莹闪烁。

老城有很多广场，中心就是"武器广场"。广场周围有一些比较出色的建筑：政府大厦，这是 1938 年在皮萨罗宫殿部分旧址上修建的；利马市政大厦，是 1945 年建造的；向西南经过繁华的商业街，会到达圣马丁广场，这是利马市的中心区域，大概类似北京的王府井。广场上矗立着美洲独立战争中建树奇功的民族英雄圣马丁将军骑马塑像，广场中间有一条宽阔的大街——尼科拉斯德皮埃罗拉大街。大街的西端是"五月二日广场"，之所以叫这个名字，是为了纪念 1860 年 5 月 2 日秘鲁、智利、玻利维亚和厄瓜多尔四国，联合作战打败了西班牙的舰队。而它也是利马城的始建点。

之所以说利马老城特别适合怀旧，不仅是因为这个城区早就被联合国评定为世界物质文化遗产之一，还因为在这个城区里有太多的"古董"，比如巨大的圣法兰西斯修道院地下墓穴（Convento de San Francisco）；圣马丁广场（Plaza de San Martin）和大教堂（Catedral）。利马近郊还有著名的秘鲁"金子博物馆"，以及巴恰卡马遗址（Pachacamac）。这个遗址有点类似中国新疆丝路上的高昌故国遗址。

秘鲁人是信奉天主教的，仅利马市内就有 60 多座天主教堂，其中最著名的就是利马大教堂，那简直就是古建中的精品。形容这座大教堂至少要用到这八个字：高大宏伟，精美异常。说起来，这座教堂也是命运多舛。它始建于 1555 年，到 1649 年才建成。然而仅在三十八年后，秘鲁就发生了大地震，还没有等到教堂复建完毕，1746 年大地震再次来袭。这两次大地震后，这座当年能与西班牙最著名教堂媲美的利马大教堂，竟成为一片废墟。在

大自然的力量面前，人类的一切都显得十分脆弱。一座高达数十米的大厦，顷刻间就被夷为平地。

好在还有图纸。

我们现在看到的大教堂，就是地震后根据原先的图纸重建的。想必它与坍塌掉的那座一模一样。当然即使是重建，这座大教堂也是 17 世纪的产物，在今天也依旧是文物级别的，成为利马沧桑历史的见证。

非常值得一提的是，这个教堂不光有着浓厚的西班牙建筑风格，同时又融合了哥特、文艺复兴、巴洛克以及新古典式风格，它把各种建筑的特色融为一体，是一个很大胆也很出位的建筑，当然这丝毫不影响它的大气庄严。这座教堂在建造之初，因为建筑风格的不一致，还引起过很大的争议，但现在的人们则认为这种建筑风格的巧妙结合很有创意，这是此一时彼一时了。据记载，大教堂的设计者是西班牙人弗朗西斯科·皮萨罗，而他也是第一个踏上秘鲁土地的西班牙人。他也因了这座教堂被尊为西班牙值得纪念的建筑学家之一。历史就是这样有趣，本时代的人物，可能并不为本时代认同，换了一个时间窗口，居然也就更新了所有的看法和评价。今天来利马朝拜大教堂的人们，不仅认为它是利马标志性的建筑和宗教圣地，而且还把它奉为利马城内古建筑和欧式建筑的经典。而这座教堂的设计和建筑者弗朗西斯科·皮萨罗，最后也终老在这里，其坟墓就安放在大教堂中。不知道这是他的遗愿呢，还是无奈之举？

沿着教堂前的台阶拾级而上，我首先被教堂的花岗岩大门震撼了。这座高达 30 米左右的大门，厚重奢华，在高高的门拱和两边的侧扉上，刻有八尊栩栩如生的石像。因为没有研究过西方的宗教，我无从判定这些或举着十字架、或扬手指向前方的石雕们都代表什么意思，但看得出这是非常棒的雕刻艺术！每尊人像都造型独特，线条非常精美，面部表情柔和悲悯，十分动人。相信这一定是那个时代艺术的高峰。

一进入大教堂，我们又被宏大的厅堂和精致的穹顶天花板吸引了。穹顶天花板是石头的，每一道圆形之间还有金色的图案。估计这是铁框架，为了完成对穹顶的支撑，在每个线条外面都包了金。这些"金条"在穹顶画出了一道道金线，在中间还聚合成菱形和三角形的"金块"，使得整个大顶显得金碧辉煌。地板的设计是深灰色和浅灰色相间的方块大理石，走上去就仿佛走上了一个独特的棋盘，大气稳重，也很有 feel。

教堂内的巴洛克风格的装饰，更加让人目不暇接。每隔十米左右，就有一尊如同真人大小的雕塑，估计都是《圣经》里的人物，或是来自神话传说，总之这些"人"个个神态庄严，白色的大理石让他（她）们显得格外肃穆，仿佛每个人脸上都写满了哲思。最值得注意的是唱诗班的座位，都是一些深色的大椅子，每个座位上都有精雕细刻的花纹，甚至感觉它们似在呼吸，隐隐散发着某种胡桃木的气息。

利马大教堂现在也是一座宗教博物馆。且不说教

利马大教堂，虽然融合了哥特、文艺复兴、巴洛克以及新古典式风格等各种建筑特色，但一点儿也不影响它的大气庄严。

堂里银饰的祭坛、美丽的雕塑、高悬的油画等等，都包含着丰富的文化信息，就是在两边宽阔的甬道后面，那一间一间的小教堂也精彩纷呈。大教堂中套小教堂，这也是这个教堂吸引人的一个特点。每个小教堂也是装饰各异，非常精巧，值得仔细欣赏。而且博物馆内还收藏着古印第安文化和西班牙殖民统治者当年聚敛的许多珍宝，估计一天也看不完。

因为行程的原因，我们在这里却是走马观花。幸亏我提前做了一些功课，把该看的都看了，要不可能会留下更多遗憾呢！

利马是世界上闻名的无雨城市，号称"无雨之都"，也有人叫它"不雨城"。这里一年四季都没有雨水光顾，更不会有电闪雷鸣和疾风暴雨，至于结冰、下雪几乎就是闻所未闻的事情。当地人如果到了一个大雨滂沱的国度，一定会非常震惊，可能和我们的广东人到东北看到大雪一样震惊。在利马生活的人们，一生都不会见到雨雪，更不知道什么叫打雷。无雨的原因是因为利马所在的西部沿海，南风和西南风带来的热带空气，经过秘鲁后逐渐变冷，海水蒸发量又少，难以凝结成雨。南北走向的安第斯山，就是一道天然的屏障，它挡住了来自东部大西洋的湿气，也让西部沿海全年无雨。虽然无雨，但这里并不干燥。严格地说，利马并非终年滴雨不落，只是年降雨量仅约15毫米左右。那种降雨也不能叫作降雨，而是浓湿的雾，渐渐形成露珠，最后以霏霏的粉状飘落下来。在所谓的降雨期，这里的天空会灰茫茫一片，雾气多日不散。时间一长，路面湿润，草木滴水，土地渗透。这就是雨季了。利马虽然降雨较少，但气温并不高，此地的年平均气温在19℃左右，最冷时月平均气温为16℃，最热时月平均气温不超过 24℃。名副其实的四季如春，比我们的春城昆明还要更潮润一些呢！

利马又是沙漠中的城市。茫茫的科斯塔沙漠与泱泱的太平洋海面映照，碧海黄沙，形成了这个城市独有的奇景。或者说，来利马，你才真正知道海边的沙漠之城是什么含义。茫茫的蓝色太平洋边，金色的连绵的沙滩在阳光下闪着明亮而含蓄的光芒，两种颜色配得特别漂亮。其实，这世界上的很多沙漠都是和大海相隔不远，可以说是沙海随形。海岸沙丘几乎就是一个常见的地理现象。许多沿海地区，都有着发育沙漠的良好条件。比如入海河流的输沙量较大，比如近岸带海底冲刷产生的泥沙等等，这些泥沙在沿岸流和波浪作用下，会逐渐向岸边移动，最终形成宽广的沙滩。沙源如果特别丰富，就形成了比较大的沙漠。其次，沿海地区大多属于海洋性季风气候区，一年中有几个月盛行的向岸风，也会将沙运送到海岸。利马的沙漠，就是因为季风中带沙力较大，逐渐堆成海岸沙丘。而每当大海落潮时，海滩干出，这时候海滩上的沙粒就被风力扬起，形成了风沙流。沙在不断从海滩得到补充的同时，又不断作为"跳板"向陆地扩大。久之，金色的沙滩和蓝色的大海就这么相伴而生了。

大自然真是奇妙！

我们在利马海滩还有一次"艳遇"。那天早上风和日丽，阳光耀眼又不热，当地渔民给我们准备了小鱼，在沙滩上喂一种嘴巴特别大的鸟，它的喙下面就是一个大口袋，很面熟啊？一时想不起它的名字，问黑黑的渔民大叔，他只是笑着摇头不说话。对了，他听不懂英语。回来查了一下，原来这就是大名鼎鼎的鹈

教堂或者修道院的十字架
上，经常会站立着一只鸽
子。不知道它为什么喜欢
那里。

鹈鹕。鹈鹕的身形相当高大，将近一米，在海边走来走去并不怕人。渔民们提着小桶，里面全是新鲜的小鱼，这大概是鹈鹕的早餐了。如果我们拿起小鱼去喂鹈鹕，那是随便可以喂的，但如果你想和这大鸟合影，并且想把喂食的精彩的镜头照下来，那么对不起，"完刀勒儿"。好在秘鲁的渔民好像不那么认真，我们在给了他一个美金之后，他好像也不管是一个人拍了一张，还是几个人拍了几张，他只是负责笑眯眯给这个递鱼，给那个递鱼。我也拿了一条鱼，高高地举着，还没等我放下手臂，那大鸟就高高昂起头，以极快的速度一口把鱼吞下！动作之快之敏捷，吓我一大跳！看来它是饿了，已经迫不及待地要吃早点了。

我们几个女生，就在沙滩上笑着叫着，和第一次见到的秘鲁国籍的鹈鹕照了不少亲密照。

这时候，我们发现岸边站着五位警卫。他们皮肤黑黑的，在阳光下发着亮光。这么多人一起执勤？还是没上班在这里候岗？几个大胆的女生，就上去和人家合照，结果人家的态度很友好，任凭我们各种合照，单人的双人的多人的一堆堆。我和一个年轻的帅哥合拍了一张，拍完才发现：一黑一白，肤色反差极大，一高一矮，身材也反差极大，只有一样是一样的，就是两个人居然都笑得很甜蜜！但这张照片，那位帅哥并没有见到，他当时一句话不说，只负责微笑。我以为，他现在完全不知道或者已经忘记了他有一个动人的形象已保存在万里之外的中国。

利马的帅哥非常友好。在这样的蓝天碧海边执勤，人又是那样地少，心情好应该是一件很自然的事情。

21

无人鸟岛和中华劳工诔

早晨，我又一次被大漠中的酒店风光惊着了。

因为我们一般都是晚上才入住酒店，基本看不清酒店的风景，只有在第二天一早，才能见到酒店的"庐山真面目"。这家酒店，在昨晚进来的时候，只是感觉它非常大，房间里面的设施也很好，够得上五颗星的标准。但早上走上阳台——不惊呼是不可能的：

放眼望去，一望无际的沙漠就横亘在天边，而眼前却是一片蓝色的"海洋"：露天泳池蓝得像宝石，水中弯道美得像油画。加上酒店淡黄色砂岩的外墙，高大又空灵的建筑，遍地开放的鲜花，恍惚间让我感觉自己不是在酒店，而是真的踏进了海市蜃楼！

同行的小伙伴们，早都拿着各类"武器"跑出去了，欢声笑语，收获美照一箩筐！

我也在泳池边留了两张影。早上的阳光非常适合拍照，我立时也觉得自己美若天仙（自夸时代，请别在意）。

"走吧，走吧！"

团长在呼唤。

是啊，再美的景色也不能带走，何况还有与鸟儿们的欢聚——秘鲁著名的鸟岛正在太平洋上等我们呢！

鸟岛的名字叫作帕拉卡斯（Paracas），在秘鲁和整个南美洲都声名远播，是来秘鲁的必去之地。上午 10 点多钟，我们到达了鸟岛的登船处。这里看上去像一个小镇，街道宽阔干净，路边都是卖纪念品的小店。小镇很安静，人也并不多，但小店罗列，到处都传递出很浓的商业气息，一看就是很成熟的旅游地。警察先生们站在码头，感觉治安良好。我们在小镇转了一圈，然后走过宽宽的栈桥，登上汽艇。

今天的南太平洋风平浪静，阳光明媚，是航海的好时光。在风驰电掣航行了一阵子以后，船速忽然慢了下来，我们的导游小苏大声说道：

"看！那是地画！"

原来，在一个很大的但没有鸟的荒岛上，出现了一个大大的地画。这就是著名的帕拉卡斯地画，是途经鸟岛时必然会路过的。因此当我们的船接近它时，一直沉默不语的黑人船长就自动减速了。

地画很清晰，有点像烛台，又有点像仙人掌的图案，所以这个地画又被叫作"世纪烛台"。地画显然是人工刻在岛上的石坡上的，据说至少已有千年以上的历史。迎着坡面，鸟岛地画的整个形状很清楚。小苏介绍，地画高 180 米，宽 50 多米，发现

于 1926 年。像纳斯卡地画一样，没人能解释它的来历，它什么
时候制作？象征着什么？风雨和岁月都没有侵蚀掉它，可见当年
"刻"它的笔力之深。"世纪烛台"地画，与秘鲁著名的纳斯卡
地画（这个地画要坐飞机看，也是在我们的行程里的）相比较，
虽然名气没后者那么大，但实际观赏的距离要比飞机上欣赏地画
近得多，烛台地画的线条本身也要比纳斯卡地画粗壮，因此也清
晰得多。从风格上看，两处地画有着异曲同工之妙，可两者间到
底有无关联？是否为同一目的而作？没人知晓。据说，它们和复
活岛上的石像、金字塔建造之谜等，都属于世界级的谜思，任后
来的人们反复猜测以及不断推翻，却一直无解。

　　船上的人纷纷举起相机和手机，也不管船是不是平衡，都
要留下这宝贵的一瞬。

　　很快，在风声和水声的合奏中，渐渐出现了鸟的聒噪声。
我们面前的海面上，远远出现了一个岛的轮廓。轮廓好像镶着一
道黑边，仔细一看，原来那全是站在上面的鸟！

秘鲁鸟岛是世界上最出名的鸟类聚集地，主要由三个大一点儿和一个小一点儿的岛屿组成，在太平洋的沿岸，帕拉卡斯群岛以无与伦比的鸟类数量著称于世。

只是，这些岛平时是不允许人类上去的，那是属于鸟儿们的世界。真是名副其实的"鸟岛"啊！

我们靠近第一个岛的时候，看到这个岛礁前面有一个圆洞，有点像桂林的象鼻山。看着居然有几分亲切感。从汽艇上向岛上望去，目光所到之处都是黑压压的一片，最多的是鸬鹚、皮克罗鸟、海鸥和鹈鹕，密密匝匝、层层叠叠布满全岛，耳边充斥着各种鸣叫声，让人只能想到"聒噪"这个词，或者也可以用叫声震天来形容。声音最高的那种"啊啊"的叫声，就是由"水老鸦"发出来的。"水老鸦"学名是鸬鹚，在秘鲁被称为"瓦奈"鸟，意即"荡桨者"，其实就是我们国内渔民们经常用到的打鱼帮手"鱼鹰"。这种鸟体形比较大，体长甚至可以长到将近一米。它的头、背、翼均为黑色，站在船头的时候真的有点像鹰。鱼鹰的羽毛很漂亮，黑色中闪烁着紫色的金属光泽，胸、肚却是白色的，是海鸟中形象比较"酷"的一种。这种鸟主要生活在鸟岛的中央部分，据说每平方米就会有三窝鱼鹰，因此它成为鸟岛上最密集的飞禽之一。在一个转弯处，它们几乎站满了整个坡面，像是为海岛铺上了一张厚厚的黑地毯。

很快我们又发现了一种头上长着白色羽毛的鸟，它是非常著名的鲣鸟。当地人称鲣鸟为"皮克罗"鸟，意思是"持枪的兵"，它们是驻扎在这个鸟岛上的又一重要成员。这种鸟属于热带海鸟，其身体大小与大海鸥相当，嘴又长又尖，尾部呈楔形，腿和脚的颜色有红色和蓝色两种，两足趾间有蹼。可惜离得比较远，对这一点看得不是很清晰。最可爱的是，此鸟非常勤劳，每天白天都不停地捕捉小鱼和昆虫，仅在夜间及孵卵期间停留在海岛上。因为它们每天都成群结队地早出晚归，追寻着海面上鱼虾的信息，这成了渔民们的"风向标"。据说有大群鲣鸟出没的海面，一般都会追捕到鱼群，所以渔民们就跟着鲣鸟，并亲切地叫它们"导航鸟"。这一美称还有另一种解释。由于鲣鸟白天在海上捕鱼，夜晚返岛栖息，远航的船只总是先发现它，然后看到岛屿，人们可以靠它来判断距岛的远近和方向，因而它便担当了大海中的"天然领航员"。鲣鸟属于大型海鸟，分布很广，我们国家的南海诸岛也有很多。

我们还发现了曾经花了一美金饲喂的鹈鹕。鹈鹕又叫"伽蓝鸟"，也有的地方叫它"塘鹅"。它真的有点像鹅，体形很大，体长可达2米，翅膀也非常大。最让人印象深刻的是它下颌底部有一大皮囊，叫作"喉囊"，能自由伸缩，就像一个兜子，可以把吃的东西兜在里面。它可以被驯养，而且很听主人的话，所以聪明的秘鲁渔民用它来挣"刀勒儿"。这种鸟据说"智商"很高，比如在发现鱼群的时候，鹈鹕群就从天而降，在近海水面上布成一个半圆形，把鱼群包围在里面。然后仿佛一声令下，鹈鹕群开始涉水向岸边并排前进，喙刚好露在水面上，像个活动的鱼网，还不时一齐用翅膀拍水，把小鱼赶到岸边。随着包围圈越来越小，小鱼们也终于被困在岸边的浅水中，成为全体鹈鹕的美馔佳肴。

其实，我感觉这座鸟岛，也可以叫作石岛。因为它主要是由各种巨大的礁石组成。由于海水的不断冲刷，以及地震、火山

鸟岛就是鸟儿们的世界，鸟儿们的天堂，人类不可以进入它们的世界。

运动等，岛的下部很多地方都处于中空状态，石洞、石隙错落有致，险峻嶙峋，造型奇特。这种形态，让人不得不感叹大自然的鬼斧神工。

鸟岛上面是鸟儿的家，而下面的石礁、石滩等低处，就成了企鹅和海狮的领地。我们不时看到娇小的企鹅在山石中穿行，据说这是南极的企鹅漂到秘鲁，从而形成的一个特有物种，叫秘鲁企鹅。经生物学家验证后，其规范的叫法是"洪堡小企鹅"，貌似是比一般企鹅体形小一些。在一片向阳的海滩上，海狮们聚在一起，叫声此起彼伏。因为有鸟岛的岩石拢音，更显得它们的叫声震耳欲聋，似乎已经进入了交配季。

我忽然明白，我们来看鸟岛，并不是因为这里聚集了太多的鸟类与海洋生物，让人明白什么叫"壮观"，而是在鸟岛你能有一种全新的体会，能对人与自然的关系发出更深的思考。我们看到的岛屿，表面就像铺

但鸟儿们和其他动物却能"和平共处"。海狮在鸟岛上绝对有一席之地。

可爱的洪堡小企鹅，几乎和瓦奈鸟一样高。它们是在聊天么？

着一幅绚丽多变的彩画，鸟儿们静止时，各种羽衣斑斓；众鸟漫天飞舞时，马上黑云蔽日。而人类，在那里是完全被"冷落"的——动物才是这片海洋和岛屿的主人，我们只能乘船轻轻驶过——鸟儿们主宰着这里的大自然，人类却注定是匆匆过客。

还有一件事情，是非常令人悲痛和刻骨铭心的：鸟岛风光虽然很美，但是在19世纪，它却是中国人的地狱。

那是在19世纪中叶，数以万千的中国人被英国殖民者诱骗到位于秘鲁的太平洋沿岸，那时候他们管这里叫"鸟粪岛"，因为他们上岛的唯一工作就是铲鸟粪。

相比现在，那时这个群岛附近海域生长的浮游生物和藻类更多，同时鱼虾也更多。这种独特的生态环境，吸引了数以百万计的海鸟，并为它们提供了丰富的食物。据说这里的一个岛上，就有600万只海鸟，每天都要吃掉1000吨鱼虾。而众多鸟儿在岛上栖息繁衍，岛上产生了大量的鸟粪。鸟粪日积月累，形成了厚厚的鸟粪层，成为这些岛屿的一大富源。这些群岛的山石其实是赭红色的，但由于常年鸟粪的覆盖，已经变成了灰白色，甚至形成了厚达几十米的鸟粪化石层，这是上等的有机肥料。早在古老的印加时代，聪明勤劳的印第安人就已开始用鸟粪肥改良土壤。至今，秘鲁海岸一带依旧重视鸟粪的肥力，成为出产棉花、玉米和水果的膏腴之地。而到了19世纪的时候，西方的殖民主义者便盯上了这几个能够"生钱"的海岛。

据历史记载，从1848年（道光二十八年）到1975年的128年间，这个鸟岛的鸟粪总开采量达到2000多万吨。然而开采鸟粪是一个极其辛苦的活儿。鸟岛的鸟粪是坚硬的，鸟粪已经

自然风化成为鸟粪石。当年华工来岛上，就是开采这些鸟粪石。当年的鸟岛，洒满了契约华工的血泪。

19世纪末期，黑奴贸易被废除，买卖黑奴从此不敢在美洲靠岸，紧接着就产生了劳力的稀缺。西方殖民者就到处寻找新的劳动力。后来他们逐渐发现，亚洲的"黄奴"聪明能干，吃苦耐劳，便从中国非法掠夺华工。当时的华工，主要是来自闽粤沿海的农民，他们大多都是被骗到美洲做苦力的。据统计，从1846年（道光二十六年）开始，到1875年（光绪元年）的这30年左右的时间里，大约有十万余中国东南沿海的农民，怀揣着一纸卖身契来到秘鲁（也有不少是被绑架的），当然怀揣的还有他们在异国土地上获得幸福、变为富有的梦想。这些人中的大部分，到了这里还是种地，成为物美价廉的"黄奴"，而约有不到十分之一的人，

鲣鸟每天都成群结队飞行，追寻着海里的鱼虾。据说有大群鲣鸟出没的海面，一般都有鱼群，所以渔民们亲切地叫它们"导航鸟"。

大约是一万名左右，被卖到鸟岛，干起了他们闻所未闻的挖鸟粪的苦工。

他们的工作定额，是每人每天必须挖到四到五吨鸟粪，苦力们的劳动时间之长、强度之大、要求之苛、待遇之低等都到了极限。鸟岛地处赤道附近，天气本来酷热潮湿，鸟粪又臭气熏天，刨鸟粪溅起的粉屑粘满全身，头发眉毛都覆盖着腥臭难闻的粪土，这种劳动不是常人所能忍受的。况且岛上没有足够的食物，更没有安全的饮用水……在这个鸟岛上，因累死、病死、被打死和不堪忍受非人生活自杀而死者，不计其数。

每天，都有华工因完不成定额，遭受监工的毒打。

每夜，都有两三个华工自缢而死。

还有许多人在岛上的高处投海。而投海都是约定好的，往往是同村或同族的数十人或上百人同去。

鸟岛的中国苦力，是以极高的死亡率载入当地记录的。仅清咸丰十年（1860 年）运往鸟岛挖鸟粪的 4000 名华工，就全部惨死在这里。

正如一位秘鲁人所说："连希伯来人构想出来的地狱，也难以和在鸟粪场将鸟粪装船时那种难以忍耐的酷热、可怕的腐臭，以及被迫在这里劳动的中国劳工所遭到的惩罚相比。"

美丽的鸟岛，你的石头上留下了多少中国人的血泪！你周围的大海里埋葬了多少中国人的尸骨啊！我以为这里应该为中国的劳工立一块碑，在碑上刻下这样一篇诔文：

中华劳工诔

漂洋过海，去国万里。为致富梦，别家失邸。嗟彼西夷，劳我羸躯。铲铲禽泄，日日不已。食无黍谷，衣衫褴褛。恶凶霆骇，黑风腥雨。运否命衰，重重泣涕。嗟我同胞，吉往凶归。呜呼哀哉！千人殒殁，心恸崩摧。他乡客死，孤魂何归。饮恨海峡，哀云徘徊。游鱼失浪，归鸟忘栖。抚今追昔，吾文成诔。灵回东土，永安幽冥。呜呼哀哉！

我的这篇小小的自创的诔文，虽不厚重，但好歹能表达出同是万里而来的同胞对死难者的一分怀念与情意！

中华劳工在秘鲁受虐的情况，随着秘鲁华工的多次起义反抗，逐渐引起了全世界的关注。特别是在 1870 年（同治九年），为抵抗秘鲁资本家的残酷剥削，华工在帕蒂维尔卡地区组织了最大

的一次起义，有 1000 多人参加。当时起义华工们均以红蓝二色涂面，这就是秘鲁历史上著名的"画脸暴动"。这次起义虽然最终被镇压，但中国劳工的暴动也让秘鲁统治阶层感到了害怕，甚至秘鲁官方不得不颁布了几项法令制止虐待华工。

所幸的是，随着时间的推移，一些华工终于干满了契约所规定的年限，获得了自由人的身份，使得他们有了把同胞们的苦难写出呈文，寻求中国政府保护的可能。1871 年（同治十年）6 月，中国劳工成立了一个七人上告团，写了一份长达 3000 页的状文并得到了清恭亲王的关注。中国苦力在秘鲁遭受非人虐待的情况，终于传回了中国。

但清政府在这件事情上做得并不漂亮。虽然清政府与秘鲁签订了《天津条约》，双方协议，秘鲁政府要保证维护中国劳工在秘鲁的权益，而中国政府则承认雇佣华工是合法的。但实际上，这个条约没有什么意义，因为澳门总督禁止出口华工，秘鲁买卖华工的贸易已经无法进行了。而按照条约规定，中国政府应该派出一个代表团，到秘鲁去调查并保护那里的中国劳工。可惜，这个官方的代表团一直迟迟没有派出，秘鲁政府也就仍然纵容虐待华工的行为。直至 1883 年，在李鸿章的强硬建议下，清政府才派出了驻秘鲁公使。或许就是由于清朝政府对海外华工的冷漠，以至于华工们在解除契约后几乎没有什么人回来。按照条约规定，已在秘鲁的华工是可以选择回国的，但是，10 万名华工却基本上都选择留在了秘鲁。

解除了契约的中国劳工就成了自由民。在秘鲁首都利马，华人自由民渐渐地有了一些积蓄，便用这钱开起了许多饭铺、杂货铺、洗衣店等，乃至首都利马的华工聚居地卡庞大街，渐渐成了著名的唐人街。此后，也有极少部分华人发了财，进入了秘鲁上层社会。随着时间的推移，秘鲁华人从一个移民中最劣势的群体，成了秘鲁所有移民中最成功的族群。许多当年华工的后代，不仅成了商界名流，有的还进入了议会，参政议政。先后担任过秘鲁总理的维克多·许和何塞·陈，就都是华人的后裔。华工的后裔已经成为秘鲁人的一部分，甚至已经成为秘鲁不可分割的国民群体。

只是，对于这样一段历史，我们都不应该忘记。

今天，我作为新一代中国人，作为同样不远万里来到鸟岛的中国人，在面对太平洋上这个美丽岛屿和快乐飞鸟的时候，我忽然感到，我们并非只为了聆听那海鸟的啼叫和海浪的鸣响而来，我们同时也是为告慰那些同胞的亡灵而来：

祖国已经强大。有今日之中国作为后盾，你们的后代会得到幸福与安宁！

22

纳斯卡荒原上神秘的地画

纳斯卡地画的来由充满了神秘感。

事实上，南美的很多文化现象都充满了神秘感，我们越走就越发现，脚下其实就是一片隐藏着无数秘密的土地……

纳斯卡，是位于秘鲁西南沿海伊卡省的一个小镇。在这个小镇的边上，就是荒凉广袤的荒原，有人也叫它"纳斯卡荒原"。纳斯卡荒原占地约 500 平方公里，上面几乎寸草不生，是一片荒漠和黄沙组成的辽阔原野。本来这里居住着古纳斯卡人，但据说他们在 3000 年前就灭绝了。纳斯卡原先是有森林的，古纳斯卡人为了获得土地而大肆砍伐森林，他们的乱砍滥伐破坏了生态环境。很多年后，纳斯卡曾经的森林和草原逐渐消失殆尽。再很多年后，纳斯卡也失去了适合生物生存的环境。最终，纳斯卡人也随之没了踪影，

只有在飞机上才能看到的神秘的纳斯卡地画。

彻底消失。

很可怕,是不是?

但有人说,古纳斯卡人的灭绝不属于物种大灭绝。所谓大灭绝或生物集群灭绝,是指在相对短暂的地质时段中,在一个以上并且较大的地理区域内,生物数量和种类急剧下降的事件。造成大灭绝的原因很多,如地外星体撞击地球、火山活动、气候变化、海平面升降、大气含氧量变化等。元古宙时期的大灭绝事件缺乏化石记录,在显生宙,根据化石记录,地球上曾发生过至少20次明显的生物灭绝事件。而其中最著名的就是白垩纪—第三纪的恐龙灭绝。科学家认为,自地球诞生以来,在我们这个星球上出现过的生物,已经有98%均已灭绝。但此说目前仍未完全定论。古纳斯卡人灭绝了,但人类这个物种还在。所谓的大灭绝事件,是说短期内造成的八成至九成以上的物种灭绝。所以,对于纳斯卡人,不能用"灭绝"这个词。

但是,现在最新的科研结果又出现了一种比较吓人的说法,就是我们人类正处于"新的物种大灭绝"之中。

这种说法来自于美国的一份研究报告,是由斯坦福大学、普林斯顿大学和伯克利大学研究人员参与研究的结果,并发表于2015年6月《科学进步》(*Science Advances*)杂志。该报告指出,地球上脊椎动物灭绝率正迅急加速,目前已经达到正常水平的114倍。参与研究的科学家们通过化石分析,对比了地球历史上脊椎动物灭绝率。结果发现目前地球上脊椎动物的灭绝率已经超过正常地质时间段水平的100倍,达到以往大灭绝时期的水平。报告称,自从1900年起,地球上脊椎动物灭绝数量已

纳斯卡地画中的"蜂鸟"图，只有在空中才能看清楚它的全貌，因为它的长度是300米。在纳斯卡荒原500平方公里的面积内，有数十"张"这样的大画，为我们留下了似乎永远也解不开的谜团。

经超过400物种；而在正常情况下，400物种灭绝一般需要一万年以上的时间。研究认为，导致新一轮大灭绝的原因可能是气候变化、污染和地表植被破坏。上述原因产生的生态连锁效应，最终会影响到人类和很多其他生物赖以生存的食物链，甚至造成断裂。比如说，蜜蜂传授花粉有可能在三代人的时间里完全消失。

斯坦福大学教授保罗·厄尔里克（Paul Ehrlich）说："世界上濒临灭绝的物种比比皆是，人类正在自戕自残支撑我们生态的基础。"

每年都有约50种动物加入濒临灭绝的行列，现在轮到我们了。据说这是地球物种将要发生的第六次大灭绝，而首先灭绝的哺乳动物，就是人类。

更吓人，是不是？

这是科学研究和预测，可能对，也可能是危言耸听。但不管是不是真的，我们都不希望成为事实。因此，保护我们的生物链，保护我们的生存环境刻不容缓。古纳斯卡人的"灭绝"，或者可以当作一声警钟。

当然，我们今天的话题不是关于古纳斯卡人灭绝的，而是关于他们留给这个世界的最令人难以理解的奇迹——纳斯卡大地画。

发现这组地画的是一支彼邦的考古队。

那是1938年，一支意大利的考古队来到纳斯卡荒原进行考察。这一天的清晨，他们在这荒凉的大漠中寻找水源。这时，一些特别的"沟槽"引起了领队科李克博士的注意。这些"沟槽"深度为0.9米，宽度有的只有15厘米，有的达20米，而且很长，呈各种莫名其妙的线状，有的是直线，有的是弧线，一直铺陈到几十米甚至几百米之外。在纳斯卡平原上，这些线条到处都有，看似毫无关联，又在手法上完全一致，绝对是同一时期产物。当时，他们完全弄不清楚这"深陷的线"是怎么回事，称这是"一个不知为何建造的巨大而玄妙的工程"。同时，考古队在纳斯卡地区还发现了大量的陶器。这些陶器上都装饰有动物图案，而他们在荒漠上发现的"沟槽"，似乎又与这些图案有着千丝万缕的关系，仿佛是陶器图案以更大的规模重复出现。当时，科李克博士立刻被这些图案迷住了。

据说，科李克博士从此就开始研究这些图案，他此后的一生都在纳斯卡荒原度过。

第二年，当考古学家们租来了飞机，从更高的地方俯瞰时，才惊讶地发现，这些"沟槽"其实是组成许多巨大图案的线条。这些巨大图案每个都有百米以上，内容更是非常丰富：有三角形、长方形、梯形、平行四边形和螺旋形之类的几何图案，也有类似

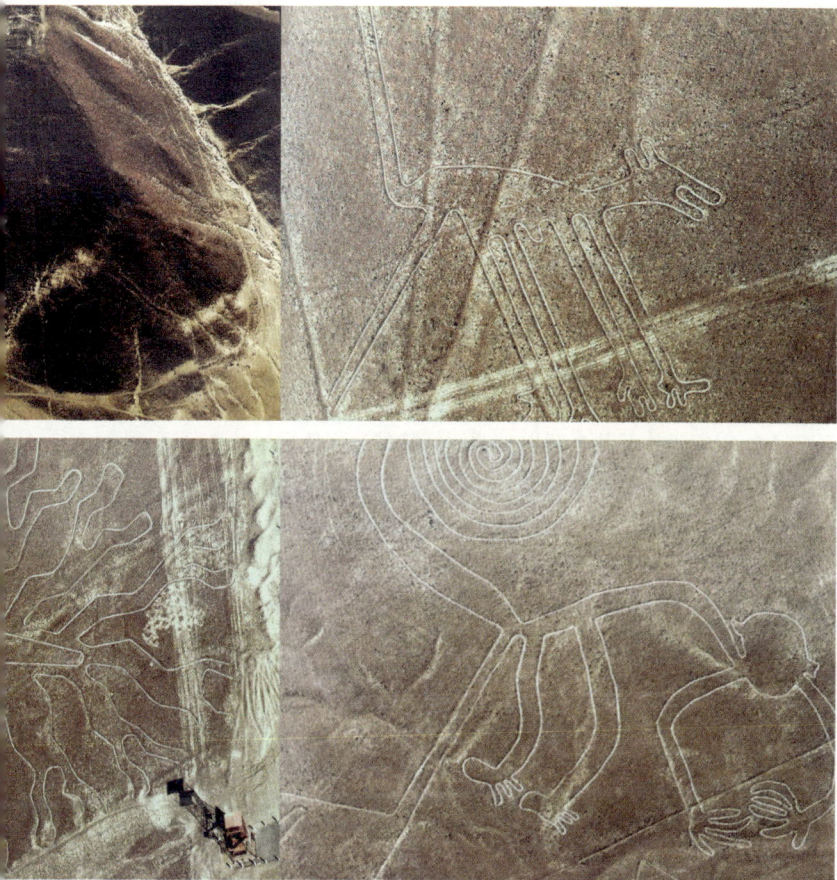

纳斯卡地画，在平地上看，它们只是一些莫名其妙的线条，因此也有人叫它"纳斯卡线"。只能在飞机上观摩。

现在的飞机场跑道和标志线的图案；还有更多的动物和植物的图案，比如有长嘴的蜂鸟，有巨大的蜘蛛，还有鲸鱼和猴子。人形的图案也很大，其中一个人形只有一个头和两只手，且一只手仅有四个手指……这些图案线条精确，画面栩栩如生。这一发现不仅震撼了考古界，连美术界也为之倾倒。因为这些线条不仅准确，而且具有艺术价值。还有人专门评价了那只蜘蛛，认为它结构合理，线条优美，而且还描绘出一个不为人知的重要细节。因为大多数人都知道，蜘蛛有八条腿，可是很少有人知道，有一种特殊的蜘蛛，与其他的蜘蛛是不一样的。而在纳斯卡地画中恰恰描绘了这种蜘蛛。这只蜘蛛，它的一条腿比其他的腿更长。根据研究，这是一个非常奇特的蜘蛛物种，即雄性蜘蛛的生殖器就位于它那只长脚的末端。而在纳斯卡地画中，这样的细节都被绘制出来，不得不说这个绘制蜘蛛的古人有着超人的智慧。

那么，这些图案是什么时候创制的？是谁把它们绘制在大荒原上？它们表达了什么意思？而他们又是为了什么目的绘制了这些图案？在纳斯卡荒原，大概有几百个这样的地画，至少是2000年以前的作品，而且肯定是人们有意而为。古纳斯卡人是要表达还是要告诉后来人什么呢？如果说，整个南美洲就是个用谜铺成的大陆，那么纳斯卡地画可能就是其中最难解的谜之一。

半个多世纪以来，许多科学家都在探讨这些问题。

为了保护这些地画，现在纳斯卡地区已经不允许随便进入，我们观看地画只能乘坐飞机。但很多科学家都实地勘察过地画，发现这些图案线条是通过挖开深褐色表土来完成的。据专家计算，每完成一条线条，可能需要搬运几吨重的小石头。纳斯卡人按照某种需要，把地上的石头搬走，露出了下面比较浅的黏土，他们把它做成了"沟槽"，一条线就形成了——条条线就这样弯弯曲曲勾来勾去，一张壮美的"画"就出现了。

纳斯卡平原上最常见的是黄沙和黏土，又由于它独特的地质结构，上面铺着一层薄薄的火山岩和砾石。砾石在长期的风吹日晒中，变成了褐色或黑色，就像是一块铺在地上的"黑板"。古纳斯卡人就刮去了地上的岩石层，让下面浅色的泥土显露出来，他们就是这样"作画"的。如果是在其他气候条件下，这些线条或许会被掩埋或者冲掉，但纳斯卡是地球上最干燥的地区之一，而且那里几乎没有强风，风蚀也微乎其微。正是寸草不生和荒无人烟，才让纳斯卡的"线条"保留至今。

因为是在大地上作画，而且每张"画"又是出奇的大，所以这些画在地面上是看不全的，必须借助一定的高度才能观赏。所以我们要从皮斯科乘机，在飞机上观看这些世上最大的谜团。

这些至少在2000年前完成的巨画，表现出了高精度的设计、测量和计算能力，以及对几何图形的认识程度。以当时人们的技术水平，似乎是不可能完成的。因为这些图案的线条，位置和比例都精确无误，说明制作者是依照精心计算好的设计图完成的。可是在那个缺乏工具的时代，在地面上放大并绘制一张几百米大的画，这种难度几乎无法想象。

有一个德国的女数学家，名字叫赖歇。她就是一生都为纳斯卡地画着迷的科学家之一，甚至她将自己的一生都献给了纳斯卡线条。她多次到纳斯卡考察，发现许多线条爬坡穿谷，"画"了很长却仍然笔直，就认为可能是在木桩间拉线作为画线的标准，只要三根木桩在目测范围内保持一条直线，那么，让整条线路保持笔直就是可操作的。在20世纪80年代，她做了一项实验：首先用标杆和绳索标出一条笔直的线，然后再把地面上的黑石拿走，露出下面的白沙，于是一条线就出现了。她以为她揭示出了纳斯卡线条的本来面目。但是，在纳斯卡地区不仅有大量的直线条，还有众多的弧线。而赖歇的实验却只能证明直线，在弧线上却无能为力。

还有一种更加离奇的说法，即认为纳斯卡地画是外星人登陆地球的着陆点，那些长长的几公里的线，可能就是外星来客的跑道。因为根据美国航天飞机拍下的图片，在百万米高的太空中，都可以看到纳斯卡巨画的线条。从300米以上的高空，能看清这些巨画的全貌。有人据此认为，这些巨画只能是为从空中向下观看它的人绘制的。而在遥远的古代，有谁能从高空或太空中观看这些巨画呢？于是，一个关于天外来客的说法就自然出现了。美国航天总署还专程派人来验证，因为这里贫瘠而又荒凉的生态环境，貌似与火星上的环境真有些像，他们或许认为火星上的生命能与这个地区顺利对接。

另外一种猜想是，这些地画是当时人们做祭祀活动留下的印证。纳斯卡巨画的显著特点，就是从头到尾由一条线条完成，几乎首尾相接，每个图案的线条之间没有任何交叉和重叠。为什么要用这种封闭状的环形线条？为什么绘画的笔触连绵不断？如果人沿着这些线条行走，就可以循环不息地走下去。而对于这种特别的走法，解释只有一个，那就是他们在进行某种活动，当然最可能的就是祭祀了。

此外还有许多说法，比如"宝藏说"。认为纳斯卡地画可能是有实用价值的古地图，古纳斯卡人用一些巨画标明宝藏的所在，但人们至今无法读懂它的"密码"。

"活动说"。认为这些图案可能是古纳斯卡人举行盛大体育活动的场所，各种图案代表了各项体育活动，或者这项活动就依据这些设计举行。

"图腾说"。认为荒原图案是古纳斯卡人举行宗教仪式的场地，不同的图案，即代表了不同氏族的图腾。

"水源说"。此说认为，在纳斯卡人没落的后期，水源是非常宝贵的，这些地画是各个部落的取水区，表明各个部落互不侵犯。

其实，以上各种猜想都可能有合理之处，但也都不能圆满地解释纳斯卡地画的真实动因。各派说法也有谁也不服谁的意思。所以一直到今天，地画之谜依然令人感到无比困惑。包括今天到达的中国游客。

中午吃过午饭，我们就乘车来到了小小的皮斯科机场，去坐那种小小的飞机，这是目前观看纳斯卡大地画的唯一一种方式。小机场几乎就我们这一群客人。交上护照，还要等待分配组队，因为每架飞机上只能坐 12 人。

好像整个机场的飞机也不多，大概就五六架的样子。我们必须等上一架回来了，才能继续登机起飞。我想如果赶上旅游旺季，想必还是比较紧张的。好在现在是南美夏末秋初的季节，正好卡在旺季的尾巴上。看来选择季节出行也是个技巧。

很快，我们在纳斯卡的大沙漠上腾空而起。

我们这一组都是一起出来的小伙伴，没有夹杂其他"外人"，大家很放松。最关键的是，我们的驾驶员是个大帅哥，而我就坐在他身后。飞机起飞后，每飞到一个地画，他都用好听的男中音解释图案的形状和特点，还特地围着地画转一圈，让我们尽情地浏览和拍照。

老实说，坐这种小飞机并不舒服。本来就很颠簸，为了看清楚地画，还要不断地拉高降低，转来绕去，我们机上有位女生呕吐了两次。但是，为了这难得一见的神秘地画，为了看到这高原沙漠中没有答案的谜图，为了我们万里之远的路程，能不坐么？必须坐，再晕再颠也得坐啊！

我们的种种不适，很快就被那些奇异的"纳斯卡线"打破了。起飞不久，眼神好的已经发现了什么：

"看！这是几何图形吧！"

靠窗的一位女生兴奋地叫起来。

"对呀！我这边还有长线，这些长线是不是啊？"

飞机盘旋着，小伙伴们睁大眼睛，向两侧张望。其实沙漠中的地画不太好辨认。毕竟有了三百到五百米的高度，那几十公分宽的线条就变得特别细了。天气特别好，午后的阳光照得大地白花花的，沙漠似乎也有一点儿反光，那细细的线条更加不好寻觅。而且更重要也更让人沮丧的一点是：拍不下来。

这荒原是如此之大，地画和广袤的大地色彩也是如此之相近，而且又是在飞行的状态下，即便看到了貌似地画的图形，拍到手机上也是模糊的。我们的摄影大咖们，似乎也应付不了这种高空、强光、不稳定的环境下的拍照，即使抓拍了片子，效果也非常一般，好片子真是寥若晨星。

这时候，帅哥机长的浑厚的男中音又响了起来："Everybody pay attention please, now you can find the robot on the mountains below." 啊，原来机翼下面出现了一座小山，机长是告诉我们，山上有一个机器人地画。他随之降低了高度，开始缓慢地围着小山飞行。因为我们12个人在机舱里是靠两边的窗户坐的，所以他要让飞机的一侧的人看到后，再转圈反向飞，让另一侧的人看到。

而所谓的"机器人"，是画在小山一侧石壁上的一个人形图案。因为他的眼睛大大的，头有点方，还有两只长方形的大脚。真的是机器人！可能就是因为他的样子比较夸张，具有印象派的风格，几乎算一个比较成功的人类"变形"形象，所以这幅地画就无可争议地被叫作"机器人"了。而且机器人的颜色和山石有比较大的反差，图案就显得非常清晰。目测这是从飞机上看得最清楚的一幅地画。

"看到啦！"

"我也看到啦！真的很清楚！"

"看到看到，他太可爱啦！"

全飞机的人们都开心极了，大家对着那个好像也在遥望着我们的机器人欢呼，不惜溢美之词。

机器人却是面无表情。他睁着大大的眼睛，好像注视着前方的某一个点，又好像什么都没看，表情显得空洞而深邃。或者是因为接受了千千万万人的瞻仰，他已毫无感觉？

看着这些画在 400 年到 650 年间的"巨型作品"，尽管它们的古雅朴拙令人赞叹，但越看我们心中的疑问就越多。因为无论哪种解释，都无法勾勒出纳斯卡文明的内在的合理性，甚至也不能解释这么巨大的图案，几千年以前的古纳斯卡人是用了什么技术来完成的。如此完整的成比例的变形，如此细致而准确的画面，如此美妙的想象力实在是让我们叹为观止。同时还要感谢秘鲁南部的干燥气候，没有风也特别少雨，为纳斯卡地画保存至今提供了重要条件。

不用问，

也不要猜。

就让我们静静地欣赏，

悄悄地去来。

荒原的画，

就让它成为永远的谜吧。

但它与纳斯卡人的梦，

与我们的梦，

同在。

我在手机上写了这样一首小诗，算是对纳斯卡荒原之行的纪念。

看完地画我们一行人感慨万端又意犹未尽地返回利马，依然入住 Sheraton Lima Hotel & Convention Center。这是利马的一家五星级酒店，属于希尔顿旗下。房间里的硬件没得说，给我留下深刻印象的是它硕大的大堂，挑高足有十几米，非常气派。我还特别怀疑它那绚丽辉煌的巨型吊灯是中国产的，它的造型带有明显的中国奢饰品的味道……可惜我们 4 月 11 日入住，4 月 12 日一大早就要退房，赶往机场去智利，因而也没好意思打问——他们满口的西班牙语，导游小苏更是忙得十分凌乱。

23

"没有来过智利的人,
就不会了解我们这个星球"

　　我以为,智利这个国家之所以非常容易让人记住,是因为它的地形太独特了。智利的南北非常长,东西特别短,看它的版图,我总是感觉它像一个古代武士的剑套,被遗失在太平洋的东岸。毫无疑问,智利是世界上最狭长的国家,没有之一。在它的东边,排列着长长的安第斯山脉,而它的西边,则是一望无际的浩荡的海水。由于从南端到北端非常狭长,以至于智利的纬度跨度很大,有着高山、草原、森林、荒漠和海岸等非常多样的地貌。如果你沿着它那狭长的边走一遭,可能会产生特别奇特和浪漫的感受。智利人称自己的国家为"天涯之国",也有人称智利为"天尽头"。智利有一位著名的诗人叫作聂鲁达,他就曾经说过一句很响亮的话:"没有来过智利的人,就不会了解我们这个星球。"好吧,很有性格。于是我就把它用作本节的小标题。

　　从秘鲁首都利马到它邻国智利的首都圣地亚哥，仅需要两个半小时的航程，比北京到广州还近。我们乘坐的是上午九点半的飞机。在利马的豪尔赫查韦斯国际机场，我们与相伴三天的小苏拥抱话别。这位娇小美丽的导游，她最让人惊叹的本事是马上就能把全团人员的名字记住，关系搞清，瞬间和大家零距离。只一个晚上，她就能准确喊出每个人的名字，甚至知道其职业。即便从导游的专业来看，她的这种业务手法也堪称"厉害"。我私下里曾经表示惊异于她的这种"能力"，她却说："做事情总要做好吧？我又是半路出家的，不努力也肯定不行对吧？"说得轻描淡写，但我知道要做到像她这样很不简单。她说她接团的第一天，晚上肯定要休息得很少，因为她要对着护照把人名和人的形象一个个记住，第二天就全认识了。我必须赞叹她的敬业。很多导游，可能最终都是根本记不住自己的客人，所以她的这种敬业精神非常难能可贵。聪明的小苏以及她那一口带着明显的中国江南口音的普通话，给我们所有人都留下了很好的印象。

　　中午就抵达了圣地亚哥。

　　来机场接我们的是赵先生——他的出现，多多少少让我感受到了一些戏剧性：因为人物性格的突变。他和刚刚分手的小苏产生了强烈的反差：他是一个话不太多、很机敏又很随意的中年男人。攀谈中，得知他出生于中国河北唐山，现在已经定居智利。他竟然还是1976年唐山大地震的遗孤，而对于那场震惊世界的大地震，他说他的印象已非常模糊，甚至对于家乡唐山，他都觉得有些陌生。来智利已经二十多年，他几乎就是一个智利人了。

　　不过，小赵对于智利的介绍却是非常风趣，让我们一下子

智利的征服者佩德罗骑马的雕像，与这个广场的对角方向的印第安人巨型石雕头像遥遥相望。

就了解了智利的特点。他说，上帝在创造世界的时候，一切都完成了，手里只剩下了一座高山、一块沙漠、一个湖泊和一片森林。于是，上帝看看地球上也没什么地方放了，就把它们一个挨一个地粘在了南美洲大陆的边缘上——这就是智利。

所以，智利北部多山，许多山峰都在6000米以上，属于安第斯山脉。在山间有一块著名的阿塔卡马沙漠。据说这是地球上最干燥的地方，终年无雨。这里的居民甚至一辈子都没有见过雨，甚至连雨伞、雨衣、雨鞋都没有。可就是在这样一个世界上最干燥的地区，在全体居民都没有任何防雨设备和防雨意识的地区，就在我们到达智利的前几天，阿塔卡马沙漠突然下了一场罕见的雨。这场雨不仅引发了洪水，还造成了24人遇难，140人失踪。听上去有些不可思议的事情。所以，当我们到达智利的时候，这个事件的余波还未平静。小赵在车上给我们讲了这场骇人听闻并在全世界引起轰动的洪水，以及关于洪水的仍在发酵的新闻效应。他说，智利总统米歇尔·巴切莱特（Michelle

Bachelet）说，需要耗费15亿美元（约合人民币93亿元）才能修复洪水和塌方所造成的损失。这还只是金钱，效率就完全不知道了，因为智利是一个工作效率并不高的国家。那些被扫荡的山谷和掩埋的山庄，不知什么时候才能重新复原。

"那个沙漠下雨，全世界的人都觉得不可思议。可能是厄尔尼诺现象造成的吧。"

小赵这样感慨。

智利中部的气候应该是最宜人的了。比如我们现在所在的首都圣地亚哥。这里有些类似地中海气候，有宽阔的高原和牧场，土地非常肥沃，人口也非常多，从这一点看，选择圣地亚哥做首都是明智的，它是智利当然的中心。

而在智利南部，则是完全另外一番景色。那里靠近南极，有着宽阔的海域。1502年，葡萄牙航海家麦哲伦首先由此通过，进入了太平洋，因而这个海峡被命名为麦哲伦海峡。海峡水道曲折迂回，风大流急，且寒冷多雾，当年老麦是花了二十多天才穿过去的。据说从北方来的人会很不习惯这里的感觉，因为这里中午太阳的位置是在正北，寒风都是从南方吹来，而且越往南越冷，这和我们的感觉正好相反。我们这次不去南极，否则还真得好好适应一阵。智利南部还有一座著名的城市蓬塔阿雷纳斯。之所以著名，是因为它是世界上最南端的城市。当然还有一个之一：阿根廷的乌斯怀亚，也处于这个世界的南头。如果去南极，据说还要从乌斯怀亚的港口上船。遗憾的是，我们此次活动就止步于阿根廷的布宜诺斯艾利斯，南极据称只能单独去。但智利南部也属于南极区。毕竟它也有地球最南端岛屿——火地岛的一半的属权，何况它还拥有地球最南端的海角：合恩角。

但智利最独特的还是它地貌、气候的丰富多样。因为国土狭长，只有 75 万平方公里的智利却横跨了 38 个纬度，造成了这个国家多样的地理条件和复杂的气候。从北部的沙漠到东部和东南部的高山苔原和冰川，从气候湿润的复活节岛到南部的南极圈内的冰冷海洋，智利境内至少包括了七种主要的气候类型：据说这是按照柯木气候分类法划分的。

此刻，这个奇妙的国家对我们还是比较"友好"的：时间不早不晚，温度也十分宜人，让我们能够轻松浏览圣地亚哥。

到了圣地亚哥，我才知道，圣地亚哥其实不仅仅叫圣地亚哥，它的全称是圣地亚哥·德·智利，西班牙语写作 Santiago de Chile，而平常我们所叫的圣地亚哥，只是一个简称。圣地亚哥这座城，是 1541 年 2 月 12 日由一位来自西班牙的殖民者——佩德罗·德·巴尔迪维亚建立的，而它的初始之名为"Santiago del Nuevo Extremo"（新埃斯特雷马的圣地亚哥），因为这是佩德罗的故乡。殖民者就是这么任性，他把自己家乡的名称直接搬到了新入侵的土地，只在前面加了一个"新"字。

圣地亚哥是智利的首都，也是智利最大的城市以及南美洲的第四大城市，而且它还是一座名副其实的古城。1541 年，当佩德罗带着当时不可一世的骑兵来到这里的时候，首先占领了位于现在城市中心的圣卢西亚山，并在山上修筑了西班牙在南美洲大陆上的第一座炮台，在山下建起了一批原始的住宅区——这就是圣地亚哥城的雏形。圣地亚哥的快速发展，是在 19 世纪智利发现了铜矿之后。现在大家都知道，智利是世界上铜矿资源最丰富的国家，又是世界上产铜和出口铜最多的国家，在全世界排名前十的产铜国中，智利排在第一位，而中国仅排第六。因此，智利的"铜矿王国"之美誉，也是实至名归。而正是这黄澄澄的天然出产的金属，救了积贫积弱的智利，成为它巨大的财富来源。殖民者的钱袋子鼓起来了，城市建设也开始飞快地扩张和发展。

今天的圣地亚哥是一座完全现代化的美丽城市。它坐落在马波乔河畔，东依安第斯山，西距瓦尔帕来索港约100公里。碧波粼粼的马波乔河，从圣地亚哥的带有明显西班牙风格的老城边流过，而终年积雪的安第斯山，又仿佛是一顶闪闪发光的银冠，戴在圣地亚哥翠绿的头顶。100多平方公里的面积和534万人口，使它成为智利的政治、经济、文化和交通中心。圣地亚哥市的夏季（10月至翌年3月）气温并不太热，他们的夏季在每年的1月，那平均温度也不过是20℃左右。现在是4月，是这里的秋天，气候非常舒适。即便是冬天，圣地亚哥也不太冷，在最冷的7月也只是8℃左右的均温。

我们在小赵的安排下，先是参观了圣地亚哥著名的阿玛斯广场，也叫武器广场。因为在西班牙语中，"阿玛斯"就是武器的意思。这个广场也是在1541年选址建设的，同样也是其开城者和统治者佩德罗·德·巴尔迪维亚颁下的建设命令。他根据西班牙的惯例，在城市中间找了一块平坦的地方，修建了武器广场。广场最初的功能是具有行政作用的，它的周边依次排列着皇家法院、中央邮局、大教堂、博物馆、大主教宫等。在平时，广场就是一个市民的公共空间，中央会停放着一大堆满载农货的木轮马车，成为一个闹哄哄的贸易市场。据说，现在广场周围的窄窄的小巷，都是那时候的一些固定的小店逐渐形成的。武器广场最近的一次整修是在 2000 年。这次整修之后，阿玛斯广场才真正变成了一个"高大上"的地方，就如现在呈现在我们面前的这样：方砖铺地，宽阔平坦，广场中小花园里百花斗艳，凉亭下休闲的人们打牌下棋，长椅上依偎着年轻的伴侣，嬉戏的儿童们在绿地上奔跑，在现场画像的画师们不时向游客招手……这种感觉，似乎让人觉得不是在南美，而是到了英国的曼彻斯特或法国的巴黎。

只有广场一角上繁茂的智利棕榈树，为这里点染了一抹南美洲的风情。

在阿玛斯广场，一东一西的两座雕塑，还有一个有意思的小故事。广场东边的，是一座将军骑马的铜雕，而在西北角上，是一个印第安人的头像雕塑。铜雕所表现的那个威武的骑马人，就是智利的征服者佩德罗·德·巴尔迪维亚。传说拉美国家是没有马的，马匹都是被西班牙殖民者们带到这里的。于是佩德罗骑马的造型就理所当然应该矗立在广场了。偏偏印第安人视马为神物，岂容如此"亵渎"？而佩德罗的坐骑居然还没有缰绳，他很自由地驾驭着印第安人的"神兽"，难道我们的神马永远甘心居于他胯下么？据说，这铜雕的造型引起了印第安人的强烈不满，还曾引发过多起印第安人的游行抗议。直至 20 世纪，圣地亚哥政府在这个广场的对角方向，塑造了一尊印第安人的巨型石雕头像，表示对印第安历史和文化的追溯和思念，同时抵消对印第安"神马"的不敬。

如此，两个雕像各据一方，这才算相安无事。

24

来自比利牛斯山脚下的
"朝圣之路"

圣地亚哥大教堂的人物彩塑，显示出了高超的艺术技巧。

阿玛斯广场旁边，就是著名的圣地亚哥大教堂，是来到智利必看的奇特建筑。

圣地亚哥大教堂之所以著名，不是因为它的建筑高大庄严、堪称精品，或者说不仅仅是由于它的建筑成就，而是因为它是一座"巡礼教堂"，有着其他教堂所没有的内涵。

巡礼，顾名思义，是可以沿着教堂的回廊走一圈，这样做据说是为了模拟朝圣之路。所以，这座教堂中有三条拱形的长廊，每个长廊都有90米长，可以让教徒们很虔诚地走上一圈，象征着朝圣。而这座圣地亚哥教堂，就是为了祭祀基督的十二门徒之一的雅各而建造的。

基督徒们大概都熟知这个故事。

雅各是基督的十二圣徒之一，虽然《圣经》里对

他的记述很少，然而有一点是确定的：这位亚勒腓的儿子向往真理，顺从主的召唤，曾经到过波斯传福音，并在那里为主殉道——而且他也是十二圣徒中第一个为主献身的人。在 12 世纪左右，雅各被推崇为西班牙的守护圣人。他的遗体，后来被埋葬在西班牙西北部的圣地亚哥。也几乎从那时起，圣地亚哥就成为西班牙基督徒的朝圣之地。而智利的圣地亚哥大教堂的"回形"设计，正是这条朝圣之路的缩影。

我对基督教不很了解，仅知基督教在世界上有三大圣地：耶路撒冷、罗马和西班牙的圣地亚哥。圣地亚哥朝圣之路的起源，就是在圣雅各死后，人们将他的遗骨从耶路撒冷运到了西班牙的加利西亚海岸边，葬在那座叫作圣地亚哥·德·孔波斯特拉的城市。当然，那个圣地亚哥，不是我们今天所在的这个南美最狭长国家的首都，而是远在西班牙北部的一个小城。而即使是在西班牙，圣地亚哥·德·孔波斯特拉也是远离马德里、巴塞罗那、塞维利亚等热门城市的偏远之地，宛如一位沉默不语的古典女子，立于西班牙的一角。但是在 900 年前，西班牙圣地亚哥却是宗教史上最伟大的城市之一，其在基督教处于重要地位就是因为它是朝圣之路的终点。

在欧洲战乱不断以及十字军横行的时候，是没有多少欧洲人能够前往耶路撒冷朝圣的，因此，罗马教皇以及圣地亚哥当地的基督教会，包括当时欧洲各国的国王们，就共同做出了一个决定：为全欧洲的朝圣者开辟一条新的朝圣之路，通过走朝圣之路达到忏悔和赎罪的目的——这就是西班牙的圣地亚哥朝圣之路。从 12 和 13 世纪开始，全欧洲基督徒们都源源不断地来到西班

牙的圣地亚哥朝圣，一直到 17 世纪西班牙帝国没落之后，这条朝圣之路才逐渐冷落。

　　说一点题外话。20 世纪末，在"朝圣之路"车马稀疏、名声寂寥了 300 多年后，西班牙政府，特别是加利西亚自治大区（就是圣地亚哥·德·孔波斯特拉所在的区）政府，决定重新组合资源，再度祭起"朝圣之路"的大旗。也是，无论是西班牙周边的欧洲国家，还是美国、加拿大，甚至包括日本等亚洲国家，都有着深厚的宗教信仰与文化的土壤，一条自古以来就非常著名的"朝圣之路"，完全可以激起人们的兴趣和渴望。而且，在这条通往圣地亚哥的道路上，整合了西班牙旖旎的自然风光，融合了当地的历史与文化，本身就是一条非常棒的旅游线路：它从西班牙比利牛斯山脚下出发，走过"流淌着红酒的土地"拉里

圣地亚哥城俯瞰。

我以为世界上最杰出的建筑几乎都是教堂。圣地亚哥教堂也是建筑学上的杰作。高大庄严，富丽堂皇，里面还珍藏着多达百件的艺术瑰宝，是一颗镶嵌在圣地亚哥的明珠。

奥哈，然后进入卡斯蒂利亚的绿色平原，无数个童话般的古堡，最终到达朝圣之路的终点圣地亚哥城。全程800多公里，可以说览尽了西班牙北部的美丽风光。

事实证明，西班牙政府的这个举措十分正确。"朝圣之路"重新开通之后，不久便重振雄风，而且越来越受到了欧洲以及全世界游客的追捧。如今，"圣地亚哥之路"已经非常火爆，尤其是那些爱好徒步旅行的"大侠"们，在这条漫长的路上不仅领略了北方的西班牙风光，还体会了厚重的宗教含义。请设想一下，在庸庸碌碌的生活中，忽然有一天你可以摈弃世俗的纷扰，怀着一腔朝圣者的虔诚，寄情山水，风餐露宿，在行走中思考生命的意义——这是多么动人心扉又令人期盼的旅程啊！

在2013年，一位中国作家还徒步35天，身体力行地从比利牛斯山脚下出发，走到了中世纪天主教世界中传说的"世界的尽头"。他把自己的这段经历写成了一本书：《西班牙圣地亚哥朝圣之路》。在书中，他不仅详细记述了这条每年超过10万人行走的神奇之路，而且还表述了作者以及路上的人对于我们的世界、我们的生活的种种思考。因为在这条路上，没有电视，没有网络，没有任何现代通信的影响，有的只是对生活的原始回归，还有人与人、人与自然、人与内心的坦诚交往。作者在书中说："在这个惶惑不安的时代，大家都很着急地往前冲，拥挤在狭窄的过道里，争分夺秒。可有时我想，越是这样，越应该在某个点上停下来，好好地想一想，我们究竟是为了什么往前冲，我们终究想要的是什么。而圣地亚哥之路是个很好的出口。等到有一天，我们真的感到疲倦、迷惘、绝望而没有出路的时候，不妨到这里走走。"据说，这是第一本华语世界中描写朝圣之路的书。

朝圣之路的终点可以从很多路抵达。最长的有近千公里，最短的也要有200公里左右。据说最经典也是最省力的一条，是从法国的一个小镇出发，沿大西洋海岸线行走，200多公里路程需要走十天，一路风景非常古朴和优美。最后一天到达圣地亚哥，并在圣城获得一张"朝圣证书"。我想，独自一个人走过高山、树林和湖泊，走在那样的道路上，是一种多么奇妙的感受啊！在一个徜徉在大自然怀抱、不受任何干扰的空间与时间里，你不向自己的内心深处探寻是不可能的，不向人生的深度发问也是不可能的吧？

于是也就可以理解，为什么关于圣地亚哥之路的文学、影视作品，在近几年里忽然掀起了一股不小的热潮，一条几乎被人遗忘的道路也忽然间备受关注……

现在，我们面对的这座华丽矗立的圣地亚哥大教堂，正是建于1748年"朝圣之路"的鼎盛时期。它的修建者也是当时的西班牙统治者，因而智利的首都以及首都的教堂都被冠以"圣地亚哥"的名字。在西班牙人看来，智利是一块尚待开垦的处女地，想给起个什么名字，就起个什么名字好啦。况且，"圣地亚哥"是个多么伟大的名字！而且，遵循"圣地亚哥"是伟大的朝圣之路的含义，将这座教堂修成能走一圈、象征朝圣的巡礼教堂，也是顺理成章的。

你们去不了比利牛斯山，就来这里吧！

应该说，圣地亚哥大教堂的确非常漂亮。它的正面建筑是巴洛克风格，拱形开洞和装饰性的独立壁柱，构成了它的基本样子。而与欧洲其他地区建筑的明显区别是，很多构图元素都是来自建筑师个人。教堂正立面中央，从自下的舒展到尖顶的紧张，呈现着一种律动的美。由于是纪念雅各的教堂，正面大门上方还雕塑着头戴宽檐帽、身披大氅、手执禅杖的雅各像，显示了设计者的高超的构图技巧。教堂修好以后，又在五十年后进行了修缮。当时的主教向西班牙皇室推荐了罗马建筑师华金·托埃斯卡，对大教堂和小教堂的正面进行修缮，加了两座钟楼，成为巴洛克和新古典主义风格的混合体，越发凝重典雅——如同我们此刻看到的这样。

圣地亚哥大教堂前面是一座喷水池和一个小广场。当我们从教堂中走出来的时候，正好是下午四点左右，阳光特别柔和，整个教堂正面被涂抹了一层暖暖的浅黄，连水池内的喷泉都仿佛染上了金色的色彩。最可爱的是广场上的鸽子，它们一点儿都不怕人，忽而飞起站上教堂的窗沿，忽而落下在广场上踱步。一位身穿蓝色 T 恤的母亲，正带着她的儿子在广场上喂鸽子。小男孩也就五六岁的样子，只见他手里拿着面包屑，鸽子就纷纷从他手上啄食。鸽子的分量加上扑扑棱棱的翅膀，让男孩觉得很刺激，他开心地笑着，同时又高兴地向母亲大喊着什么——西班牙语，完全听不懂。但这生动的画面，真的让每一个看到它的人为之感动。

　　教堂里，是人们朝圣的沉重的脚步。

　　教堂外，是人间世俗的温暖的烟火。

25

圣母山上的夕照

我有一个突出的感觉，就是国外的很多城市其实都很小。或者是在北京这样的巨大的城市住久了，到哪里看人家都不够大气，哈哈。也是啊，我们同行的人也很纳闷，难道一个国家的首都，就这么简单转转就走遍了？街道也不宽，比起咱的长安街可真是差得远。建筑虽然有些特点，但作为首都还是缺了些气宇轩昂。要不怎么会有人打趣说，只有出了国，才能更爱国。在国外生活的人，都希望自己的国家强大，会特别感到骄傲和自豪。即使不在国外生活，就这样走走，就这样一对比，也充分感受到了中国的发展和强大。在南美洲这些不发达的国家，感觉尤为明显，起码他们在硬件方面与中国还是有距离的。

我们在圣地亚哥走走停停，转了全城居然还剩下了一个傍晚。小赵一看时间尚早，就决定带我们去看

乖巧的小男孩，让爸爸抱着等待上山的缆车。

"圣母山"——在圣地亚哥市区东北部的圣克里斯托瓦尔山上有座圣母像,因此也被叫作"圣母山",据说那里也是圣地亚哥值得一看的风景。

也就用了十几分钟的样子,我们的车就在山下停好。

圣克里斯托瓦尔山其实也是安第斯山系的支脉,不高,但还算漂亮。圣地亚哥城著名的马波乔河,就从山旁流过。在夕阳的照耀下,这里的水光山色都镀上了一层金黄的暖色调,显得更加楚楚可人。我们上山的时候,到处是闲散的游人,这座小山居然人气颇旺。为了看圣母像,我们要在山下等候缆车。

现在已经很少见这种老式缆车了。没有座位,类似公共汽车的车厢,当然是我们 20 世纪 60 年代的车厢,比较小的那种。所有乘车的人都站在车厢中,被两根笔直的索道拉到山顶。缆车路线也不长,一两百米的样子。山顶有一小片平地,走了几十米就可以看见通往圣母像的阶梯。阳光正好,不明不暗的光线,让每个画面都有了一种油画般的美。

这座白色大理石的圣母像,是 1903 年修建的,据说是法国著名雕刻家瓦尔多斯内的杰作。雕像通体雪白,高 14 米,基座的高度是 22.5 米,加在一起的总高是 36.5 米。我们拾级而上,花岗岩的台阶两边开满了花朵,绿茵如画,空气很好。到达顶台之上,仰望圣母,见她表情慈爱,神态庄严,白色的裙裾非常灵动,神形俱佳。难怪小赵建议我们一定要上来看看,无论从地理环境和雕塑艺术来说,这尊圣母像确实是值得一看。在圣克里斯托瓦尔山的山顶,还可俯视欣赏圣地亚哥的城市风景,远眺安第斯山脉的连绵雪峰,我们抓紧太阳下山前的那抹柔光,在山上的

护栏边与圣地亚哥城合影。

　　傍晚来到圣克里斯托瓦尔山的，还有大量的当地市民。你不能不承认，智利以及整个南美洲的人们都活得比较放松。可能是信仰使然，或者也是文化使然，他们仿佛更重视个人的生活质量，活得自然率性。不像我们。现在中国人的生活中已经有太多的功利色彩，利益驱动似乎成了很多人做事的标准。在我们的事业、家庭、人与人之间，逐利而往的现象，可以说相当普遍，所以当今的中国到处都是金钱的味道。很多学者说，这是发展中国家在特定的历史时期难以逾越的阶段，可是，智利也并非发达国家，为什么他们不忙着致富？或许我们对智利人的生活没有更深圣地亚哥宁静的街景。

入的了解，但起码眼前这座小小的圣克里斯托瓦尔山上的情景，是单纯而美丽的：在圣母像旁的一个小祭坛边，几个年轻人正安静地走过来，在架子上点燃了一支蜡烛，表情平静而松弛。蜡烛在静静燃烧，青年们低头沉默。大概他们是在和圣母交流吧？我总是觉得，人在静思默想的时刻，生命才是最充盈的。遗憾的是对于中国青年这样的时刻非常鲜见，他们低头的时候大多是在玩儿手机。唉，说多了也是无奈，只有一声叹息。

叹息中越发觉得静祷的年轻人可爱。可惜不会讲西班牙语，否则一定要和他们攀谈。

当然，来祈祷的人并不多，来这儿的人们好像更多是为了玩儿。青年情侣成双成对，他们手拉着手爬山、照相，孩子们快乐地奔跑，见到我们就笑。有一位父亲在这里给女儿过生日，小女孩的脸上用白色和红色的粉彩画着夸张的线条，坐在爸爸准备的蛋糕前，做着鬼脸。幸福的爸爸不断向给女儿拍照的人们回报着微笑，平和安详的氛围充满了整个圣克里斯托瓦尔山山顶。"圣母"在落日余晖中显得越发美丽和宁静。

现在有一句特别时髦的话，说人这一生一定要有两次冲动：一次是说走就走的旅行，一次是奋不顾身的爱情。奋不顾身的爱情，一般来说实现起来会比较困难。因为那得有人与你配合，你一个人奋不顾身没用，必须是你的合作者（原谅我用了这么世俗的词儿）和你一起奋不顾身才行。而且，在我们的现实生活中，不想为了爱情奋不顾身的，恐怕还是大有人在吧？事实上，很多上了点年纪的中国人，好像对"爱情"这俩字都羞于启齿了，还遑论什么奋不顾身呢？但旅行，却是一个人就可以搞定的事情。想走，就走了，这件事很多人都能做到，因而也越来越多地受到人们的推崇。

问题是，我们尽可以说走就走，但说走就走又是为了什么？

有人说是为了放松，放下手头忙不完的事情，给自己一个彻底的休整。有人说是为了换个环境，在一个完全陌生的环境完全随性地生活。有人是为了看风景，到处是没有见过的山水，震撼眼睛的奇境，不出去看看非常遗憾，美丽的风景会给人生留下终生难忘的印象。也有人为了结交朋友，认识旅途中各种有趣的人和事，听他们讲千奇百怪的人生，也是增加了人生的阅历……是的，这些都不错，都应该成为人们旅行的伟大动力。

但我觉得，旅行的目的却不止这些。

旅行，说到底是感受一种别样的生活状态。我以为看看别人怎样生活，看别人生命中那些不经意的闪光，会击中你灵魂中最轻盈最柔软的部分，让你忽然看到以前被忽略的种种，能反照自己的生活。就像此刻，并不是智利的重大宗教节日，而圣克里斯托瓦尔山上的朝圣者还是那么虔诚，他们的脚步也轻松有力。有一家人，爸爸妈妈和三个孩子，还有一位老人，估计是奶奶或者姥姥，几门人坐在一起，很安静很悠闲的样子。家里的男主人索性躺在地上，时而看着孩子们打闹，时而望着干净的蓝天。两位成年女性则微笑着轻轻私语，好像在分享着什么有意思的事。这一瞬间，让我心有所动：这是一幅多么和谐而动人的生活图景！简简单单，安居乐业，感受平静，尽享安宁，表达友爱，这是上帝给人的一份多么美好的礼物啊！在我们忙忙碌碌的时候，在我们迷失了自我的时候，在我们对家人对朋友关爱得不够的时候，我们或许真的应该停下脚步，去做一次旅行，去感受生命中的真谛和幸福。

我的旅行，尽管也充满了对美景的欣赏、对异域的好奇，但我觉得旅行对我而言是感受的同时去思考，交流的同时去改变。就像茨威格说过的那样，我们旅行并不仅仅是出于对远方的热忱，更是因为对离开家园和抛开自我的向往。

这话是哲学。

我从心底里希望，有更多的人为了哲学去旅行。

在圣母山上为女儿过生日，这位父亲心中一定有着满满的幸福。

26

复活节岛，
你真的是"地球的肚脐"么

　　没想到，从圣地亚哥飞往南太平洋中的复活节岛，
竟然需要 5 个多小时。尽管知道它在南太平洋中遗世
独立，但还是觉得比想象中的远很多。

　　匆匆用一碗牛奶麦片、一个煮蛋和一个苹果解决
了早餐，我就赶紧跳到车上。车子的目的地是机场，
我们将开始上演本次行程中的另一部重头戏：探访著
名的复活节岛。没有带大件行李，因为我们回来还是
要住这家名为 Mercure Santiago Centro 的酒店，暂
时不用的东西就寄存在这里了。在南美之行中，这是
为数不多的可以住两晚的酒店。

　　我们几乎是在一片爽朗的蓝色中飞行。上空是蓝
蓝的天，身下是蓝蓝的海。南太平洋给人的感觉温暖
而明亮，神秘的复活节岛几乎就在它的中心。

　　说复活节岛与世隔绝，我觉得首先是地理上的。

复活节岛离任何一块陆地都很远，虽然它属于智利的瓦尔帕莱索地区，但它离南美大陆智利 3800 多公里，距离太平洋上的其他岛屿，也都十分遥远。与它最近的是澳大利亚南端的大溪地，但也有 3000 多公里，乘飞机仍然需要四五个小时。总之，它就是这么四六不靠地孤零零地漂在东南太平洋。它是什么时候存在的？又是因为什么原因，忽然就在南纬 27 度和西经 109 度的交会点附近，冒出了这块 117 平方公里的土地？不，不，我以为把复活节岛的土地叫作土地，难免有些牵强。因为这个多丘陵的小岛的表面，都是黑褐色的凝灰岩，是一种坚实的火山碎片形成的多孔岩石。由此判断，这座岛屿是很久以前由海底火山喷发造成的。火山引起了强烈的海底地壳运动，当那烈焰熄灭、岩浆降温之后，海面上就升起了这座典型的海洋高岛。

复活节岛是一个不等边的三角形。最长的一道底边是从东北向西南，两道短边形成的角指向北偏西一点的方向，在地图上看，它就像个碱大了的微微发黄的糖三角，放在南太平洋的蓝色的大盘子里，等待人们的享用。

这座岛的发现是在 1722 年 4 月 5 日。

正是在那一天，荷兰海军上将雅各布·罗格文率领荷兰西印度公司的船队，绕过南美洲南端的合恩角，对太平洋进行着探险性的航行。

那时的人们，已充分认同世界其实是一个球形。而此刻，据 1492 年哥伦布发现新大陆已经过去了两百多年，大地球形说早已深入人心。哥伦布在帕里亚湾南岸首次登上美洲大陆后，不仅考察了中美洲洪都拉斯到达连湾 2000 多公里的海岸线，而且

到达复活节岛的第一顿"海鲜大餐"。

通过大西洋低纬度吹东风、较高纬度吹西风的风向变化，证实了大地球形说的正确性。只不过，那时哥伦布并不认为踏上了美洲大陆，他以为自己是到了印度。他把美洲的土著称为"印第安人"。拜他所赐，印第安这个名字就这样在美洲留存了下来……历史上的许多误会，后人几乎都没有机会更改。但不管怎样，当时能够航海，那就是一件非常热门、非常"高大上"的事情。而我们的罗格文上将，正是沿着当年哥伦布欧洲西航的航路，继续探索浩瀚的海洋，希望发现那一望无际的领域中深藏着的未知。事实证明，罗格文是幸运的。在这个阳光明媚的下午，他拿着当时世界上最先进的单筒望远镜，忽然发现远处有一片陆地时，他自然是惊喜万分的。由于这天是"基督教复活节的

第一天"，罗格文便把他发现的"新大陆"命名为复活节岛，意思是"我主复活了的土地"。

而更让罗格文诧异的是：当他带领船队靠岸时，他发现岛上人烟稀少，几乎完全处于荒芜的状态。而更让他张大嘴巴、伸出的舌头都收不回去的是：岛上遍布着多得数不清的巨大的石雕人像。

看啊！他们惊呼：那是什么？

石像巨人当然一语不发，他们高的达数十米，矮的也有两三米，都长着奇形怪状的长耳朵、深眼窝、厚嘴唇，一副冷漠的神情。大石人们矗立在岛上的各个角落，仿佛从不同角度观察着上岛的人。罗格文几乎不敢相信自己的眼睛……

复活节岛，从此名扬四海。

可以想象人们第一次见到石头巨人的心情，完全地不可思议，完全地被迷倒，完全地被震撼！别说是罗格文，相信每一个来到复活节岛的人，站在这满脸沧桑的石雕面前，都会满腹狐疑，脑洞大开！大石人大大提高了复活节岛的知名度，成了著名的世界文化之谜。从18世纪起，众多探险者和旅游者都被它们吸引，源源不断地来到复活节岛，为的就是亲眼看一看奇特的大石人的"真容"。

当然，也包括来自遥远东方的我们。

岛上的机场还不小，起码可以起降波音

737。一下飞机，就感受到了热带味道，扑面而来的热风中，掺杂着水果的香甜，如到海南。热情好客的岛民，为了营造复活节岛观光的美誉度，对每个上岛的人都表示出最为热烈的欢迎。一出候机楼大厅，就有几个头戴花环、身着短裙的印第安女孩迎上来，给我们每个人的脖子上都套上了一串鲜花。粉色的花朵加上绿色的树叶，煞是好看。

戴上了大花项链，我们果然兴致高涨起来。包括整天一脸深沉的男士们，也露出了笑容。这就是美丽的力量吧？

时光正是中午。阳光灿烂得一塌糊涂。随机跟我们过来的小赵，首先要带着我们吃一顿岛上待客的鱼宴。煎的三文鱼、清煮海螃蟹、鱼汤面条，还有用胡萝卜丁做的米饭等等，样数虽然不多，但绝对新鲜美味。这个时候我们还没有看到那些石头的大巨人，只是在吃饭的地方发现了一尊，他有些傲慢地站在那里，用一种非常高冷的表情提醒你这里是复活节岛，而不是任何一个普通的海边。

其实，复活节岛的本地人并不认可"复活节岛"这个名字。在这个岛屿未被发现之前，它已经有了自己的名字："拉帕努伊"（Rapa Nui）或"赫布亚岛"（Te Pito te Henua），不知道它们属于哪个语系，但无论是"拉帕努伊"还是"赫布亚岛"，这两个名字直译过来都是"地球的肚脐"——这就是岛上居民对它的称谓。岛上的居民成分混杂，以波利尼西亚裔为主，几乎全居住在有屏障的西海岸的安加罗阿（Hanga Roa）村庄中，据说全岛的人加起来也就3000多人。

岛上的波利尼西亚族居民，其根源来自马克萨斯

（Marguesas）种族。19世纪，传教士在此地引入了大溪地方言，之前这里混杂的波利尼西亚和非波利尼西亚语音逐渐弱化，文字记载也几乎没有了。现在岛上通行的是西班牙语。岛上居民自认是两个种族的后裔：长耳族和短耳族。关于这两个族群的历史，大概只有在岛上人口口相传的故事中去找了。其实，岛上的波利尼西亚血统也越来越不纯了，在这个开放的年代，血统混杂几乎是不可逆转的。

但是，他们把自己所在的岛屿叫作"地球的肚脐"，意思却是很明白的：当地人认为这个小岛就是世界的中心。

这个说法太奇怪了，不是么？

这样一个让人们觉得如此偏远的地方，为什么当地土著会认为自己是世界的中心？而且是几千年来口口相传，贯穿在他们的文化里，根据何在？但是，据说后来有飞行员从高空俯视，发现在辽阔的南太平洋上，复活节岛真的是一个四六不靠的圆点，真有点像"肚脐"或者"中心"的样子呢。而在千百年前，在科学技术极不发达的时候，你说，当地土著是怎样感觉到的呢？是瞎猜的？还是天知神授？

"地球的肚脐"——这么一个小小的称谓，是不是也让你感到了某种神秘文化的氛围？

27

邂逅如此高大的他

我发现复活节岛几乎没有平地，走在岛上的时候，总是发现它的路有些倾斜，呈现着缓缓的曲线。这可能就是火山喷发造成的自然地势。

复活节岛是由三座火山组成的，在这个"糖三角"的每个角上，都有一座火山。左边角上是拉诺考火山，右边是拉诺拉拉科火山，而最大的巨型石像群就在这座火山的斜坡上。北方的角上是拉诺阿鲁火山，它与特雷瓦卡山相邻。岛上那些黑乎乎的山头，也大多是火山丘，最高的达到了 600 米。岛上的路面，大部分也不是土地，而是黑硬的石质地面，这就是岩浆的杰作了：它们冷却后就成了覆盖在岛上的厚厚的凝灰岩。到处是小山丘、绿草原，空气中飘散着海洋的味道。

到了岛上才知道，原来我们拜谒大石人是要分数次，今天要去看拉诺拉拉科火山上的巨型石像群，明

天才去看经常在照片里见到的那一大排石像。那些是后来整理出来的"岛标"，今天基本上是"原生态"。

地面虽然高低起伏，但线条比较柔和平滑，所以走路的时候并不觉得险峻。但是，只要稍微有点距离，你就会发现小伙伴们不是在你的头顶，就是在你的脚下，画面就很有立体感，很有层次。

"哎呀呀，看见啦！快看大石人啊！"

走在前面的眼尖的小伙伴叫起来，原来我们已经走进石像群了。

这些巨大的石雕像，就是这样散落在海边的坡地上。

他们黢黑、粗糙，姿态各异。有的竖立在草丛中，有的倒在地面上，有的一半埋在地下，有的竖在祭坛上还围了栏杆。目测在二十尊左右。

据说，岛上的大石人雕像原来都是面向太平洋的。只是后来才被人们重新"摆放"，变成了面向岛内，背对大海。

他们的头都比较大，眼窝深陷，鼻子很高，下巴突出，都长着长长的耳朵。他们每一位都有7—10米高。据说最轻的重6吨，最重的约90吨。

他们都只有上半身，没有脚，双臂垂在身躯两旁，双手放在肚皮上，表情出奇的一致。

我轻轻地抚摸了一下一个倾斜而立的大石人——岛上没有明文禁止抚摸——他离我是那么近，近得好像我能够感觉到他的呼吸。他是在呼吸么？是的，当你凝神静气，仔细观察他的眼睛、他的表情的时候，你会产生一种错觉，觉得这个巨大的身体里真的有一种气息在运行。

你怎么长那么高啊？

他目视前方，静静看着遥远的大海，不理睬我。可能他心里正在说：这还用问么？

你从哪儿来？在这站多久了？

他目视前方，还是静静看着遥远的大海，还是不理睬我。可能他觉得这个问题不能说破，让你们知道了还有啥意思？天机不可泄露。

你代表了什么？祈福还是等待？

当然，他还是目视前方，对我不理不睬。

我的手轻轻滑过大石人粗糙的"皮肤"，真正感受到了他的质感。这种火山岩，果然很粗糙，上面好像还布满了细细的小孔，有点像我小时候见到的"轻石"。轻石也是一种多孔的火山岩，我小时候经常看见妈妈用它来搓脚。但大石人的这种火山岩显然比轻石细密得多，估计也重得多，不是说最小一个也有6吨吗？

他真的有这么重么？可惜我们一行人中，没有一个是学地质的，大家都说不出准确数据。

大石人自己当然也不会说。

岛上有很多可以这样零距离接触的石像。我看很多描写，都说复活节岛所有的大石人都长着一副冷漠的面孔，其实不然。你如果近距离观看，会发现他们的表情其实有很微妙的变化。我面

前这位，表面上目视前方，不苟言笑，但仔细观察，会发现他嘴角似乎挂着一丝不易察觉的笑意，越仔细观察，这笑意就越明显，好像他肚子里藏着一个笑话，但就是不告诉你。

拉诺拉拉科火山的这个朝北的斜面上，都是散落在山中的石像，它们呈自然状态，因为这是没有动过的石像，他们被发现的时候什么样，现在还是什么样。而另外一些有代表性的雕像，已经运往海边，排成了面向大海的一排，成了全世界熟知的复活节岛标志。那些石像，我们要等到明天才能看到，因为他们在另一个方向。

其实，即便加上第二天我们看到的，也只是看了岛上石像的"冰山一角"。因为岛上至少有 600 座以上"可见"的大石雕像，加上半成品和残缺的，是1000 多座。有资料显示，专家们对复活节岛进行过三次比较成规模的考察，分别是在 1886 年、1914 年和 1934 年。结果认为岛上存在三个明显的文化期。用碳测定年法，是 700—800 年的第一期，1050 年以后的第二期以及 1680 年以后的第三期。早期的石像比较小，头比较圆，身材也更加粗壮。而中期以后的石像头变得长了一些，面目轮廓分明，譬如在1987 年挖掘出的阿纳克纳石台（此前这石台一直埋在地下）。专家们在阿纳克纳的发掘工作中，发现多种石雕像都是在早期雕刻的，他们甚至发现了一尊

酒店设施一般，但是占地面积巨大，也算是复活节岛的一大特点。

写实主义的雕像，表现为跪着的全身人像，臀部坐在足跟上，双手放在膝上，有一个雕像还裸露肋骨，具有南美洲蒂瓦纳库(Tiwanaku)的前印加人时期纪念物的各种特点。

但后期的石像似乎越做越大了，有的还戴上了高高的帽子。摆放石像的石台也越来越牢固，而中期石像有被毁坏和丢弃的迹象。可以这样说，大石雕像的制作思路——如果他们有设计和创作的话——创作者的思路并非是一成不变的。只不过，关于这一切都没有任何文字记载，人们对其中的缘由只能揣摩和杜撰。

无论如何，这些距今已经矗立了1000多年的大石像真的令人惊叹。在那个缺少工具的年代，他们是怎样被雕刻的？又是谁雕刻的？每一座雕像代表着什么？为什么要雕刻这些石像？他们都有自己的名字和身份么？当时他们是怎样运输的？又是根据什么规则排列的？这些问题到现在依然众说纷纭，没有统一的答案。一直到今天，大石像仍然是千古之谜。

转眼间就到了傍晚。

我们依依不舍地和大石人惜别，来到了我们要住的五星级酒店 Hotel Iorana 。岛上还有"五星级"酒店？来之前我一直存疑。到了才知道，Iorana 号称五星，其实就是一个大院子，一水儿的平房，屋内设施有点像农家院，简单之极。据说岛上这种平房酒店居多，在这里盖高楼成本可能太高了，而且和这里的自然风光不搭。如果从空间的角度来看，Iorana 大概也可以算五星水准，因为它大。每间房都是前后两个门，前门是院子，打开后门就是美丽的南太平洋。你设想一下，一推开门，眼前立刻涌入了碧蓝的一望无际的大海，那是什么感觉？

南太平洋岸边的傍晚异常美丽，晚霞变化迅速多端。晚餐几乎没吃，顾不上，因为我不可能对眼前的视觉盛宴无动于衷。

我们进住的时候，恰好是雨过天晴的傍晚，南太平洋上的落日漂浮在辽阔的海面上，天上的晚霞正在由黄转红，由红转紫，映照得大海也如一片七彩锦缎，闪着超美的光芒。那时，我唯一能够做的事就是：放开喉咙欢呼！欢呼啊！在如此绚丽的景色面前，所有的语言和表达方式都不如发自心底的欢呼！

我们的晚餐就在 Iorana 的海边餐厅，从大玻璃窗向外望，看到的也是这样的美景，让很多小伙伴们饭都不吃了，忙不迭地跑出去拍照。是呀，摄影对光的需求实在是太高了。而每天有效的美丽的光点其实非常少，有时候为了等一种光，他们要耗费一天的时间，甚至更长。美丽的光和美丽的爱情一样，都是可遇而不可求的。此刻，竟然能遇到这样美丽的夕阳之光，他们这些摄影爱好者，怎么能安安静静吃饭呢？

我们这些菜鸟也受了感染，纷纷跑到餐厅后面的海边，举起手机煞有介事拍了一些，回来一看基本都一般般。这摄影的功夫也不是一天两天能练出来的，况且人家那些长枪短炮都是帝国主义的好东西，我们的硬件就不达标。但无论如何这里的风景真的是特别美。尽管夕阳已落，晚霞也由红黄转成了蓝紫的色调，但依然美得醉人，从绚丽灿烂的美转为一种深沉广阔的美。

不一会儿，海边的风起了。仿佛有一双巨大的翅膀，从夜空中轻轻滑过，就带来了那种温热而又湿润的风，从大洋上缓缓吹过的风。

吃完了晚饭，我们就出去吹风。

这是南太平洋特有的夜色。

天空黑蓝，大海黑蓝，椰树也仿佛黑蓝。你似乎没有看到什么，也没有听到任何杂音，只有细草和树叶的悉索和不知名的小虫的呢哝。但你分明感到被包围在特别舒适的气场之中，包围在无穷大的空间里。什么都没有，又好像什么都有。你有这种感觉么？在那时，人好像忽然很渺小，感觉自己就是海边的一粒沙石；又忽然感觉自己很伟大，仿佛自己的灵魂在风中自由起舞，无限延伸……

人和天地的和谐，想来不过如此吧？

28

终于见到了最伟岸的"莫埃"

复活节岛上可以"零距离"接触的大石像。

早上的阳光真是太可爱啦！

复活节岛的太阳，几乎没有经过我们所知道的那种反复酝酿和红霞初生的时刻，而是像热情的复活节岛原住民一样，一跳出来就是金色的。金灿灿的阳光，像是一把柔软的带着温度的刷子，把昨天看上去黑褐色的地面全都涂成了金黄色。我们就沐浴在一片金黄色的光芒中，踏着金色的地面，披着金色的披肩，去看岛上最壮观的大石像——那15尊在大海边排成一排的巨大的石人，以及那位头戴巨帽、睁着一双大大眼睛的"莫埃"（Moai）。

"莫埃"是当地人对石像的称呼，意思就是石人。据说石像在刚刚被发现的时候，完全是没有规律地遍布全岛，东倒西歪到处都是，同时还发现有数百具未完成的雕像，以及数千件石质工具和简陋的石斧。从这个情形看，石像的制作工作是突然间停止的。是什么原因阻断了这项宏伟的工程？瘟疫？战争？还是自然灾难？无从知晓。现在的岛上，有部分石像保持了原始的状态，也有的已经被移动组合，重新排列。比如我们现在去看的、最著名的一大排站立在海边的形态各异的莫埃巨像，他们其实是从岛上各个地方"集合"起来的。现在，这排石人已经成为复活节岛的标志，被印在明信片上发往世界各地。

我们最先看到的是一个小的石像群，一共5位，中间那位高一些，旁边几位都比他矮，5位站在一起形成一个"山"形。可能是为了便于人们参观吧，他们被放在一个高高的石台上。允许拍照，但无法靠近。我们就远远地和他们合影，有人还创造性地伸出手，做出了一个仿佛托举着石像的姿势，很有创意是吧？于是大家纷纷效仿，争相对石像山你托我托。

又走了没有多远，我们就看见那个号称是复活节岛的最大的莫埃了。

这个老大，他果然与其他人不同！他不仅身材特别高大，而且还有一双黑白分明的大眼睛。据说他的眼睛是贝壳做的，可惜他太高了，我们抬起头拼命仰视，也看不清是什么材质。只是觉得他眼白非常白（贝壳，它本身就有珍珠层，当然是又白又亮），眼球特别黑（有人说是黑曜石的）。这是石像中唯一一位有"眼睛"的"人"。因为其他"人"的眼睛，都是刻在石头上的，没有用其他质材，和他一比等于没有眼睛。可见他的与众不同。最为奇特的是他那顶高高的红帽子，足有两三米高，加上他的身子，整座石像的高度貌似已经超过了十几米。说他是岛上最高的石像，看来一点儿不假。特别是他那顶帽子，很像中国江南人冬天常戴的那种毡帽，宽而无檐，上面还有一个小圆顶。说是红帽子，但不是很鲜艳的红，是接近褐色的暗红。显然这帽子用的是另一种岩石，与石像主体的黑色不同，暗暗的赭红色让其非常突出。据说这是一种火山岩渣，红色的岩石代表岛上族长头上戴的红色的羽毛。问题是，在那个缺少工具缺少技术手段的年代，他这大帽子是怎么戴到头顶上的？又是怎样衔接得如此牢固，在大海的风浪中岿然屹立呢？没有答案。

我们猜想他一定是位伟大的"首领"，所以他的形象才在整个石像群中这样出类拔萃。但据资料显示，越是复杂的石像制作越发生在后期，而雕琢石像的整个时间跨度是1000多年。在此期间，可能工具也进步了，人们的审美观也变化了，才会有了这样一尊非常独特的"大人物"。总之，现在的他是被单独放在了海边，以明显地区别于其他人。不用说，这也是复活节岛最值得骄傲的标志性石像，明信片上、冰箱贴上，他无处不在。

只是，他是不能近观的，更不能零距离接触了。我们只能远远地向他致敬。

转过一个小弯，有一大排石像赫然出现在面前。

那就是令人激动的彪悍又震撼的15尊大石人！

是的，不多不少，整整15位。他们并排站在一个高高的祭坛上，面朝东南方，背对大海，一副高不可攀的面容。在大海和阳光的映衬下，他们显得庄严肃穆，正集体表情凝重地屹立在浩

荡的海风中！

他们一字排开，像是列阵守岛的威武的将军。最高的那位有十多米，最矮的也有四米左右。站在第一位置的（我们是从东南方向来的，第一位就当然地选了最靠西的这位）石人个子最矮，他长着一个方正的头，脸也不像其他人那么长，基本是个标准的"国"字脸。他的头昂得最高，下颌扬起，目视远方，好像一直在遥望着白云翻卷的蓝天。

顺便说一句，复活节岛的蓝天和白云，必须点赞！天蓝得纯粹，云白得耀眼。就是看一眼这样的蓝天白云，看一眼这属于南太平洋的特有的色彩，也值得来！

而在今天上午这如此通透的色彩中，大石人居然也减去了几分神秘，他们粗糙的石质、磨平的线条以及磕碰的痕迹都掩藏不住，甚至一些斑驳的伤痕也看得十分清楚。比如第二位，他也是戴着红色帽子的石像，比一般石人高一些，但他没有大大的黑白分明的眼睛。他脸上的"皮"不知为什么已经磨掉了不少，露出了石头的稍浅的内层，显得脸上跟得了白癜风似的，看上去更是增加了沧桑感。后面还有十三位，几乎都不怎么精致了，有的脸上线条已经非常模糊，眼睛的凹陷变浅，脸颊也特别平，尤其是第四和第十一位，脸部轮廓已快消失，只剩下一颗头颅的形状和身体相连。第八、九、十的嘴唇部位也完全平了，显然这是岁月的痕迹。是呀，他们天天站在这里，任凭风吹雨打日晒，恐怕再硬的石头也架不住岁月的侵蚀吧？不知道复活节岛对石像采取了什么保护措施，仅从这一排看，他们的未来还是值得忧虑的。

这一组石人，也是不许靠近。当然是为了保护石像，当然

虽然不知道大叔的名字，但复活节岛的人的淳朴热情令人难忘。

这也是非常有限的保护。在这组石像前面十多米的地方，用各种石头象征性地围了个圈，不仔细看根本不知道。那是不允许人近距离接触石像的标志。不过，你也不用担心自己看不到而误入其中，因为每天都有当地人在那里"看守"。看到有人走进圈内，深棕色皮肤的他们，就会直着嗓子喊一句。貌似英语或者西班牙语，总之，你肯定不知道他在说什么，但你肯定能明白他的意思。他是让你不要越过那些石头。我们每个人都很自觉，谨慎地躲着那些小石头，只是站在圈外，远远地和这一排大石像合影。

这组"岛标"级的石人像，是在20世纪50年代才搬到这里的。科学家们在对复活节岛进行考察的

时候，有人将岛上的石像"归置"了一下，比较像样的都集中到了海边，成为石像群。有三个的，五个的，七个的，这组最大，排列也最长，一共是十五位。估计智利政府也支持这种行为，因为这样可以让人们集中瞻仰大石人，省得满岛乱跑。

29

猫知道，猫真的知道么

　　说实话，造访复活节岛还是不太方便的。它在那样的一个位置，目前只能先到离它最近的一块陆地，比如圣地亚哥，比如大溪地，然后再坐飞机抵达，而且航班有限。但来岛上的人仍然不少。有些人还要住在岛上（多数是欧洲人），享受这里的阳光和空气。

　　阳光和空气是没得说的，但岛上的东西，尤其是吃的东西很贵。岛民们这样向我们解释：岛上什么都不产，一切都是从岛外运来的。就算是一粒米、一棵菜，都要经过至少3000多公里的运程，加上运输费和人工保管费，加价很多是很正常的啦。

　　复活节岛虽然在南纬27度，属热带海洋性气候，全年温暖，平均气温在22℃左右，非常适合植物的生长，但岛上几乎没长什么像样的东西。正如发现复活节岛的荷兰海军上将雅各布·罗格文所描述的：复活节岛非常荒凉，只有瑟瑟长风吹过的草原，植被都是灌木和草丛，没有任何高于3米的树木。来考察的植物学家，只在岛上发现了47种土生土长的高等植物，大部分是草本、蕨类，只有4种矮小的灌木。很奇怪么，温度适宜，水量充足，却没什么植物？这是为什么？其实，了解了复活节岛的地质情况就清楚了。整个岛屿大概就是一块火成岩，经过火山爆发的洗礼，几乎就消灭了大多数的有机物，还能指望它长什么呢？据说岛上土著的主要食物，除了海里打上来的鱼，就是甘薯。甘薯适应性超强、生命力超强，几乎在任何地方都能生长，所以也成了救命粮。当然，随着这个岛的被发现，不少品种也逐渐输入。一些比较"好活"的品种，如葫芦、甘蔗、香蕉、芋头等等，都逐渐能在岛上种植，作为维持岛上人生活的补充。

不仅植物缺乏，岛上的动物也很贫乏。据后来的科学考察，岛上的动物除了老鼠和一种小蜥蜴可能是本土的，其余甚至没有任何一种大型昆虫。南美洲常见的蝙蝠以及鸟类，在此均无踪影。至于家养动物，传说中只有鸡。脊椎动物只有鱼类，或具有长途飞行能力的海鸟。也是啊，这个岛是如此的孤独，又是火山喷发而成，动物们怎么可能跨越大洋来到此地呢？在1866年以后，才有传教士在复活节岛引入了绵羊、马、牛、猪等牲畜。

但是，在复活节岛却有大量的野猫。

我看到了很多猫。在我们居住的酒店，至少有两只猫离我最近。一只黑色、黄色、白色的杂色猫，一只灰黑相间的虎斑猫。早晨起床之后，我发现虎斑猫就在一个车库里的汽车顶上睡觉，很惬意的样子，见人走来也不躲，只是慵懒地打个哈欠，然后继续睡。我和它打招呼，它也爱答不理的，显然不想让我扰它的清梦。

　　岛上几乎可以随处看见猫的身影，据说岛上的石穴山洞中还有很多的野猫。这些喵星人是从哪里来的？人家都说猫是通灵之物，难道它会知道关于石人的一切么？

　　坐在这一大排莫埃面前，吹着南太平洋浩荡的海风，望着大石人们平静的脸庞，我们心中关于大石人身世的疑问还是，或者说更是感到无解。晚上睡不着，就到酒店的大堂坐着上网，顺便对大石人的来历进行一番"闲聊波尔卡"。而那只灰虎斑，此刻也趴在大堂的一个木榻上，似睡非睡。

这只小猫，它是不是想告诉我点

　　有人说，这石像是古代土著人雕刻出来，以敬神灵的吧？根据是石像都是在一个采石场里雕刻的，刻好再运走。但这种说法的内在逻辑不好把握，是不是每逢祭祀的日子就奉献给神灵一个石像？但谁又说得出，岛上的土著都有哪些与神相通的庄严时刻？那些石像又都象征着什么？

　　还有人说，岛上这些石像其实都是有"原型"的，都是一个个的具体人物，他们都是岛上各个部落的酋长。据说岛上每位酋长死去之后，都要根据他的形象雕一座石像，放在他原先领导的部落里，供后人怀念。或者这也就可以解释，为啥大石人的形象不尽一致，有的甚至有很大差别——因为每个人的相貌不同。被雕成石像的酋长，身份也不尽相同。比如那些头上戴着巨型帽子的，据说都是影响力很大或者做出突出贡献的英雄，他们死后被当作神一样供奉。他们的样子也要比一般石人高大许多。但这个是定论么？尽管听上去很有道理，但也有人不信，理由是：既然是岛上的传统，为什么忽然有一天就中断了？因为据考证，岛上雕刻石像的工作是突然停止的，很多半成品的石像就散落在工场里，工具也遗落得到处都是。是什么原因造成了这种断崖式的停止？一直没有人能够说清楚。

我们这个团队都不是一般人物，学问都很深啊！

还有一种观点，说岛上的大石像其实是上一文明的遗迹。根据是：岛上的石像一般高5—10米，重几十吨，最高的一尊有22米，重300多吨。有些石像头顶的红色石帽就重达10吨。而全岛发现的巨大石像有1000多尊，其中有600尊左右的石像整齐地排列在海边的石坛上。在几百年以至一千年以前，岛上人烟稀少，劳动力更是有限，几乎不可能完成这样大的石像雕刻。有人根据岛上遗留物推算，当时岛上有2000人左右。再者，在1955年前后，科学家们还在该岛进行了搬运石人的实验，证明要把一座大约3米高的石像（大约25吨重）搬离地面，并竖起来使之倾斜，放到预先做好的石台上，在除了用作杠杆的两根木杆外没有任何工具的情况下，要花18天的时间，至少需要15人参与。因为人们首先要把大大小小的石块，一个个地楔入石像底下，形成一个缓缓升起的锥形石堆，以便这个庞然大物能够倾斜竖立，才能让这些大石人"走"到遥远的地方去。但是在实验中，却证明完成这样一件工作，需要180人齐心合力，才能把一尊中等大小的石雕像从地面上搬走。先不说雕刻的工作量，仅仅是搬运一座石像，就需要如此的人力物力，况且岛上的1000多尊石像的雕刻和运输，需要多少人多长的时间？凭岛上的土著几乎无法做到。或者可以说，这样巨大的工作量，是那时岛上的人们不可能完成的。于是，这些巨人是史前文明的遗留——这个观点就有了自己依据。

细想一下，这种说法貌似很有道理。比如埃及的金字塔，人们后来的解释偏向于是曾经有一支庞大的劳动力大军，把大石块一个一个"堆起来"建造的。但在复活节岛却貌似不能成立。因为岛上没有那么多人，即使2000人日夜工作，也不可能以其粗陋的工具，用坚硬的火山石雕刻出这样的大石像来——何况，至少还有一部分居民要负责生活，渔猎、纺织和搓绳子。甚至岛上都没有能够供应2000名以上居民的吃食。加上几百年的时间，巨像的雕刻也让人无法想象。如果说，过去就有靠船舶运送到岛上工作的石匠、粮食或者衣服，那更是不可思议的。

遗憾的是，第一批登岛的欧洲传教士，不仅没有对复活节岛的历史与文化带来什么帮助，还焚烧掉了很多刻有象形文字的表册，他们甚至禁止岛民实行古代的祀神仪式，清除了每一个传说和神话。他们只是让岛民相信，唯有皈依耶稣才是人间正道。复活节岛以及大石人的故事，或者就是在这种文化侵略中销声匿迹，成了千古之谜。现在，岛上还遗留着上万件古文物，其中有25块被称为"会说话的木板"，上面刻着人、兽、鱼、鸟等图形符号，大的长约两米，小的有几十厘米，可惜无人能读懂它们。对于这些神秘古物，岛民们也不知其来历了。

　　更加神奇的说法是，复活节岛的大石人是外星人的杰作。持这种说法的人，基本依据是岛上有部分土著称此岛为"鸟人国"（Land of the Bird Men）。原来有个非常久远和隐秘的传说，岛上有人认为在很久以前，有飞行的人曾降临此岛，带来了火种和文明。那些大石人像，是依据他们自己的形象雕刻的。这与"上一个文明遗留"的说法异曲同工，都肯定大石像不是岛上人所为，而是某种我们无法考证的外力制作，并留下了他们。地球上被怀疑有外星人足迹的地方只有几处，复活节岛居然也傲娇地名列其间。

怎么说呢？你可以不信，但你也没有确凿的证据来证伪。

这岛上的石人"疑点"就这么多，而且无论哪种解释都有漏洞，都不能自圆其说，所以也就不能怪人们胡思乱想。原本以为来到复活节岛能减少些胡思乱想的，结果看到石人后，竟是更加胡思乱想了。我瞄了一眼虎斑，看见它正目光一闪，一副鄙夷的样子。人们说，灰虎斑是猫中最聪明的猫。那么此刻，我感到这只灵猫一定在想：你们人类知道什么？都是瞎猜。

那么，大石像的谜底到底是什么呢？我瞥了一眼虎斑，希望它能给我一点儿暗示。

它忽然睁开圆圆的猫眼，仿佛大有深意地盯了我一下，又兀自睡了。

哦？难道又是天机不可泄露么？

而当我们回国后，网易却爆出一条更为惊人的新闻，题目是《惊呆考古学家！复活节岛巨人头像下面居然还有更大的部分》。2015 年 7 月 29 日，网易的新闻报道说："若是要谈起世界上怀疑有外星人足迹的地方，除了金字塔之外，复活岛的摩艾石像也是赫赫有名的谣传之一。从 1722 年荷兰人发现位于智利外海的这个小岛后，神秘的摩艾石像就是考古学家们一直想不透的谜题，到底这些巨大的石像是谁雕出来的？有什么用途？又是怎么搬运到这些地方的呢？"当然，如果问题仅止于此，恐怕是没有什么新"料"的，结果，这则新闻在发了复活节岛上几尊散落的石像图之后，爆出在复活节岛巨人头像的下面，居然还有更大的部分！

本来，我们在复活节岛看那些巨大石像，就感觉够神秘的了，但是那些好奇心更强的考古学家们，却整天围着石人转呀转的，拿着铁铲不时向下探探，结果发现有些石人是有身体的！这可真是石破天惊！原来庞大的石像下面竟然还连接着身体！而且比它的头还大上好几倍！

然后就是大量的图片，当然都是在开掘现场的图片。有下探坑的深度图，有石人背部的图案，有考古人员在探坑中的工作照，照片达十数张之多！从拍摄的位置看，就在我们走过的拉诺拉拉科火山的北面的山坡。而我们可能就曾经从"他"的身边走过，那个"他"，可能就曾经被我深情凝望过，然而却不知他的身下还隐藏着如此惊人的"内幕"！

在网易发布的图片中，那个大石像下面有着长长的柱状身体，显然比其地面部分还要多出许多，就是说石像其实比我们看到的更加高大，完全是人类难以仰望的高度。

那么，只得旧话重提：已经如此高大、如此沉重的莫埃石像，到底是谁制作了他们，到底是用了什么方法、什么技术制作了他们，甚至把他们深深埋在地下？

到现在依然是没有答案。

探索大石像之谜的种种努力，不仅没能解决根本性的疑问，相反，随着这则新闻的出现，大石人的谜团好像是越来越多了。尽管科学已经这么发达，但我们如果想弄明白地球上那些不可思议的事情，仍然显得力不从心呢！

或许，真相只有猫知道。

30

原来这里真的
有一颗"地球的肚脐"

"地球的肚脐"原来是真实存在的。

从前看见这种形容，还认为是描绘复活节岛在南太平洋上的位置，上了岛才知道，还真的是有一颗真真切切存在的"肚脐"呢！

沿着南太平洋的海岸线走了不到半个小时，大概是岛上东北沿线的中段，我们就看到了一块被垒起来的石块包围着的凹地，中间有一个圆圆的、光滑的石头，直径也就是50厘米左右。我们被告知，这就是"地球的肚脐"了。

看得出，它是被特别保护的。

"肚脐"，当地语言的发音是"泰皮托库拉"，但这"肚脐"表面怎么被打磨得这么光滑呢？是人为的工具打磨？还是海水冲刷而成？在上午的阳光照耀下，它的表面泛着幽幽的银光，显然是一块很特别的石头。

小赵说，有人告诉过他，说这块大圆石头，是一位乌兹别克王子从故乡希瓦带来的，是一块有灵性的石头。那么，不妨信其有吧。当地人认为"泰皮托库拉"具有超能量，和它亲密接触一下会带来好运。于是，我们这些远道而来的东方人，都围着大名鼎鼎的"肚脐"拍了照片——零距离接触，吸取超能量。起码，我们感觉自己吸取的是正能量。

当我站在这圆圆的石头旁边的时候，似乎并没有感到这里是世界的中心，反而更倾向于另一种说法：这里不太像"中心"，却像是"世界的尽头"。你想

在复活节岛上，和"地球的肚脐"合影，岛上人认为这里是"世界的中心"。

啊，面对水天一色望不到边的海洋，身后是长风飞舞荒草萋萋的孤岛，不知怎的，会让人生出某种绝望感。尤其是数千年前生活在这里的人们，他们信息闭塞、交通不发达，难道他们没有被遗弃的感觉么？在发生自然灾害的时候，在他们面对病痛的时候，他们将是多么恐惧而孤独啊！

但是，岛上的人却是非常的快乐、热情，好像永远兴高采烈，性格开朗得很。记得我们参观第一组大石人的时候，旁边有个当地的大叔在摆摊卖特产。大叔古铜色的皮肤，长长的头发和胡子都有些花白了，他穿着亚麻布褡裢，方头大脸，很有特点。我心里一动，这形象太难得了，于是很想和他合照一张。但又担心不买人家的东西，大叔会不情愿同我照相。因为这种情况在世界各地都很普遍，要合影是需要费用的，就连我在丽江和一个闲坐在路边的大爷照相，还被索要10元呢，何况是在远离世界的孤岛上？

但我这人胆大，就上前连比画带蒙地去问。反正他不愿意，那就算我没问呗。

结果你猜怎样？我刚一试探性地提出要求，他马上就笑着答应了，特别爽快。人家帮我们按按钮的一刹那，他还做了一个叫停的手势，他赶紧拿起一个木偶，还顺手递给我一个木板图腾样的东西，笑容满面地和我摆了个Pose，显得特别高兴，特别开心，根本不在乎我没有买他的小纪念品。

阳光就那样明媚地照耀在我和他的脸上。

这是我特别满意，也觉得非常珍贵的一张照片。

"岛上的人真好啊！"我禁不住对小赵感慨道。

"他们对人特别友好。在这样的环境中，活一天就快乐一天。"

小赵要照顾大家，没时间和我聊，匆匆应了句，就往前走了。

我却忽然感到他其实说出了岛上人的生活态度。

从踏上复活节岛开始，我就觉得生活在这里的人们，有着极为独特的精神状态。那就是快乐、随性、自由不羁！这种快乐从何而来？我以为恰恰从他们的生存状态而来，从他们悲观的心理世界而来。

试想，他们祖祖辈辈生活在孤岛之上，四周是茫茫望不到边的海水，头顶是永远变幻莫测的苍穹。在过去，他们中的大部分人，没有见过来客。只有少数智者，知道在孤岛的外面还有世界，但大多数人都以为他们就是这个世界的全部。食品匮乏，生活极简，生老病死全由天命。在这样的环境中，人是不是感到孤独无助？人是不是永远对天地绝望地敬畏？人的内心是不是需要十分强大？

其实即使是现在，岛上的生活用品也都是要从外面运来。如果遇到不测风云，岛上的供给就会出现危机，如果岛上的人得了重病、急病，肯定也得不到像内陆那样全面的医治。所以，岛上人的精神底色，其实是涂满了悲伤和疑虑的。但是，岛上人表现出来的却是完全乐天派的快乐性格，反映出了人的精神层面的复杂性和两重性，同时也恰恰是非常迷人的深刻之处——正是在这样与世隔绝的空间里，在被遗落的世界中，岛上人走向了反面，练就了一副轻松的、乐天的，甚至"今朝有酒今朝醉"的心态。或者也可以这样说，人在最无奈的时候，在不能决定自己命运的时候，在未来极不确定的时候，反而会成为一个乐观主义者，他们微笑着和无所谓着，把自己的一切都交给上苍。那是一种绝望的翻版。那是一种悲观的乐观主义。

临近中午，我们在岛上的沙滩小憩。

这里的沙子是金黄的，非常干净，碧绿的椰树、金色的沙滩与深邃的蓝天相互辉映，到处充满慵懒舒适的气息。我在沙滩旁的小酒吧里买了一杯鲜榨果汁，18美元，不便宜（岛上的东西不可能便宜），但是三种新鲜的水果榨在一起，味道真是超好喝。在这里，我又一次领略了岛上人的快乐：榨果汁的姑娘，一边榨果汁，一边听音乐。她皮肤黝黑，身材高而苗条，头上戴着大大的耳机。她根本不可能能听见我说话，当然她知道我是要果汁。她一边用那双黑白分明的大眼睛示意我要的水果，一边用纤长的手指把水果放进榨汁机，一点儿都不影响她跟着音乐摆臀扭腰，一副自我陶醉的样子。我看着也是醉了。他们就是这样无忧无虑地生活，就是这样快乐到底，你能做到么？

在离开复活节岛的飞机上，我们其中的一位竟然碰上了一个熟人。他也是转遍了复活节岛后，与我们同机飞回圣地亚哥。所不同的是，人家是从澳洲的大溪地飞来，在岛上转了两天后，才飞往圣地亚哥，然后还要在智利从南到北走一遭。行程比我们长得多也丰富得多，听得我们这叫一个羡慕嫉妒恨啊。他也很"行家"地评判我们的行程安排，说我们不应该从圣地亚哥来，又从圣地亚哥走。我们此时应该去大溪地，在澳洲走走，然后从香港回国，这样才能不走回头路。有道理啊，听得我们不禁啧啧赞叹，看来真是碰上达人了。但现在说啥也是晚了。我心里暗暗嘀咕，下次要是出这样的远门，一定要先咨询专家。专家有时候还是非常管用的。

　　但是，我们此行的头儿表示，根本不可能有那么长的时间安排，而且任何安排都会得失互现，那位"达人"的说法基本属于然并卵。

　　也有道理。好吧，对于我这只"菜鸟"来说，对各位大咖都只能洗耳恭听。

　　只是这么快就和大石人"分手"了，让我感到很不满足。

　　我在心里默默问自己，我还会再来么？也许由于路程的遥远，由于时间的有限，像人们说的，复活节岛只能来一次？

　　可是我真的不会再来么？

　　没准在哪个清晨，忽然就想念了这里的海，这里的天，这里的石头？数百尊的大石像，我们才见了几十位，多数还未谋面呢。还有那卖木雕的大叔、榨果汁的姑娘，难道不要再来看看他们？任凭这美好的一切就这样孤独地漂泊在南太平洋？那多么令人不忍。后来又一想，是在后来相对冷静下来一想：我要是再来，一定会有一个比较苛刻的前提，就是有人和我一样特别喜欢和特别向往这片土地。这人还得是个旅行家、思想家、说客，最好懂音乐，爱好一致有话题，那么在他（或者她）的撺掇下，我或许脑瓜一热就跟他（她），或是带他（她）再走一趟也说不定。

　　机缘。中国人信这个。

31

闻所未闻的仪仗队音乐

今天是南美旅程中比较轻松的一天。

我们原本是打算今天浏览圣地亚哥市区的，但由于唐山人小赵的精密安排，我们已经充分利用了去复活节岛之前的时间，把该去的地儿都去了，所以今天上午就轻松了。恰好赶上了一个颇具观赏性和代表性的活动：智利总统府盛大的换岗和升旗仪式。那就必须去看一看了。

之所以说是盛大，是因为这是我们此行中观看到的唯一一次"国家级"的换岗，士兵威武，阵容华丽，观者众多，场面恢宏。

换岗的核心地带是圣地亚哥的城市中心广场，著名的拉莫内达宫前面。

拉莫内达宫是智利的总统府，1784 年

开始建造，1805 年宣布竣工，位于圣地亚哥的市中心，是一座白色的漂亮宫殿。"拉莫内达"在西班牙语里是货币的意思，因为这里原来曾是皇家的铸币厂，所以就叫了"货币"。1922 年起，智利总统以及部分政府部门在此办公，1951 年成为智利国家级历史遗迹。据说，这座宫殿是西班牙殖民者 18 世纪在智利兴建的最大建筑。

而使得拉莫内达宫引起世界关注的，恐怕还是 1973 年的那一场政变。

1973 年，智利的陆军总司令皮诺切特发动了右翼军事政变，拉莫内达宫成了他军事进攻的主要目标。当时，广场前炮火猛烈，宫殿遭到大规模空袭，总统萨尔瓦多·阿连德在被叛军包围的情况下，手持武器与 30 多名总统卫队战士一起顽强抵抗，直到最后寡不敌众，饮弹自尽。也有一说是被枪杀。总之，这位在 1970 年经民选而上台的总统，就是死在了这座楼上。因为要戒严，我们只是在外面看了看总统牺牲的那间房间的窗户，不能入内参观。这位总统的铜像目前就矗立在广场的左侧，供人们瞻仰。据说 1973 年 9 月 11 日政变后，参与政变的智利军人们将阿连德的遗体经东门运出总统府，从此东门关闭，再未打开。直到 2003 年，智利政府才在拉莫内达宫举行了隆重的仪式，重新开启东门。从此东门也被命名为民主之门，以纪念这位把生命献给了国家的阿连德总统。

而一个一直让人们心照不宣的秘密就是：在这场令世界震惊的政变中，始终飘荡着美国中央情报局的阴影，而且这也是人们津津乐道的政治话题。

美国一直对"亲左"的阿连德政府耿耿于怀。在后来的解密资料中，有一份美国国家安全委员会执行秘书西奥多·埃利

奥特起草的，并递交给该委员会的文件。这份文件，正是 1970 年阿连德当选的当天提交的，题目是《关于智利的选择》。据说这份文件有 15 页之长，文中详细说明了阿连德政府对美国的危险性和所应采取的"行动方案"。文件中这有这样的原文："……A. 阿连德准备在智利建立一个以马克思主义原则为指导的集权制度。将把所有主要经济活动置于国家控制之下，甚至会把基础工业国有化。B. 赢得对安全力量和武装部队的控制。C. 控制群众性通信媒介。阿连德是个马克思主义者，将非常忠于自己的马克思主义目标，尽管他在战略上可能是一个现实主义者。"文件认为："阿连德政府将有极强烈的反美倾向。智利可能变成拉丁美洲反叛分子的避难所，变成其他国家的颠覆分子的

智利军乐团的古典与流行音乐"串烧"，让人忍俊不禁。

舞台……最后肯定会争取包括北越（作者注：越南民主共和国）、中国、北朝鲜和东德等社会主义国家的承认并与它们建交。"文件建议尼克松政府："保持对智利的谨慎的温和态度，这样，在最大限度地利用机会以实现我们的目标的同时，我们就会对智利保持和施加影响，就会有相当的灵活性和主动性。"后来人们分析，文中"我们的目标"的说法，实际上就包括了美国正在策动的军事政变。尽管这个说法一直没有被美国的官方认可。中情局一位发言人在公布这些解密文件时说，中央情报局的一切秘密行动都是"按照白宫和情报机构政策协调委员会的指令"进行的。但他也承认，"美国政府在这一时期同意采取的行动加剧了（智利）国内政治的分化，从而影响了智利民主选举和法治的正常进行。"

现在，不管美国政府不认账也好，还是后来皮诺切特实行的独裁统治也罢，20世纪70年代的那段血雨腥风的历史毕竟远去了。时间掩盖了一切。时间也改变了一切。没变的是矗立在广场的拉莫内达宫，在多次大规模修复之后，安详端庄，风华依旧。它此刻不仅是总统府，智利的内政部、总统府秘书部和第一夫人办公室也都在这里。在没有国事活动时，整座宫殿都对游人免费开放。

我们来得不巧。因为在举行换岗仪式的时候，总统府及广场是要戒严的，所以我们不能进总统府参观。

智利总统府的换岗仪式每隔48小时举行一次，每次的时间是当天上午的10点至10点半。总统府卫队和仪仗队，一般要从总统府左侧的街道大张声势地走来，行进至总统府门前的广场进行仪式。仪式结束后，部队再从总统府右侧的街道走出去。因为有小赵这个"内线"，我们就先到左侧的街道等待。这样能在第一时间看到仪仗队，以及吹奏着乐曲的浩大的军乐团，还有骑着高头大马的威风凛凛的骑兵队。不到 10 点，广场的士兵开始拉起了移动铁栅，进行清场。人们都很自觉地退出广场，站到四周。

最后，只有唯一的一条在广场中央睡觉的流浪狗不肯起来。广场已经清场，那只狗就越发显眼。我看到那位负责清场的士兵，蹲在狗狗面前，似乎在对那条黄色的柴狗说着什么。我来设计一个台词吧："亲爱的，起来好不好？等办完了仪式你再回来睡好么？"狗狗对当兵的卑微的态度理都不理，照睡不误。舒适的表情也像吟诗般的："我不管那么多。阳光如此温暖，你竟让我离开？否。"反正那狗狗睡得是纹丝不动。广场四周的人们，看着这样的场景也都觉得有趣，禁不住笑起来，纷纷掏出手机拍照。穿着军装的帅哥，最终也拿狗狗没有办法，只好站起来独自悻悻而去。看来，他不能干扰一只流浪狗在圣地亚哥的幸福生活。

在近正午的阳光下，圣地亚哥广场一片空旷，就剩下了一只熟睡的汪星人。

忽然，隐隐的军乐声传来，人群开始骚动：

"来了！来了！"

果然从左侧的街道传来铜管的吹奏声和嘚嘚的马蹄声。广场上的很多人都朝声音方向聚拢，但是有点晚了。我们已经事先占领了最佳位置。

"哇！好帅的仪仗队！"

走在前面的是敲着小军鼓的帅哥。他们身穿白色军装礼服，金色佩带，咖色裤子和长筒皮靴，头戴硬壳大檐帽，帽檐下是一双双深邃的眼睛——人家就长那样，每个人都是大眼睛高鼻梁，深蓝色或灰色的瞳孔在俊朗的脸庞上显得格外英俊。他们就这人种，咱们就一起呵呵吧。军鼓后面是大鼓，其后就是庞大的管乐团。大号小号圆号、黑管木管长笛，总之管乐的配置看上去很全，亮闪闪被军官们扛在肩头，一边威武行进，一边发出震耳欲聋的声音。军乐团之后，是行进的仪仗队。仪仗队后面还有骑兵，骑兵们英姿飒爽，骑的都是棕红色的高头大马。一看就是训练有素的马儿们，有条不紊地迈着小步，和着音乐的节奏走进广场。整个队伍目测有两三百人之多，在广场上站成了"U"字形，蔚为壮观。

那只睡在广场中央的流浪狗，却不知在何时没了影儿。

在司仪官的号令下，隆重的换岗仪式开始了。先是列队，喊口令，然后上下枪，一个个威武雄壮。马也立正不动，同是威风凛凛的样子。广场很大，场面也很庄重华丽，很具观赏性。在整个换岗过程中，军乐团一直没有停止过演奏。但非常有意思的是，军乐团的曲目，可不是雄壮的进行曲或者别的什么军乐，而是编排芜杂的乐曲大连奏，演奏也非常随意。在那个壮壮的大叔级军官的指挥棒下，忽而是人们耳熟能详的古典乐曲，忽而是轻松的流行音乐，忽而又是带有爵士风的现代音乐，总之完全不是我们想象中军乐团演奏的音乐，听得人忍俊不禁。

"这换岗的仪式，怎么配这样的音乐啊？"我不禁对同行感叹。

"那有什么？"同伴耸耸肩膀，"也很好听啊。说明人家不拘一格，也是创新呢。"

好吧，观众们都这样宽容，我这"准专业人士"也就没啥可说的啦。

32

登上圣地亚哥的发源地

圣露西亚城堡——据说这是圣地亚哥的发源地。每位到圣地亚哥的外国人，似乎没有理由不去这里看一下。

城堡就建在圣露西亚山上，是圣地亚哥市著名的风景区。山非常小，只有 230 米高，山峰秀丽而尖削，感觉比北京的景山还要小一些。但据说，圣地亚哥城不仅依这山形成了最初的雏形，而且这里也是整个智利境内第一座城市的发祥地。这样说来，参观这座山的意义还显得重大了一些。

圣露西亚山，西班牙文写作 Cerro Santa Lucia，显然这又是殖民者的命名。它是由西班牙的殖民者彼德罗·德·瓦尔迪维亚（Pedro de Valdivia）命名的。那是在 1540 年，瓦尔迪维亚从已经被征服的印加帝国（也就是我们刚刚去过的秘鲁）出发，沿着太平洋的海岸线南下，以一种睥睨一切的目光，审视着那些未被开化的土地。在这年夏天的一天，他来到了安第斯山脚下。忽然，他发现了一个气候宜人、花草丰美的谷地——这就是圣地

亚哥城的所在。当然，那时候这里还没有城市，人烟稀少，是个准荒原。但他觉得谷地上这座秀丽的小山不错，于是在这里驻扎下来，让自己的骑兵抓来当地的土著，在山上面开始修建城堡——最初当然是军事用途的城堡，方便瞭望四周的情况。

他想，山虽然小，总得有个名字啊？

当然这山在当地或许是有名字的，但他不管。那种稀奇古怪的发音，他才不喜欢。于是他想了一个美丽的名字：圣露西亚。他宣布，从现在起，这座小山就叫圣露西亚山了，这个带着明显的西班牙风情的名字，才和这里的美景比较搭。当然，山的名字一直叫到现在，也是这山的唯一的名字，以前它叫什么或者有无名字，早已经成了历史。就像风消逝在空气里一样，没人关心了。

圣露西亚城堡，就修建在圣露西亚山上，而且也能够在此俯瞰圣地亚哥的全貌。

对于这个入侵者，也是殖民者巴尔迪维亚，智利人是又爱又恨。他既是疯狂的侵略者，又是圣地亚哥市的奠基人。这个西班牙人入侵南美洲后，几乎是长驱直入的。他占领圣露西亚山的时候，仅仅带着 150 名骑兵，但却将原来生活在这里的大批印第安人杀得所剩无几。可以想见当时西班牙人是多么残暴。但从此，瓦尔迪维亚带来了欧洲人，带来了生活和建设，带来了圣地亚哥城，也带来了文明和兴旺。据说，圣地亚哥有 90% 的人口，都是西班牙和其他欧洲白种移民的后代。他们的美屋，他们的马车，他们的教堂以及他们的文化，使得圣地亚哥成为今天这座美丽得让人流连忘返的城市。而对于瓦尔迪维亚，这个残忍的刽子手和热情的建造者，圣地亚哥人似乎已经不在乎别人怎样评论他的功过了。

只是，在圣露西亚山下的市政厅前还保留着一座他的雕像。你如果经过那里可以稍微驻足：功勋卓著、人性凶残、雄心勃勃、血雨腥风……你甚至可以用想到的任何词来形容他，随便你想吧。

或许也就是由于这种历史原因，这座被殖民者命名的小山，事实上是智利人眼中的一座凝聚着复杂感情的值得瞻仰的山。

圣露西亚山虽然很小，但整个圣地亚哥都是依傍它建造的。或者说，整个圣地亚哥都在这小山的眼目之下。我们拾级而上，高大的棕榈树挺立在路旁，艳丽的鲜花点缀其间。郁郁葱葱的树林仿佛给整座小山穿上了美丽的外套，浓浓绿绿的看着非常舒服。路边还有形象生动的石雕小童，怀抱着的瓶中清流汩汩，不知道是天然的泉水还是人工压上来的自来水。山腰的小平台上点着长明火把，山坡上还建有美洲民间艺术博物馆。进得山门，一座正在用铁锹挖地的黑色铜雕很能吸引人的眼球。他面容消瘦，弯腰

铲着脚下的泥土，眼睛却望着前方，好像在观察着什么。据说这是为了纪念最初在这里垦荒的士兵。事实上，参与圣露西亚山建设的，肯定不止远道而来的西班牙人，还有大量的当地土著。但是，纪念的只有士兵，而没有印第安人。

山上有许多花草树木，这些都是后来慢慢有的。从1872年开始，圣地亚哥市政府就对圣露西亚山进行了花园式的改建。他们向山上运送了大量的植物土，种植了千姿百态的棕榈树、仙人掌、耐旱的花草等，并从欧洲运来了精美别致的人物雕像、喷泉、路灯、石雕花瓶等作为装饰，使得这座袖珍的山峰越发花团锦簇、古木参天，有了一种精致的美。

在圣露西亚山的山顶，可将圣地亚哥市尽收眼底：圣地亚哥市中心的繁华地段，总统府、大教堂、圣地亚哥剧院、国立图书馆和智利大学都可以看到。而圣地亚哥最出名、最重要的街道奥希金斯大街，正位于圣露西亚山脚下。从山下延伸出去一条条道旁，也建造了越来越多的房屋，圣露西亚山宛如一条纽带，串联起密如蛛网的大街小巷，通往四面八方。

在圣地亚哥，我们还真的逛了几条小巷，发现这里商业还真挺发达，明显与其他地区不同。大小店铺一家挨着一家，商品也算是琳琅满目。但对于来自改革开放大国的我们来说，智利商店里的东西还缺了一点儿诱惑力。而且，因为智利的关税比较低，造成了日本、美国、法国等外国品牌随处可见，但这些东西在中国也同样是随处可见，甚至更多些，所以没什么吸引力。智利本国的货品倒是寥寥可数，搞得我们到底也没看到智利有什么特别值得买的。据说智利的铜制品非常不错，但我似乎没有找到卖手工艺品的地方。或者是时间太有限，或者是智利对自己民族工业不够重视？不知，也就不妄加评论了。让我们在智利感觉收获还不错的，是一组在圣露西亚山上下拍的照片。我的一条长长的粉色基调的纱巾成了道具，让我们几位女生由着性子在山下的小广场肆意挥舞，留下了很多珍贵的镜头，风景和造型都可圈可点。

圣露西亚山还有一个别称：情人山。据说每到傍晚，圣地亚哥的年轻人常常来此约会，环境好，地形也好，确实是幽会的好地方。但约会不属于我们，我们是要在傍晚前离开的，我们这些远方的过客，大概是无缘体会圣露西亚山在夜色中散发的迷人的暧昧气息了。

下山吃饭去。

此时，也是阳光即将下山之际。把在智利停泊的最后一站选在这里，不错。阳光和心情都正好。

33

布宜诺斯艾利斯
——南美的巴黎

　　带我们在布宜诺斯艾利斯转悠的，是一个小帅哥小杨。

　　说小杨是小帅哥不是客套，他真是一个特别帅的小伙子，祖籍上海的他，有着江南人的精致的面庞，轮廓也鲜明硬朗。但他是华裔阿根廷籍，从小就生在长在布宜诺斯艾利斯。他说他的父辈就在阿根廷扎根了，所以他应该算是"土生土长"的阿根廷人。别看他一副东方面孔，但他那一口漂亮的西班牙语特别流利，人也是非常麻利行动如风。昨晚，就是他带领我们顺利入关，今晨，也是他将领着我们游览布宜的风情。

　　布宜诺斯艾利斯，在西班牙语中写作

Buenos Aires，意思是"好空气"或"顺风"，挺吉祥的寓意，不是么？只是这名字有点长有点拗口，所以一般大家都简称为布宜，或布宜诺。其实，即使是大家都觉得名字已经不短的布宜诺斯艾利斯，也不是它的全称，布宜的全称是"圣迪西玛特立尼达德圣玛丽亚港布宜诺斯艾利斯"，中文是 21 个字，咋样？要是天天这样叫，你会崩溃吧？这个名字也是世界上最长的城市名字。为了简单上口，人们便叫它布宜。

　　布宜是阿根廷最大的城市，面积有 200 多平方公里，人口 1200 多万。作为首都，它当然也是阿根廷的政治中心以及经济、科技、文化和交通中心。同时布宜也是一座十分欧化的城市，它的别称是"南美的巴黎"。不用说了，这座城市里的居民，几乎都是欧洲移民的后裔，原先的纯粹土著几乎已经绝迹，代之而起的是风情万种的欧罗巴人种在这里繁衍。而且，布宜的城市布局、街景以及居民的生活方式、风俗习惯、文化情趣等，都和欧洲的相似度极高。在这座城市的中心，是著名的五月广场。五月广场虽然不大，却被阿根廷人视为共和国的神经中枢。因为在 1810 年 5 月 25 日，阿根廷人在这里宣布脱离了西班牙殖民者的统治，从此开始了建设独立国家的进程。这个拥有 400 年历史的广场，不仅是布宜诺斯艾利斯市发展的历史见证，也是阿根廷共和国独立的纪念地。五月广场中心矗立着 13 米高的金字塔尖形纪念碑，这是为纪念在 1810 年五月革命中献身的爱国志士而修建的。1815 年 5 月 25 日揭幕时，在纪念碑前通过了拉普拉塔联合省（阿根廷的前身）独立规约。1816 年 7 月 9 日在这里宣布了拉普拉塔联合省《独立宣言》。因之还有了著名的七九大道，据说这条道路也是世界上最宽的街道，虽然它只有4.6千米长，却有148米宽，2条隔离带把它分成3条双向6车道共18车道的超宽道路。我们有幸也在这条路上观光了一下，当然，还是没有我们北京的长安街宽阔敞亮。

但是，五月广场的纪念碑还是比较有特点的。它的基座是两层的，一个长方体加一个锥体，长方体的碑座上刻着花瓶的浮雕，两部分的衔接处刻着"25 MAY 1810"的字样。据说在1856年，阿根廷著名画家、建筑师普利里蒂阿诺·普列伊顿对此碑进行了改建，在碑尖上竖起一座自由女神塑像。这位自由女神和美国的那位高擎火炬的不一样，她是右手拿矛，左手执盾，以一种比较潇洒的姿态立于碑尖。我只是想，当时普利里蒂阿诺塑造她的时候，有没有想过那么尖的碑顶如何立足？女神穿着长裙，完全遮掩了她足部与碑尖的衔接，所以人们无法看到她的脚在什么位置，大概也稀释了可能产生的疑虑。后来我仔细分析在纪念碑下拍的照片，发现艺术家是把碑尖的尖切平了，制造出了一块小小的平地，才使得他们的女神有了立足之处。但我怎么看，都觉得女神的表情不是很轻松，她肯定是觉得自己站的地方有些逼仄，呵呵。但无论如何白色大理石的纪念碑还是蛮漂亮的，纪念碑四周的景色也是蛮漂亮的。绿茵茵的平整的草坪，姹紫嫣红的花卉，清澈晶莹的喷泉，明媚温暖的阳光，都使得整个广场充满了优美安闲的情调。

和五月广场一样，布宜市内的绝大多数广场都以重大历史事件和人物的名字命名，这种命名法还应用于街道、公园、博物馆、纪念碑等。塑像就更不用说了，在五月广场纪念碑的旁边，就矗立着一座青铜雕像——一位威武的将军骑着一匹骏马，造型健美。这座雕像就是五月革命的领导者之一、国旗创制人贝尔格拉诺将军的铜像。将军的对面，就是著名的玫瑰宫了。玫瑰宫在五月广场的东侧，因为整座宫殿是漂亮的玫瑰色而闻名，它现在是阿根廷的总统府。

玫瑰宫的建筑历史挺长，貌似可以追溯到 1594 年：据说那年有位名叫费尔南多·奥蒂斯·撒拉德的将军，在此地主持修建了一座堡垒。大约一百多年后堡垒做了改建，占地也增加到一公顷，还在四周挖掘了壕沟来增加堡垒的安全性。因为这个城堡一直担负着西班牙统治者行政指挥中心的使命。而在阿根廷五月革命后，阿根廷第一任总统里瓦达维亚则对堡垒进行再次改建，并将它作为总统府。也就是从那个时候起直到现在，城堡一直作为阿根廷的首府，只是它作为玫瑰宫的形象确定下来是在 1850 年。那时候的城堡已经可以称为宫殿了，因为它已经拥有了带拱门三层组合大楼，东楼加上地下一层成为四层。当时，是担任阿根廷总统的多明戈·萨尔缅多，建议把总统府的外墙涂成了粉红色。据说选择这种颜色是为了调和当时两大党派的纷争，但对它的真实性也没有人考证。而有一点是确定的，就是从它被涂成粉红色开始，各届政府就一直沿用了这个亮色，从未有人再提议改变。因此，阿根廷的总统府也就有了玫瑰宫的美名。

我很奇怪，玫瑰宫的这种粉色，似乎很牢靠。按说浅色系的外墙，很容易在日晒雨淋中脱落或变色，玫瑰宫却鲜艳无比。"它是经常被粉刷么？"我问小杨。

答案是"并不"。

　　小杨说他在布宜生活了这么多年——大概他有二十七岁，我猜，他也没见玫瑰宫粉刷过几次，说明这颜色是比较持久的。

　　"那这种涂料应该是很厉害的，不是立邦漆吧？"我半开玩笑地说。

　　"应该不是。"小杨很认真地回答，并且说，"我明天问一下这是什么颜料，然后告诉你哈！"

　　我有些感动。我不过是随口说说，小伙子的负责劲儿让我看到了他的素质。一下子对小杨的好感多了起来，以至于后来他给我们介绍和推荐玫瑰精油时，我明明不是很需要，但还是很高兴地买了几瓶。以至于……到现在也还没有用呢。人有时候就是这样，感

玫瑰宫前面是贝尔格拉诺将军的青铜雕像。他是阿根廷五月革命的领导者之一，同时也是阿根廷国旗的创制人。

阿根廷也有大量的涂鸦爱好者。在布宜市有专门的可以涂鸦的场地，一般在小巷或立交桥下等比较偏僻的地方。

在布宜市也经常可见道路
拥堵的情况。看来堵车是
一个世界性的问题。

情分的确可以高于理性，感情动物嘛。

　　小杨后来果然告诉我，在玫瑰宫的涂料中，按比
例加入了牛血、猪油等物质，这样它的外墙才保持了
鲜艳的颜色，而且不易褪色，这是阿根廷匠人的秘方。
他还说，现在宫殿的地面两层是总统府，地下一层是
博物馆。博物馆陈列的主要物品，是历届总统的塑像
以及他们颁布的重要法令和公告、政府重要文献以及
其他重要历史文物等，如果有兴趣可以去看一看。

　　办事有效率，头脑很灵活——我这样评价小杨。
我发现我喜欢这个聪明年轻的"阿根廷人"。

34

阿根廷，你还在为她哭泣么

说实话，与参观玫瑰宫相比，对我更具吸引力的是去看贝隆夫人发表演讲时所在的那扇粉红色的窗户：这才是我的兴趣所在。

那扇惊世的粉窗，它在哪里？

经过小杨的指点，才知道被世人广泛传颂的粉窗，原来并不是一扇粉窗，而是带有粉色栏杆的小阳台。据说，贝隆夫人是喜爱演讲且具有非凡的演说才华的，她就是在这里向她的臣民们发表了激动人心的演讲。当然，是窗户或者是阳台，都不是很重要，重要的是：她竟是这样一位充满传奇色彩的女性，这样一位几乎是阿根廷化身的女性，这一点实在是太让人着迷了。

其实，她的一生很好概括：她出身卑微，她是私生子，她身材瘦小，她美丽异常，她做过舞女、酒吧陪酒女、妓女，她当过主持人、演员、封面女郎，她

阿根廷家族墓地。贝隆夫人的墓就在这里。据说，贝隆夫人的墓非常好找，因为她的墓前永远都摆满鲜花。

有出色的气质和良好的口才，她是雄辩家也是政治家……当她和贝隆相恋之后，这对政治情侣，不遗余力宣扬"民主、自由、平等"的理念，在阿根廷掀起了强劲的政治风暴。贝隆入狱沮丧之时，她慷慨激昂地走向街头，率领民众高呼着贝隆的名字游行，使得当局不得不释放贝隆；当贝隆上校正式当选为阿根廷总统后，她神采飞扬地奔走于工厂、学校、医院、孤儿院之间，为提高阿根廷的社会保障、救济、劳工待遇、教育水平等问题而马不停蹄。她永远站在穷人的一边，致力于改善人民生活，她积极维护女性权益，为女性争取到了选举权，她的声望甚至超过了她的总统丈夫，不少阿根廷的少男少女们将她视为偶像，她的画像与耶稣像并排贴在许多人家的墙上。她活脱脱地几乎就是一位女神！特别是在她失去副总统的提名之后，她为阿根廷策划了长达数月的欧洲出访，她神采飞扬地抵达了欧洲各国，美貌得体，风采迷人，为阿根廷的外交史写下了光芒四射的一页。欧洲媒体将她此次的出访称作"彩虹之旅"，同时，"贝隆手中的王牌""阿根廷玫瑰""苦难中的钻石"等光环，也纷纷笼罩在贝隆夫人的头上。但是，这一划时代的举措，却是她人生的最后光环。彩虹之旅刚进行到一半，她便患病住院，她得了子宫癌。她的生病，曾经在阿根廷国内引起了巨大的恐慌。人们纷纷走进教堂，为她祈求平安，成千上万的女孩取了她的名字：艾薇塔——阿根廷女人的象征。

可是，人们的祈祷并没有留住她的生命。1952 年 7 月 26 日，阿根廷第一夫人艾薇塔·贝隆走完了她年仅 33 岁的人生。据说她逝世那天，整个阿根廷都笼罩在浓重的悲痛之中。人们停止了

一切工作学习和生活，从四面八方涌向布宜诺斯艾利斯。政府宣布全国服丧，70万人向她的灵柩致哀，有人当场哭晕过去，16人因挤撞而丧生。从此，阿根廷的7月26日就永远属于这一个女人了。

此刻，贝隆夫人演讲的阳台，就在我们面前……

想到贝隆夫人，你可能会和我一样，还会想到麦当娜演出的那部电影和那支脍炙人口的歌：《阿根廷，别为我哭泣》。"Don't cry for me，Argentina, the truth is I never left you"，这如泣如诉的优美旋律，相信能击中很多人的痛点。当年的麦当娜更是凭着精湛的演技和美妙的歌喉，把贝隆夫人的形象塑造得光彩照人。她把一个下层女子到总统夫人的完美蜕变，

玫瑰宫，二层左边第二个阳台，据说就是贝隆夫人发表演讲的地方。在这个带有粉色栏杆的小阳台上，贝隆夫人展示了非凡的演说才华，也向世界证明了她是一个伟大的女人。

把一个穷人的代言人成为民族精神领袖的过程，用几支歌曲就表达得淋漓尽致。或许也是因为这位传奇女人的影响力，电影《贝隆夫人》引起了巨大关注，还获得了第69届奥斯卡金像奖（1997）。不知是麦当娜演活了贝隆夫人，还是贝隆夫人成就了这位明星，总之，这部电影让麦姐在影坛、乐坛都风光了一把。

艾薇塔生命的结局，比起她的出生不知要光彩了多少倍。她33年的人生，点燃起了一个国家的狂热，并在其后几十年，一直延续着人民对她的怀念，我不能不说：这真是上天赠予阿根廷的一个奇迹！据说贝隆夫人去世后，她的遗体被保存并陈列在一个纪念馆中。而没有了贝隆夫人的贝隆，也就不是贝隆了，他

麦当娜主演的电影《贝隆夫人》获得巨大成功。她演唱的《阿根廷，别为我哭泣》更是家喻户晓，成为乐坛上一支久唱不衰的好歌。

贝隆夫人像。

的声望和政治生涯迅速萎缩，终于在 1955 年的军事政变中被推翻。贝隆一倒，贝隆夫人的尸体首先被运往意大利米兰，16 年后又被移到了西班牙。1973 年，贝隆返回阿根廷再次当选总统，可惜仅仅一年就去世了。这时，贝隆夫人的遗体才运回了阿根廷，后来葬在她父亲家族在布宜诺斯艾利斯的墓中。"阿根廷，别为我哭泣！"可是，好像自从贝隆夫人离去后，整个阿根廷都始终为她而哭泣。但我觉得阿根廷其实应当为她骄傲，她值得阿根廷为她骄傲。我非常欣赏她的这样一句话——据说当她知道，她本来想嫁的伯爵娶了别的女人的时候，并不十分悲伤，而是淡淡说道："能成为伯爵夫人的女人有很多，而我只有一个。"

这样的女人，难道不令人为她骄傲么？

你可知道这世界上有太多的女人后来都成了别人的女人，有几个能做成自己？

35

在玫瑰公园里寻找诗歌

布宜市著名的钢花。没人知道它是仿照什么花做的，那我就把它当作原产地在美洲的鸡蛋花吧！

看来阿根廷是盛产玫瑰的，所以布宜市里与玫瑰相关的东西特别多。店里的精油、餐厅的酒品、街头的花朵，包括这家开在市中心的玫瑰公园。

玫瑰公园并不是很大，但整座园子比较精巧。因为它的位置四通八达很方便，所以是布宜市民和游客都比较爱去的一个地方。园子里有许多不同的玫瑰花圃，据说在玫瑰绽放的时候，满园芬芳，煞是美丽。可惜此刻已经过了花季，但园里层叠的花坛、弯曲的小径、白色的藤萝架、清冽的小湖……照样美丽，引人遐想。

在来玫瑰公园的路上，我们跟着小杨来到了女人桥。这座桥是新建筑，2001 年才落成，之所以让我们去看，是因为其设计巧妙，造型精美，风格独特。

"你们看这桥像什么？"

小杨很善于卖关子，他一边大步流星地领着我们过马路，一边热情笑问。

"什么？一座白色的桥而已呀，没看出来像什么。"

这时大家已经走到了桥头，站在那里左右端详，真的没有看出什么名堂。

"现在太近了，"小杨说，"不太好看了。等走过了桥，你们回头再看，看看谁能看出这桥的特点。它像一个东西，女人用的东西。"

像女人用的什么东西？大家一听都来了情绪，大步流星赶紧往前走，几乎几步就跨过了女人桥。虽然这桥是由西班牙著名的建筑师圣地亚哥·卡拉特拉瓦（Santiago Calatrava）设计的，但它真的只能算一座"小桥"：全长只有160米，宽6.2米，大概比北京常见的立交桥都要小。但它的造型还是比较有特点的，桥身通体白色，一支尖尖的白色箭头指向天空。其结构就是两条简洁的线，一条横跨河的两岸，一条从桥的中央斜射出去。但我真觉得没有期望中的惊艳，心里也就给它打个70分。

等我们怀着极大的好奇心走过了女人桥，还没有来得及仔细观察呢，小杨已经在那里公布"答案"了：

"看出来了吧？这桥的造型就像一只女人的高跟鞋。"

人的想象力是需要诱导的。经小杨这样一说，大家当然也就向"高跟鞋"的方向想象着，于是纷纷觉得真像。只是这鞋子的跟，真的足够高，穿这鞋的女人大概也不是一般的女人，或者就是阿根廷的探戈舞女郎吧。但不管穿这鞋的是怎样的女人，并不妨碍这桥的"技术含量"：女人桥可以移动。当有渡轮需要经过的时候，桥身可以以"高跟鞋"的鞋跟（桥墩）为支点，作一个90度的旋转。这时候桥的中央会被打开，让船只顺利地从河上通过。想必这也是一个很壮观的场面吧？

女人桥不远处是布宜的另一个标志性景点：金属花，也称钢花。说白了，就是几片硕大的不锈钢做出的花瓣，组成了一个花朵的样子，简简单单地绽放在一片空阔的草地上。每片花瓣大小不一，椭圆形，亮闪闪地"开"在明媚的阳光下。在满目的大树和绿茵的衬托下，这银色的花朵倒也算是出众。或者，这就是南美洲著名的鸡蛋花吧？鸡蛋花在我国的海南比较多见，其实它的原产地就在美洲。这种落叶灌木或小乔木，花朵的形状很好看，就是这种椭圆的五个花瓣的花。鸡蛋花的外面是乳白色，中心是鲜黄色，可算是一种非常耀眼的颜色，而且味道清香优雅。这钢花的形状与之相近，而且又是产地，那么，我就当它是鸡蛋花吧！

其实，与布宜市里那些几个世纪前西班牙和意大利风格的古老建筑相比，我更喜欢这里的绿色，尤其是这里的树。在宽阔的街道旁，在林立的高楼间，经常能看到参天的大树。就在离开钢花公园不远，便有一棵树冠巨大的老槐树，看那样子足有四五百年的历史。在它硕大的华冠下，正午的阳光正从树叶的缝隙处温暖地泼洒，满地都是树影的美丽的斑驳，照出照

玫瑰公园湖边的长廊。

片来别有味道。那样的大树，没有几百年的涵养是长不成的，没有几代人的维护恐怕也是长不成的。回想北京，这样的树真是少而又少了。而绿树成荫，不仅是城市应该有的魅力，也是人们的生活所需、生命所需啊。

非常遗憾的是，在我们的城市快速发展和扩充中，老树几乎都不见了。我们得到的和看到的只是水泥森林。后来补栽的树也是速生品种，长得快，没分量，历史的含量显然也是非常非常单薄了。北京的历史不可谓不长，但城里若是没有了老树的身影，让人们去哪里品味城市的年轮？

不说了，还是来看看人家的玫瑰公园吧。

玫瑰公园让我们心情愉悦。在喧闹的城市中，能有这样一片清幽之地，不能不说是一种福分。这座玫瑰园过去是阿根廷的皇家园林，是专为皇亲国戚们修建的休闲胜地，后来才改为公园，难怪能有这样一个优越的地理位置。

玫瑰园内的湖中还有一个小岛，叫不上名的各种水鸟，在水中或岛上旁若无人地嗝啾。游人很少，水面也很静。很多古老的树木的倒影就那样静静地印在水上。又是老树！花园中的老树，除了虬枝苍劲，给人以独特的美感之外，恐怕还能证明的就是岁月了。老树的边际效应，是它总让你联想起时间，联想起人世间的沧桑变幻，联想起你不能证明但它却可能见证了的一切。为什么有的人愿意来生做一棵树，肯定也是老树的独特魅力所致吧。

而玫瑰园最吸引我的，是园里还有一个小小的雕塑园。那里面是个大大的草坪，矗立着一块块长方形的与人同高的石碑，石碑上面是人的半身雕像，碑上刻着长长短短的诗句。原来，这

是一座诗人园（The Garden of the Poets）！美丽的玫瑰花丛里，飘散着动人的诗歌，立时觉得这小小的公园里有了浓厚的人文气息。

诗歌园里有几十座高高的雕塑，每一个雕塑都代表着一位阿根廷的著名诗人。我们眼前的这位，正是曾经担任过阿根廷作协主席的诗人博尔赫斯。博尔赫斯在中国是鼎鼎大名的。别看中国和阿根廷相距万里之遥，国内不仅曾出版过他的诗歌集《另一个，同一个》，而且还培育了一大批"博粉"，其中不乏当今文坛上的名人。很多人都毫不讳言，说自己的写作受到了博尔赫斯的影响。但据说他写得最好的诗集是《布宜诺斯艾利斯的激情》，可惜貌似还没有中译本。在他的雕塑下，刻着几句西班牙文的诗句，不知是否是"布宜诺斯艾利斯的激情"。

当然，诗人园里并不仅仅纪念着阿根廷的诗人，还有一些来自世界各国的著名诗人和诗句。遗憾的是，不知道有没有选择中国的诗人。时间也不允许我们细细寻找，所以至今我仍然不知道中国有哪一位诗人能站在这遥远的彼岸代表着汉字的诗歌。

36

流连在世界上最美的书店

著名的雅典人书店，据称是布宜市最美的，也号称是世界上最美的书店。

对这样享有盛名的书店，我们是不会错过的。车子一到书店门口停下，我们就赶紧加快了脚步。

进了书店，不由得惊叹起来。原来这是一座老剧院改造成的书店，难怪它的格局与其他书店就是不一样，感觉好像走进了一间豪华的剧场。

整个书店分为三层，满满是富贵的紫红色。剧院内原有包厢、雕刻、戏台上的深红色幕布，都还保存完好。只是中间书架林立，原先的观众坐席散发着阵阵书香。高大的舞台，变成了读者休息的地方，还

雅典人书店一角。

在这样的书店里，即使只是翻一下书，也是幸福的。

可以上去喝咖啡、吃点心，也可闲坐读书。包厢则变成了一个个"迷你"阅览室，很多人在里面静静地挑选和阅读着自己喜欢的书籍。按说，剧院应该是喧闹的地方，但一个喧闹的地方忽然变成了必须安静行事的所在，在一个看别人表演的场所，你却开始旁若无人地深入自己的内心。当你踏上那高高的舞台，在咖啡座入座，点一杯拿铁，悠然享受这奢华的阅读的时候，你真的会有一种错位的感觉：你仿佛正在把自己中意的人生在他人面前表演，却又仿佛一派自然，没有一丝痕迹。

这感觉真是奇妙。

因此，书店虽然豪华，却毫不浮躁，反而显得大气庄重。

书店真的足够大。营业面积有 2000 多平方米，在南美洲绝对是第一。在全世界，貌似是排第二？当然，据说现在的"最大书店"在中国，是 2004 年在深圳开业的深圳中心书城，它的总

建筑面积超过了 8 万多平方米，经营面积也达到了 3 万平方米，为当今世界上单店经营面积最大的书城。但雅典人书店的拿人之处，不只是大，而是美。一种把文化表现在细节里，把高贵体现在风格上的几乎无可匹敌的美。我想，这是深圳中心书城那种干巴巴摆满了单排书架的"商场"所不具备的。

这座书店的前身，是由大建筑师皮罗和托莱斯·阿蒙戈于 1860 年为阿根廷女王玛斯·格鲁克斯曼所建造的歌剧院。也难怪它这么漂亮，因为把剧院盖得漂亮和奢华，非常符合女王所需的气质。有人说"建筑师的任务是给予结构以生命"，这句话用在雅典人书店上真是恰如其分。华美的穹顶，典雅的壁画，在回廊的弯曲中显得越发高大庄严。明亮的吊灯，金丝的帐幔，又给高大的书店增加了些许神秘。在看书的时候不经意地一抬头，壮美的穹顶中仿佛忽闪着天使的翅膀，尤其是在二楼的包间往下看，真的像是置身在书的天堂。我们很庆幸没有错过这家书店。虽然书店中几乎没有一本中文书，我们还是在各种书籍中翻看，流连忘返。与其说是看书，不如说在感受这里的书香以及书店的精神气息。我们其中的一位女生，居然发现了她朋友写的书，当然是英文版，兴高采烈地买下。在这样的书店里，无论读书或者买书，都显得是一件非常"高大上"的事情。

出得书店，夕阳正好。我都觉得可以不吃晚饭了，因为在书店里就像享用了一顿极致的精神大餐，一点儿都不饿。但是，今天晚上的饭却是被大家称为"不可错过"的，因为我们是要一边品尝顶级的阿根廷烤肉，一边欣赏著名的阿根廷探戈。

好吧。

37

这才叫探戈！
风情万种，神采飞扬

　　我以为布宜诺斯艾利斯的美，得益于它优越的地理位置。

　　布宜市就在拉普拉塔河（Río de la Plata）的南岸。拉普拉塔河全程有 4000 多公里长，是南美洲仅次于亚马孙河的第二大河流。在西班牙语中，"拉普拉塔"是"银子"的意思，所以，拉普拉塔河也被称为"银之河"，流域面积约 400 万平方公里。拉普拉塔河汇集了巴西、玻利维亚、乌拉圭、巴拉圭和阿根廷的几条重要的支流，最后从阿根廷汇入大西洋。而它的两个源头——东源和西源，都发源于巴西高原的东南边。我们前几天去过的世界上著名的伊瓜苏大瀑布，就在巴西和阿根廷交界的地方，在这条河的上游——当然它在那里叫作巴拉那河。

　　拉普拉塔河流域是拉丁美洲最发达的地区之一。

由于其大部分土地处在亚热带，雨水充沛，土地肥沃，物产丰富，风景也格外宜人。在这条河的沿岸，分布着很多港口城市，像布宜诺斯艾利斯、拉普拉塔、罗萨里奥、圣菲、蒙得维的亚、派桑杜等，布宜市应该算是其中比较大和繁华的城市，2007年，布宜诺斯艾利斯在联合国评出的全球最美城市中名列第三。

现在你该知道这里为什么产生了举世闻名的探戈了吧?

想一想吧，在那日落的黄昏，码头上游荡着各种青春的身体，白色、红色和黑色的。他们是来自欧洲和非洲的水手和移民，很多。白天在码头上干活儿，并没有耗光他们的精力。在吃完晚饭之后，他们还想干点什么。况且，那些来自非洲中西部的黑人青年，人人都是民间舞蹈探戈诺舞的精灵。探戈诺舞是典型的非洲舞蹈，以摇摆身体和鲜明的节奏感著称，它很快得到了人们的喜爱，很多人竞相模仿，于是，街上的男人和女人们都开始跳舞了。

人越来越多，布宜仿佛每天都在扩张。码头上诞生了很多小酒吧，接着是咖啡馆、旅店和妓院。布宜诺斯艾利斯的味道，也天天在改变，它不再是一个默默无闻的口岸，而同时也成为各色人等纵情声色、借酒浇愁的娱乐场。如泣如诉的吉他，背井离乡的愁绪，暧昧扭动的身姿，在布宜的暗夜中随风飘舞。虽然有人说——当然是西班牙人说，探戈的起源在西班牙，是随着西班牙殖民者传到阿根廷的;也有不少阿根廷人，坚决认为探戈从来就是自己本土的艺术。但有一点无法否认，正是多种移民带来的歌舞元素，融进了当地的土著文化，直至将所谓的"波尔卡节奏乐"，变成了"哈巴涅拉节奏"，然后才创造出了今天的"探戈"。

是的，我们今晚就要去领略那迷人的探戈，而且是"最高

规格"的领略：一边吃阿根廷牛排，一边欣赏探戈表演。

吃饭的餐厅与其说是餐厅，不如说是一间礼堂。木地板，幽暗的回廊，装饰得很典雅。首先映入眼帘的是一个垂着紫红色天鹅绒幕布的舞台，与舞台成90度角，是几台长形的餐桌，餐桌上铺着深色的台布，摆着银色的刀叉，还有闪闪烁烁的红烛……很有情调的样子，甚至有些暧昧。

大概看表演的餐厅都是这样安排的吧？像巴黎的红磨坊、北京的北京之夜，都是这样一种思路：浪漫、幽暗、找感觉。

我们先在餐桌前坐下，穿着白衬衫、打着黑领结、长得帅气得不要不要的侍者，举着已经开了瓶的红葡萄酒，用优雅的姿势在我们面前的高脚杯里，斟上了艳丽的红酒。据说牛排配红酒，就像才子配佳人，属于绝配。餐前冷盘很简单，但是汤还是不错。大概是为了照顾中国人的口味，一水儿的奶油蘑菇汤。显然是早就配好了的菜，不是现点的。据说这里就相当于红磨坊，需要提前预约席位。边吃边看，价格不菲，在布宜也属于高消费的层次。但场地真的是非常有限，感觉全场放满也就百十号人，像我们这二十几位，如果临时来，肯定是没位的。牛排很快也上来了，好大的一块！我看足有380克。据说这不是牛排，安排我们吃的是阿根廷烤肉，但我怎么看怎么觉得就是一大块厚厚的香喷喷的牛排。吃法也和牛排一样，大约六分熟的样子，现磨的黑胡椒和调好的酱汁往上一洒，刀叉上阵！

当然一般人是吃不完的，中国人貌似没有那么大的胃。我的牛排大概只吃了五分之一，真不好意思！

说是边吃边看，事实上还是主菜撤了才开始正式表演。酒还在，咖啡也来了，红色的帷幕便在激扬的乐曲声中徐徐打开。我们先看见了乐队——舞台被分成了两层，舞台上面还有一个小舞台，乐手们就坐在那里奏乐。这样很好，能居高临下地看着表演，保证错不了节拍。

先上场的是三对男女演员，这显然是热场子的。他们动作欢快轻盈，立时把探戈舞蹈的特色展示无疑。

探戈在交谊舞中显得比较特殊，因为它是唯一一个带有拉丁特色的舞蹈。据说当年探戈诺舞传到美洲大陆的时候，也把拉丁美洲一些民间舞蹈的风格融了进来，形成了墨西哥式和阿根廷式两种探戈舞。后来，探戈舞传入欧洲，又形成了西班牙式、意大利式和英国皇家式三种探戈舞。当代国际标准探戈舞的前身，即为英国皇家式探戈舞，是集各种探戈舞之精华的作品，既潇洒豪放，又刚劲多姿，很快就赢得了"舞中之王"的美称，同时也很快地传遍了全世界。

热场之后，上来的是一对年纪稍大的舞者，男士一身黑色西装，女士一件黑底上面有紫色斑点的高开叉短裙，舞得如行云流水，十分流畅。我很快发现我们现在看到的探戈，并不是在国内的舞场中，或者在通常表演中所见的舞蹈，这是完全不同的探戈。国内的探戈尽管也优雅洒脱，韵律十足，但腿脚的功夫却是略逊一筹。看那女舞者的脚，非常灵活多变，男生的上身几乎垂直不动，两膝微弯，所有的动作都是变化在腿脚上，舞姿十分沉稳有力，非常精彩！

一阵掌声之后，又一对舞者登场了。与前者不同的是，这一对有着更加妖娆，当然也更具挑逗性的舞姿。男士是一身紫红色西装，女士是和他一样的一身紫红色高开衩的短裙，服装艳丽性感，两人也贴得格外紧。难怪有人说，探戈是所有舞蹈中最能唤起人们"性幻想"的舞蹈。探戈的舞者们，除了有着独特、优美的肢体形态以外，还让人感到男女都投入了深深的感情。男士在舞蹈中，会把女士搂得很紧，右脚在前，女士则是左脚在前，男女双方定位时都向自己的左侧看，给人一种神秘又诡异的感觉。阿根廷探戈素以"感情浓烈"著称。对于探戈，有一种非常"阿根廷式"的说法。因为阿根廷人普遍认为，探戈就是男性和女性自愿进行的战争，男女舞伴间强烈的目光和身体接触，才是探戈的灵魂所在。探戈为何那么性感？这回有答案了吧？

其实，如果从专业上总结探戈的舞步，用四个字就可以概括，就是"蟹行猫步"。"蟹行"，顾名思义是像螃蟹那样横向移动，当舞步需要前进或者后退时，却要向横行出脚；"猫步"即是要求舞者在跳舞的时候几乎全是前脚掌成为重心，随时轻快地抬起，

让脚步像猫那样轻盈。同时，探戈舞者的舞步常常随音乐节拍的变化而时快时慢，探戈也因此被称为"瞬间停顿的舞蹈"。欲进还退、快慢错落、动静有致、目不暇接——这种特点成就了探戈迷人的风姿。此外，看优秀的探戈舞者跳舞时，人们几乎不关心动作，而只是从舞者用身体描绘的那些华丽的线条、速度以及不停变换的身姿上获得审美享受。

经过了多年的演变，阿根廷本土的探戈已经出现了生活化的艺术风格。从舞台布景到演员表演和服装，都体现出轻松、自然的感觉，更加贴近生活与民众。

　　观看了几对舞者的表演后，我发现阿根廷探戈的小腿动作真是特别多。他们的身体几乎没有什么动作，就靠小腿的踢、收、拐、转为主，女性的腰部偶尔用上，就是下腰或前倾支撑，手臂没有动作，但男女舞者的娴熟配合，却把一系列令人眼花缭乱的舞步，以及互

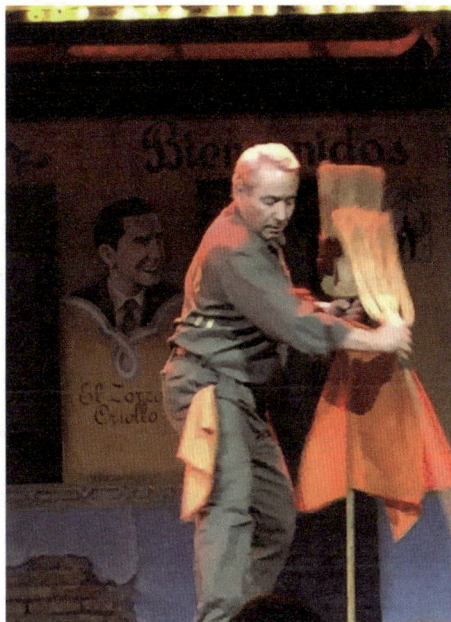

探戈表演中的"独舞"——
扮演老年侍者的男演员，
把扫帚假想为舞伴，跳出
了人生的况味。

相缠绕的肢体展示得动感十足。交叉步、踢腿、跳跃、旋转……
他们的探戈步伐华丽高雅、热烈狂放，让我们看得眼花缭乱。

提到探戈舞为什么要迅速转头，还有一个比较"八卦"的
故事。

探戈有个显著的动作，就是在跳舞的时候，男女双方既要
互相深情凝视，又要时不时快速拧身转头，仿佛在观察周围动静
似的。关于这个动作的来由，有人说是因为在探戈初创的时候，
男女都是在码头上跳舞。有个海员，在和自己女友跳舞的时候，
发现女友老是回头看，于是他也猛一回头，发现女友正在看自己
的新伙伴。原来在他出海期间，女友已经移情别恋了。海员顿时
醋意大发，后来是否引发了"码头混战"，没有人进一步考证，
但在探戈中有了男舞者快速扭头的动作，却是十分确定的。当然，

有些故事就是后人的附会，不可不信，也不可全信。但探戈的这种左顾右盼的眼神、时动时静的舞步，使得这来自遥远的南美洲的舞蹈，一直披着风情万种的外衣。

如果说在 16 世纪末到 17 世纪初，探戈随着殖民者的入侵和黑奴的贩卖，在融合了拉美民间舞蹈风格之后发展起来，随后传入欧洲并在全世界产生了巨大的影响，那么这种舞蹈在今天的发展中，更是出现了让人意想不到的变化。

比如生活化。在我们看到的这台演出中，除了一对对男女舞者尽情挥洒热情和性感之外，还有一个类似有点剧情的、音乐剧式的节目。好像是在一个咖啡馆中，年轻人正开着一个普通的 party，大家随意地聊天喝咖啡。有一两个人先跳了起来，是那种自然的、温馨的舞风，就像聚会中的即兴舞蹈一样。其中有一对年轻人，好像彼此更有 feel，跳得渐入佳境，他们也逐渐成了聚会中的主角，好像开始演绎一场爱情故事。场上的其他几对探戈舞者，也渐渐成为他们的陪衬。总之，配着舞台上简单的布景，跳舞的人们也是穿着便装，女士们都是生活中的打扮，俏丽的衬衫和小 A 字裙，就像我们在街上看到的时髦女孩儿一样。这样场景中表演的探戈，已经不是前几个舞蹈的风格了，而是像极了一部带有生活气息的音乐剧。

余下的几段舞蹈，也间或走出了清新的路线。不仅演员的着装变得青春时尚，如横条的海军衫、合身的连衣裙、漂亮的阳伞等，立刻让舞者变成了沉醉在恋爱中的少男少女，而且舞蹈语汇也变得明快和爽朗，与前面相互纠缠的暧昧气息绝不相同。我没有想到，性感的探戈会给人一种青春向上、耳目一新的感觉。让这种古老的舞蹈贴近现实生活，或者也可以说，把生活气息不断添加到舞蹈的创新中去，这可能就是探戈久演不衰的原因之一吧？

让我感觉最好玩的，是探戈舞中居然还有"独舞"。作为一个双人舞的标准范式，它怎么可能一个人跳呢？这你就想不到了吧？这段舞蹈就安排在那个"音乐剧"后面，或者也可以说是剧情的自然发展。年轻人聚会了，相识了，相爱了，跳够了，都相伴而去。这时候留在舞台上的是一位老者，显然他是这个咖啡馆的侍者，他目送年轻人远去，自己拿起扫帚开始默默地打扫卫生。而他扫着扫着，就把扫帚假想为舞伴，抱着那把竹制的大扫帚跳起了探戈。在探戈的音乐中，这位可爱的男演员幽默风趣，动作也如行云流水，把在双人舞中经常被人忽略的男舞动作表现得非常完美。而他展示的这个特定角色，又表现出了一位老人对青春的怀想，让人看了既会心一笑，继而又发出一些人生的感慨。

我其实也特别喜欢探戈的音乐，相当有特点的音乐。音乐和舞蹈，就是两个相互依傍的灵魂，几乎缺一不可。探戈的音乐，虽然大体都是节奏单一的2/4拍，但它始终充满抑扬顿挫的感觉。这是因为在实际演奏时，会进行断奏式的处理，将每个四分音符化为两个八分音符，使每一小节都有四个八分音符，而且运用了独特的切分音的形式，即人们所说的"哈涅拉节奏"，让探戈音乐有着特别鲜明的个性。探戈音乐最典型的乐队形式，是由钢琴和低音贝斯来表现节奏，用六角手风琴和小提琴演奏旋律。其中源自德国的六角手风琴，是最具特色的探戈乐器，音色也特别独特。那种似乎带着风声的轻薄的音色，是其他任何乐器都演奏不出的。或者也可以这样说：人们印象中最"正宗"的探戈音乐，其实就拜六角手风琴所赐，正是它，表达出了探戈音乐的味道。

而只有阿根廷人，才会在这种飘扬的音色和旋律中，听到遥远的历史和浓浓的乡愁。

探戈，虽然是南美洲的土地上长出来的一朵绚丽的花朵，但它却是"出身寒门"。它的初创阶段，几乎就是一种粗俗的舞蹈，充满了调情和刺激，流行于红灯区和下层酒吧，是一种下层阶级的共同文化。据说，探戈的发源地是在阿根廷首都布宜市的南郊，一个叫作博卡（BOCA）的小镇，曾经是个船坞。当年，西班牙的船员就是从这里登上南美大陆，这里也会聚了意大利热那亚的移民、非洲的黑人，还有来自潘帕斯草原的高乔人、加勒比的穆拉托人，他们大多是在码头干活的劳工或轮船上的水手。在1880年左右，博卡镇的旅店、酒吧、咖啡馆、舞厅和红灯区都已经到了十分发达的程度，于是探戈舞就在下层的贫民窟里诞生了。难怪在探戈的舞蹈中，总是隐隐透露出某种倦怠、放荡、颓废的气息。

当然，随着时间的推移和文化的积淀，探戈最终融合了各类音乐和舞蹈的优长，形成了别具一格的探戈舞曲，并以深情、优美、粗犷、忧伤的艺术特色让人过目不忘。

据统计，阿根廷的探戈已经发展为一个文化产业。一项调查显示，阿根廷探戈品牌的知名度可与美国的可口可乐相比，其创的价值也已达到每年20亿美元，超过了阿根廷葡萄酒和其他酒类年出口创汇的总和。阿根廷政府对探戈采取了法律上保护、政策上扶持的一系列措施，阿根廷的探戈艺术表演团体也频繁出访，先是在美国和德国，后又拓展到了欧洲和亚洲，都取得了伟大的成功，赢得了大批观众，探戈已经走向了全世界。

看来，无论多么古老的艺术，只要吸取时代精神，与时俱进，就能常演常新，保持生命的活力。现在，阿根廷拥有庞大的探戈艺术队伍，并成为几乎所有人都认可的表现布宜诺斯艾利斯人民日常生活的艺术形式，深受各界人士喜爱。

而我们的行程中，居然有去探戈的发源地——博卡镇的安排。据说那里的 Caminito（卡米尼多）街，仍然保留着当年那些水手和贫民们搭建的建筑，是各种涂满艳丽色彩的五颜六色的铁皮屋。

特别有趣的是，我在这里"邂逅"了一位高大的阿根廷帅哥，他死缠活缠地邀请我和他一起跳探戈舞，在全体成员的帮腔和纵容下，终于成就了我和他的一段"艳遇"。

那什么，我是否得感谢我亲爱的同胞？

38

博卡镇"艳遇"

博卡镇真的没让我失望。

前面说过，在 19 世纪末 20 世纪初的时候，有大量的欧洲和非洲移民，随着西班牙殖民者的入侵涌入了阿根廷。而很多人来到布宜诺斯艾利斯的第一站，就是这个博卡镇。因为博卡是布宜的老港口，它是临近港口的小镇，所以成了大多数移民的驻足之处。现在，它属于布宜市的博卡区。

小镇的特点就是五颜六色的铁皮屋。

当时，这里是阿根廷比较重要的码头，聚居此地的移民大部分是底层劳动人民，除了非洲的黑奴，还有很多意大利和西班牙的贫苦移民。他们在这里把废旧船用过的铁皮利用起来，搭建了一座座廉价而简陋的房屋，当作栖身之所。因为无钱购买涂料，他们就到港口的船厂里，搜罗漆船剩下的油漆，将这些房屋

博卡镇的特色是五颜六色的铁皮屋。现在这里已是阿根廷青年艺术家的聚居地，有点像北京的"798"中心。

的外墙和屋顶涂上颜色。其实，这些五颜六色的小房子并不是因为主人有意而为，而是这一次带回来的油漆不够了，能刷到哪儿，就刷到哪儿，下次再带回来的接着刷。有时候，一面墙刷了一半的红漆，下次找来的可能是绿漆，那也顾不了许多，直接刷上去完事。所以，一块黄一块绿一块蓝，七拼八凑的颜色反倒产生了出其不意的艺术效果，不经意间形成了一条色彩缤纷的小街。即便后来也出现了普通的砖石房屋，渐渐代替了简易的铁皮屋，但人们仍按过去的习惯，用鲜艳夺目的油漆把房屋的外墙刷得色彩绚烂。

我们来到博卡区的时候，首先被这些鲜艳亮丽的红房子蓝房子黄房子绿房子迷住了。这种童话般的风格，加上路边的漫画式的雕塑，让人无端地快乐起来。看来，人都是有一颗童心的，仅仅是这满街的漂亮的色彩，就对人产生了明显的影响。在这一片斑斓的世界里，大家忽然都天真烂漫起来，脚步轻松了，情绪高涨了，各种喜悦和惊叹连同嘻嘻哈哈的笑声，在我们的队伍中跳跃着。

忽然，一个高大帅气、皮肤黝黑的大哥朝我走来。他满脸微笑，在离我很近的时候，轻轻说了一句："Photo（照相吗）？"

他戴着深灰色的礼帽，白色的衬衫外是一件深红色的马甲，做出了一个标准的探戈舞蹈的邀请动作，眼睛看着我的时候很迷人。我立即明白，他是要和我合影，并且就是在这漂亮的小街上，一起跳着探戈合影。是呀，博卡不仅是彩色小镇，而且还是阿根廷探戈的发源地呢，好像没有不照的理由吧？只是我这一身随随便便的旅行装，和他的正规服装不是很搭啊？他仿佛看出了我的心思，马上变魔术般的，从身后拿出了一条大红色的裙装和一顶大红色的帽子，给我披在肩上。咦，我的形象立刻变了，大红的连衣裙和礼帽，让我瞬间秒变探戈女郎了。我正要开心大笑，他又用迷人的眼神盯住我，同时伸出手掌说："Five dollar."

什么？五美元？

跳跃的心平稳下来了。原来是做生意的。他看上去温情脉脉，像个浪漫的舞者，其实是在街上寻找目标。就是说，和他跳舞拍照是需要交费的。于是心情降温，对他的好感也打了折扣。

"No, no no, thank you! I no photo."

我赶紧拒绝了他，自己一个人追同伴去了。

咋说呢？不是说这钱有多贵，中国人现在富裕了，基本上不缺这几个钱。估计也是这个原因，国外很多人都把中国人称作"长腿的钱包"，甚至不少国家都开了针对中国人的店铺，专门吸引中国人去消费。消费是不怕的，但消费也是讲究心理学的，起码让人感觉要"消"在明处。如

博卡镇还是阿根廷青年足球队的诞生地。1905 年，由五名意大利移民在这里创立了博卡俱乐部。"糖果盒球场"和众多球星成为博卡镇的骄傲。这里的年轻人几乎都爱好足球，都热烈追随着博卡青年队。他们的偶像马拉多纳，就是从小在博卡的贫民窟里踢球，最后成为国际巨星的。

现在，博卡青年足球俱乐部已经拥有 18 个国际赛大奖纪录，包括 6 次赢得南美解放者杯、3 次丰田杯、25 次阿根廷甲组联赛冠军。

果这位帅哥，就漂漂亮亮地站在路边，前面有个广告牌，上写"和我跳探戈，仅需五美元"之类，是不是更明朗些？是不是也有人会主动上前响应？主动掏腰包？那样消费的效果就好很多。而他现在的这种方式，让人先是感觉很友好的样子，又像是很艺术很自然的行为（我来之前，听不少人说，在阿根廷会有酷哥辣妹们在街头跳探戈舞，自顾自地很投入，我还以为碰到了一位呢），结果在你想跟他跳的时候，他忽然提出来要钱，你想想这是什么感觉？本来很不错的心情，忽然涌入一股冷冰冰的商业暗流，立刻觉得不那么爽了。况且，我现在并不想打破自己在这彩色小街上捡来的一片烂漫天真呢！

联想我们走过的南美这几个国家，都属于经济不发达国家，或许他们的这些做法，也是可以理解吧。谁不想挣钱呢？

追上我的小伙伴，悄悄地把情况跟她一说，她回头看了看那帅哥，撇了撇嘴对我说："他还跟你要钱？切！我看，他给你五美元还差不多。"

嘿！心里小得意了一下。

我们甩开了他，继续在小街上溜溜达达，和房屋合影，和色彩照相，把街边工人塑像、高大的描花铁马都摄入镜头。我还遭遇了一只乖巧的黑猫，和它来了两张合照，效果也是相当的生动。然而，我们没有想到，那位被拒的帅哥并没有放弃，他一直锲而不舍地跟着我，一直到我们把小街转完——在那个船型楼前面的街角，他又凑了上来，手里还是拿着那件大红的披风和帽子，还是满脸微笑、比比画画地让我穿上，一点儿都不气馁的样子。

我摇头，摆手，但他就是不走。或许他知道，这地方是一个小广场，反正我也是没地儿躲了。他不会说英语，只是用谦卑的肢体动作和丰富的面目表情和我交流，大有不达目的誓不罢休的感觉。

我有点无奈。

此刻我们的人已经差不多都把小小的博卡镇转完了，陆续都到了这里。小广场也是我们的集合之地。见到这种情形，好几个人建议说："和他拍吧！他那么帅，也不错啊，既然大老远的来了一趟，就拍吧……"有位大哥，干脆高声叫道："照照照！干嘛不照！不就五个'刀勒儿'么，要不我给你出吧！"

这七嘴八舌的，还真是把俺推到了风口浪尖上了。

阿根廷的大帅哥也很聪明，他大概看出了大家情绪高涨，

也故意在那里举着红衣轻轻扭动，仿佛要吸引更多的人注意。我一看这阵势，明摆着是坚持不了了，若是坚决不照，还可能真要扫了大家的兴呢。

于是，OK！

后来就有了这一组照片：

我被一位高大威猛的典型的南美风的帅哥拥在怀中，身穿着红色长裙，头戴红色礼帽，表情有点僵硬地做着各种探戈动作。有几张动作尚算可以，但露出来的旅游鞋和小花裤，必须说很煞风景。

但后来回家整理照片，发现我这五美元还是有超额收获的。一是可能不会再有和一个阿根廷帅哥跳舞的机会了；二是数量超多：我们一行的小伙伴，一见我同意照相了，各种手机、相机统统上阵，照片是各个角度或俊或丑或明或暗，整个一个大丰收。不用说，帅哥达到了目的很高兴，大家看到了我的表演也很开心，我是贡献自己愉悦了他人，也算是高风亮节，哈！

回国很久后，还有人给我传和这位帅哥的合影，尽管高质

终于，阿根廷大帅哥如愿以偿地和我跳了舞。他挣了5美元，我有了这张照片。

量的照片真的不多。

不过，时间越久，也就越觉出了这照片的价值——在布宜诺斯艾利斯的博卡小镇，在探戈的发源地，和一位阿根廷帅哥留下了合跳探戈的影像——人生这一瞬间的定格，似乎就变得不可复制，具有纪念意义了。

39

为什么我一定要去看科隆大剧院

从大厅拾级而上，就进入了科隆大剧院的主剧场。

在阿根廷还有一个我一直惦记的日程，就是去看科隆大剧院。这是这天下午的一个自由选择的项目。很遗憾的是，当我们的帅哥小杨统计人数的时候，却只有区区四位同意前往。

好吧，不管他人，我是一定要去的，仅仅是因了我对戏剧的热爱以及说不清的一种感觉。事实上，我的选择无比正确。

科隆大剧院是世界第三大剧院，在全世界都非常著名，尤其是那些知名的艺术家和艺术团体，无不以到科隆大剧院演出为荣。它的前面，仅仅有美国的纽约大都会歌剧院和意大利斯卡拉剧院可以与之媲美。顺便说一句，作为"南美巴黎"的布宜市，当然也是一座艺术气质非常浓厚的城市。不大的城市中竟有40多座剧院，有常年不断的演出，非常欧化。到了这里，仿佛到了米兰或者维也纳一样，只要你愿意，可以整天沉浸在艺术氛围中。

著名的科隆大剧院是1889年开始建造的，设计师名叫弗朗西斯科·塔布里尼，在阿根廷享有盛名。19世纪末，布宜的城市建设正处于蓬勃发展的阶段，楼房越盖越多，道路四通八达，城市面貌日新月异，人们的文化生活变得丰富，尤其是以意大利流派为代表的歌剧艺术也受到了人们的喜爱。其实早在1857年4月，科隆大剧院就以威尔第的歌剧《茶花女》征服了南美人的耳朵。那时候的剧院就有2500个座位，名为"科隆"。在西班牙文里，这是"哥伦布"的意思。当时的剧院是阿根廷全国的歌剧中心，剧院指挥费拉里是意大利人，他使剧院的剧目几乎与欧洲同步，推出了一批在世界首演的高端作品。

19世纪中叶，正是布宜市的艺术事业日益繁荣的时期。剧院越修越多，演员阵容越来越大，上演的剧目也越来越接近世界顶尖水平。精美的歌剧艺术，吸引和培养了一批批新的观众，市场不断扩大，艺术之花盛开。顶级的意大利艺术家被聘请到布宜，本地的优秀演员也大量涌现。高水平的演出叫好又叫座，旧有的剧院开始不敷使用。人们需要一座容量更大、装备更完善的新剧院。

正是这种形势，激发了弗朗西斯科·塔布里尼建造一座大剧院的构想。据说，他设计大剧院的要求，就是出类拔萃、超凡脱俗，要超过世界上所有的大剧院。不幸的是，剧院在1889年动工，雄心勃勃的建筑师却在1892年便离开了人世。此后，另外两位建筑师继承了他的事业。在维克多·米诺和朱丽奥·多尔莫这两位建筑师的带领下，在20年后完成了弗朗西斯科的遗愿——这座漂亮得震撼人心的科隆大剧院，终于在1908年的5月25日拉开了帷幕。

据说科隆大剧院的开场大戏，又是威尔第的歌剧，不过这次不是《茶花女》，而是《阿依达》。

此后，意大利、法国、德国的著名歌剧都曾到这里来演出，科隆大剧院也以它无可比拟的辉煌享誉世界。

而此刻，我们四个人将以两个小时的时间以及80美元的价格进入这座划时代的大剧院参观。难道这不是超值么？

应该说，科隆大剧院是以意大利文艺复兴时期的建筑风格为基调，基本上是方正、高大、典雅，既保留了欧洲大剧院传统的建筑形式，具有浓郁的欧洲古典剧院的风格，又兼有意大利建筑的华丽、法国建筑的优美和德国建筑的坚固。它的建筑融入了雍容、华丽、多样以及一种异乎寻常的超凡脱俗的气质。

走进剧院，我们的眼睛就不够用了。因为一进来就感觉到了这座大剧院的气势：挑高十几米的高大空间，四壁金光灿灿，菱形吊灯纤尘不染。无数根大理石的圆柱矗立在走廊中，柱身雕刻着流畅的纹路，柱身和柱顶都镶嵌着耀眼的金箔，让人感到满屋黄金饰镀，非常堂皇气派。进入主剧场的旋梯也是大理石的，扶手前头是精美的雕塑。地上铺的是大红色的天鹅绒地毯，地毯上绣着精美的图案，形成了一种特有的大气与奢华。主剧场很大，像很多剧院一样呈马蹄形，不过科隆的显然是更大一些，周围环绕着三层包厢和四层楼座，一共七层。据说最高级的包厢是给总统设计的，此外还有市长的专人包厢。剧场的穹顶上，除了巨大的顶灯，还画着若干幅漂亮的油画，这是阿根廷著名画家劳尔·索尔迪（Raúl Soldi）画的音乐舞蹈题材的画作。舞台前面的乐池，可容纳120人的大型乐队，还有升降机能将乐队抬高到和舞台平行的高度，供大型交响乐或交响合唱队演出使用。舞台也非常巨大，据说是世界上最大的舞台（没有考证），有35.25米长，34.5米宽，安装了转台，便于更换布景，可以应对各种复杂的舞台演出。

剧场内的主色调是大红和金黄，大红的帷幔与地毯，金色的墙壁和屋顶。这两种颜色的搭配，几乎是无与伦比地烘托出华丽与庄严。我们被允许进入了一间正对舞台的楼座，

似乎是第三层？还是第四层？没有搞清，硕大的剧场已经把我们转晕了。楼座是个小包厢，仅有三排座椅，每个位置都比较宽松，坐上去很舒服。剧院给每一组参观的客人都配备了一位讲解员，负责我们这组的是一个华裔女孩，瘦瘦小小的，很干练。此刻，我们就坐在包厢里，望着灯火辉煌的剧场大厅（当然舞台的帷幕是拉着的），听她讲述科隆大剧院的故事。

她告诉我们，科隆大剧院非常值得一看。从它建成之后，世界第一流的剧团、芭蕾舞团以及著名的歌唱家、钢琴家、芭蕾舞大师和歌剧明星，都以能到这座艺术之宫来演出为荣。剧场有7050平方米的面积，有2500个观众席，还能容纳1000多个站位。在正厅的前排，就有632个座位，座位之间非常宽敞舒适。剧场不同的楼层，票价也是不同的，能够满足不同阶层的人来看演出。剧场设计为马蹄形，是因为要制造完美的声音效果，在这个剧场的任何一个角落，只要认真演唱，就可以让每位观众都听到完美的声音。

说着，她请我们安静下来，轻轻拍了两下手。

"啪，啪！"

果然，剧场里清晰地回旋着她的掌声，居然是一种带点儿立体感的声音，让我们感觉很神奇。我们也学着她拍了几下，掌声既没有回声，也不消散，音色非常真实可靠。由此想到，那些大艺术家在这里演唱的时候，该是多么兴奋，这是多么好的艺术效果啊！

科隆大剧院在夏天是不演出的，仅在固定的开放日供人参观。如此说来，我们有幸能进入大剧院，也是不浅的缘分呢。

科隆大剧院有着高大的回廊。

　　这座南美洲著名的，也是全世界著名的大剧院，实际上还是一座丰富的戏剧博物馆。我们进来后，先是看到剧院墙上题满了曾在这里演出过的各国著名乐队和世界名剧的名称。此外，我们还参观了观众休息厅、艺术家休息厅、会议厅、宴会厅、排练场、练功室和交响乐团演奏厅，甚至还有一个相当有档次的咖啡厅（想喝一杯？不行，没有时间）。每个厅里都有著名音乐家、作曲家、乐队指挥的塑像，走廊上则悬挂着令人目不暇接的名剧剧照、名画和其他艺术品。众多文艺复兴时期风格的雕塑中，有不少还是经典剧作中的典型人物，只是时间有限，不容我们细细观摩。此外，还有我们没看到的，比如剧院的地下室里有一座规模可观的舞台美术工厂，它的主要工作是制作演出用的各种服装、道具和布景。再比如收藏着 9 万多套各式服装的剧装库房，那里保存着剧院成立近 90 年历次演出用过的服装。既有原始人御寒的兽皮、乞丐穿的破衣烂衫，也有奇士防身的甲胄、传教士身上的黑袍和贵夫人的礼服等。每套都有档案，记载着使用的年代、演出的剧目以及剧中人和演员的名字。剧院还有靴鞋收藏室，4.2 万双不同时代、不同性别和不同年龄、职业和身份的人穿的各种款式的靴鞋都陈放在那里。罗马皇帝穿的华丽皮靴，公主的水晶鞋，贵族小姐的软底鞋，以及猎人穿的兽皮靴，山民穿的木鞋，让人目不暇接。

据说，在收藏中还有一双色彩绚丽的中国古代的靴子，那是1956 年中国京剧团访问阿根廷时，扮演"美猴王"的著名京剧演员李少春穿过的"齐天大圣"的靴子，也当作纪念品进入了科隆大剧院的陈列室。

至于收藏着上百万件各种道具的库房，数以千计的造型各异的灯具和烛台、皇宫陈设的雕花家具和乡间小酒店的桌椅板凳等等，几乎应有尽有，堪称一座世界戏剧史和社会民俗的资料宝库。

我想，如果我现在还像在 N 多年前一样痴迷戏剧，一定会想办法去参观它的地下仓库，哪怕是把机票退了。只是现在的我，已经不是当初的文艺女青年，戏剧也早已离我远去。久远的激情只是浪花一闪，便复归平静了。讲解的小姑娘善解人意，特地留给我们几分钟的时间，在楼座里拍照。可惜，楼座在剧场灯光

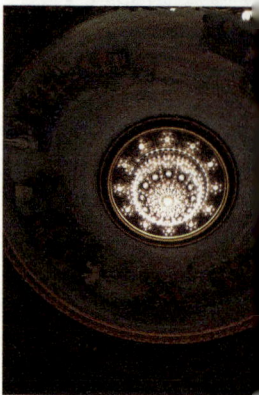

的映照下，显得比较暗，照出来的效果一般般，只能间接表现科隆大剧院的伟大与震撼吧。

无论如何，见到期盼中的科隆，算是了了一桩心愿。我想，我会把科隆的辉煌留在记忆中，连同它那高大的淡黄色的、掩映在浓密的月桂树中的外墙，以及它所矗立的布宜诺斯艾利斯的七九大道和似乎永远有和平鸽飞翔的广场……

我和科隆，总算没有错过。

40

博尔赫斯，
已经被阿根廷人遗忘……

流连在美丽的布宜诺斯艾利斯，还有一个地方是必须一说的，那就是阿根廷大名鼎鼎的作家博尔赫斯的旧宅。

在布宜的巴勒莫区塞拉诺大街（现在已经改名为博尔赫斯大街）2135—47 号，有一幢两层楼房，那里就是博尔赫斯的家。他 1899 年 8 月 24 日出生，在 1901 年两岁的时候，跟着父母从布宜的图库曼大街 840 号的外祖父家搬来这里，并在此度过了他作为一个文学家的童年和少年。这么说一点儿也不过分。因为博尔赫斯的父亲就是一位作家，他在这幢舒适的楼房里，为自己的儿子专辟了一间图书室，内藏大量的珍贵文学名著。博尔赫斯在小时候就从祖母和英籍女教师那里听读欣赏，而且他很小就喜欢读书，喜欢写作，显露出强烈的创作欲望和文学才华。博尔赫斯

布宜的街心花园比比皆是，非常宜人。

7 岁时，就用英文缩写了一篇希腊神话。8 岁，又根据《堂吉诃德》的故事，用西班牙文译写成《致命的护眼罩》，署名豪尔赫·博尔赫斯，其译笔之成熟，竟被认为是出自其父的手笔。9 岁，他进入学堂直接就读四年级，开始系统地学习西班牙和阿根廷的古典文学。博尔赫斯上中学的时候，攻读了法语、德语、拉丁语等诸多语言，得天独厚的语言技能让他更顺畅地博览群书，为他日后的文学创作打下了极为坚实的基础。

博尔赫斯文学创作的辉煌时期应该从 1923 年算起，这时他已正式出版了第一本诗集《布宜诺斯艾利斯的激情》。后来，两本诗集《面前的月亮》（1925）和《圣马丁札记》（1929）的出版，让他在阿根廷文坛声名鹊起。他的诗歌以形式自由、平易、清新、澄清而热情洋溢让人喜爱，而他的博学和深刻，又让他的创作独树一帜。博尔赫斯最为人称道的，是他隽永的语言和深邃的哲思，他因此被称为"作家中的作家"。直至 1986 年去世，他一生著作等身，几乎各类文学体裁都娴熟驾驭，堪称拉美文学的杰出代表。

不知为什么，这位远在大洋彼岸的作家，竟对中国作家产生过非常深远的影响。在 20 世纪 80 年代，他的译作就被介绍到中国，博尔赫斯也成为在中国文学青年中最受瞩目的名字之一。很多当红的中国作家，都坦言曾受到了这位南美作家的启发，甚至还有意无意地模仿他的句子。有人甚至说，中国当代文学的创作中，有很明显的拉美文学的影子，这影子中当然地包括博尔赫斯。

对于这样一位在中国大名鼎鼎的阿根廷作家，我们又是不远万里来到大师家乡的中国人，对他的故居焉有不看之理？

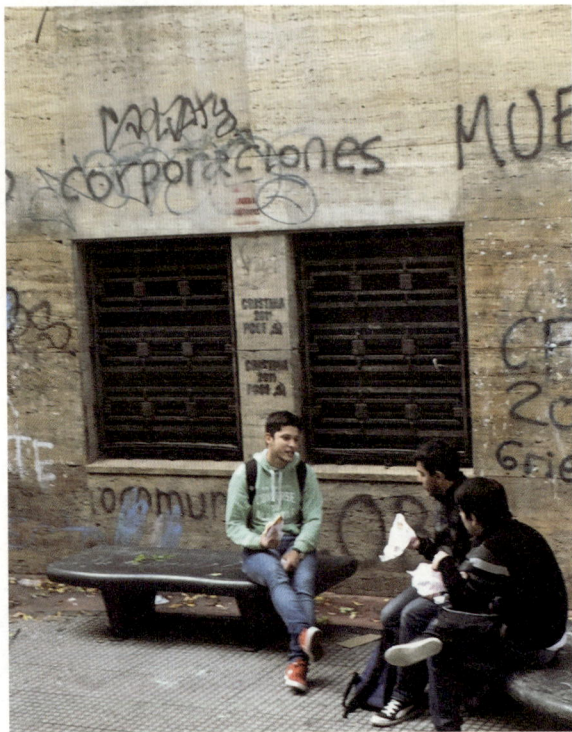

在街边吃快餐的阿根廷青年，他们不知道谁是博尔赫斯。

　　但是，让我感到特别意外的是，这位在中国文坛影响深远的人，在自己的家乡却几乎被遗忘。博尔赫斯街以及博尔赫斯本人，现在在布宜市几乎没什么人知道了。我们碰到的阿根廷人，竟然不知道博尔赫斯街在若干年前已经改名了，似乎也不在乎国家和人民是否记得自己的作家。这是真正的"墙里开花墙外红"啊，他们甚至怀疑博尔赫斯是不是在中国真的有人知道。阿根廷的文学，与中国的文学一样，都面临着被社会发展边缘化的窘境。

　　幸亏率领我们的小杨是个"小文青"，托他的福，我终于看到了博尔赫斯生活的那座房子——我们的行程刚好要路过这里。然而，大作家的旧宅毫不起眼，据说也已经被拆过重建，和他原来住的房子不太一样了。房子的外观非常普通，大门外的灰墙上钉着一块小小的铜牌，写着"博尔赫斯旧居"，非常容易错过。我想，如果专程来找这位作家的旧居，肯定困难重重，而且即便走过恐怕也会失之交臂，因为那上面只有西班牙文。

　　他的诗集《布宜诺斯艾利斯的激情》里面，有这么几句常被大家提起：

　　　　这座魂牵梦萦的城市

　　　　就像是映在镜子里的花园

　　　　虚幻而又拥挤

　　　　远近交会

　　　　屋舍重叠不可企及……

　　　　就在曙色

　　　　潜进所有朝东的窗口的同时

　　　　召唤晨祷的呼喊

　　　　从高高的塔台

　　　　飞向初明的天际

　　　　向这众神聚居的城市宣告

　　　　上帝的孤寂

是的，博尔赫斯的确已经很孤寂了，连同他挚爱的文学。

　　而且，不论是在阿根廷还是在中国，博尔赫斯以及和他一样还靠写东西为生的人们，注定都是孤寂的。

图书在版编目（CIP）数据

相思在马丘比丘：跨越半个地球的南美之旅 / 余义林 著 . — 北京：东方出版社 , 2016.10

ISBN 978-7-5060-9280-7

Ⅰ.①相… Ⅱ.①余… Ⅲ.①游记 – 作品集 – 中国 – 当代 Ⅳ.① I267.4

中国版本图书馆 CIP 数据核字 (2016) 第 248340 号

相思在马丘比丘：跨越半个地球的南美之旅
（ XIANGSI ZAI MAQIUBIQIU:KUAYUE BANGE DIQIU DE NANMEIZHILÜ ）

作　　者：	余义林
策 划 人：	王丽娜
责任编辑：	陈丽娜
出　　版：	东方出版社
发　　行：	人民东方出版传媒有限公司
地　　址：	北京市东城区东四十条 113 号
邮政编码：	100007
印　　刷：	鸿博昊天科技有限公司
版　　次：	2017 年 3 月第 1 版
印　　次：	2017 年 3 月第 1 次印刷
印　　数：	1 – 5000 册
开　　本：	889 毫米 ×1194 毫米　1/32
印　　张：	10
字　　数：	170 千字
书　　号：	ISBN 978-7-5060-9280-7
定　　价：	49.00 元

发行电话: (010)85924663　85924644　85924641